項楚學術文集

敦煌詩歌導論

中華書局

圖書在版編目(CIP)數據

敦煌詩歌導論/項楚著. —北京:中華書局,2019.7
(項楚學術文集)
ISBN 978-7-101-13718-7

Ⅰ.敦… Ⅱ.項… Ⅲ.古典詩歌-詩歌研究-中國-文集
Ⅳ.I207.22-53

中國版本圖書館 CIP 數據核字(2019)第 006143 號

書　　名　敦煌詩歌導論
著　　者　項　楚
叢 書 名　項楚學術文集
責任編輯　白愛虎　馬　婧
出版發行　中華書局
　　　　　(北京市豐臺區太平橋西里 38 號　100073)
　　　　　http://www.zhbc.com.cn
　　　　　E-mail:zhbc@zhbc.com.cn
印　　刷　北京市白帆印務有限公司
版　　次　2019 年 7 月北京第 1 版
　　　　　2019 年 7 月北京第 1 次印刷
規　　格　開本/920×1250 毫米　1/32
　　　　　印張 8⅝　插頁 2　字數 250 千字
印　　數　1-2000 册
國際書號　ISBN 978-7-101-13718-7
定　　價　69.00 元

項楚學術文集

出版説明

項楚先生，一九四〇年生，浙江永嘉人，四川大學傑出教授，著名敦煌學家、語言學家、文獻學家、文學史家和佛教學家。

項楚先生熟諳四部典籍和佛藏，精於校勘考據，擅長融會貫通，研究中熔語言、文學、宗教於一爐，形成了鮮明的學術特色。尤其在敦煌學領域的研究，享譽世界。

項楚先生學術成果豐碩，學術成就突出。出版《敦煌變文選注》、《王梵志詩校注》、《敦煌詩歌導論》、《敦煌歌辭總編匡補》、《寒山詩注（附拾得詩注）》等專著；發表學術論文七十餘篇，已出版《敦煌文學叢考》、《柱馬屋存稿》兩種論文集。

欣逢項楚先生八秩壽慶，爲能集中呈現項先生的學術成就，四川大學決定編緝出版《項楚學術文集》。除已出七種之外，其餘論文新編爲《柱馬屋存稿二編》，一併出版。同時，項先生還對文稿進行了全面修訂，覆核了徵引文獻，並按類統一了編排格式。我們希望這次呈現給學術界的，是項楚先生學術成果的定本。

中華書局編輯部

二〇一九年六月

目　録

緒　論

中國是詩歌的國度。自《三百篇》開始，中國詩歌有着悠久的傳統、高超的藝術，歷代名篇佳句，流播人口，是我國文學創作的最重要樣式之一。唐代詩歌更是我國詩歌光輝燦爛的頂峰，據清代康熙年間編的《全唐詩》所載，詩人有二千三百餘家，詩作四萬八千九百餘首。近年出版的《全唐詩外編》又搜集了大量唐五代佚詩，唐詩總數已有五萬首以上。但這遠遠不是唐詩的全部，唐人高仲武《中興間氣集》序云："起自至德元首，終於大曆末年，作者數千。"短短二十餘年的作者就有數千人，則整個唐代詩歌繁榮、詩人輩出的盛況可以想見。

風靡唐代社會的詩歌熱潮也波及遠在西陲的敦煌地區，敦煌遺書中保存的大量詩歌作品便是證明。其中既有中原人士的作品，也有敦煌本地人士的作品；有在詩壇享有盛譽的名家巨制，也有名不見經傳的民間人士乃至學童的作品。這些詩歌的總數有多少呢？至今還没有精確的統計。由於對"敦煌詩歌"的界説不盡相同，因此對總數的估計也會有很大的出入。我們估計敦煌遺書中現存的詩歌約有二千首以上，其中大多數是《全唐詩》不載的佚詩。這些詩歌充分反映了唐五代時期敦煌地區詩歌繁榮的情景，是繽紛絢爛的唐五代詩歌百花園地中極富特色的一角。

本書介紹的"敦煌詩歌"，指的就是敦煌遺書中保存的詩歌，也包括唐五代時期莫高窟題壁的個別詩作。從時間上看，這些詩歌可以分爲唐代以前和唐五代（以及宋初）兩個時期。其中唐代以前的，主要是《詩經》、《楚辭》、《文選》、《玉臺新詠》等著名總集或其注本的殘卷，如

《毛詩故訓傳》(鄭玄箋)、《毛詩音》(徐邈撰)、《毛詩正義》(孔穎達撰)、《楚辭音》(釋道騫撰)、《文選》(白文及李善注)、《文選音》、《玉臺新詠》等,皆係中原著作,其價值是不言而喻的,但多係零碎殘本。研究這些古代詩歌的訓詁音釋著作,另有專門學問,本書不多置詞。唐五代時期的敦煌詩歌則數量豐富,内容多彩,令人目不暇接,顯示出一派蓬勃興旺景象。本書介紹的重點是唐五代時期。從流傳情況看,它們又可分爲兩類:一類是已見於《全唐詩》及其他著作的傳世詩歌,另一類是歷代不見披載而僅見於敦煌遺書的佚詩。前一類多屬知名詩人的作品,爲研究者所習知,敦煌本具有校勘和考訂的重要價值。後一類則提供了大量嶄新的研究資料,其有助於開拓學術研究領域、增長新知的功效尤爲巨大。本書的介紹側重在後一類作品。

對於"詩歌"所包含的範圍,可以有廣狹不同的各種理解。爲了使研究的對象明確而集中,下列作品不在本書討論之列:

一、曲子詞和民間小調,如敦煌本《雲謡集》和各種《五更轉》、《十二時》等,雖然從廣義上説也是詩歌,不過這些作品是按照固定的曲調歌唱的,自有其特殊體制,與本書所討論的"詩歌"不同。至於被誤認爲歌辭類作品而實際上是一般詩歌者,仍在本書介紹範圍之列。如《敦煌歌辭總編》卷三所收釋貫休所著失調名辭(讚念《法華經》僧)、〔杖前飛〕(馬毬)等,其實並不是歌辭,而是七言歌行,所以仍在本書討論範圍之内。

二、詞文、俗賦等説唱文學作品,前者如敦煌本《季布駡陣詞文》,通篇是七言韻文,長達六百餘句,約四千五百字,有人稱之爲"唐代第一長詩";後者如敦煌本《鷰子賦》(乙種),通篇基本上是五言韻文,有人稱之爲"五言詩"。不過這一類作品是民間藝人搬演的説唱作品,雖然形式上有類似詩歌之處,但畢竟與詩歌的性質不同,不在本書討論範圍之内。不過也有一些本屬詩歌的作品,因爲標題上有"歌"、"賦"之類的字樣,以及其他原因,而被誤認爲其他類型的作品。如多種敦煌寫本都載有"江州刺史劉長卿"所撰《高興歌》,便被《敦煌歌辭總編》

作爲歌辭收入“補遺”卷。又如伯三六一九載劉希夷《死馬賦》,有人把它收入《敦煌賦集》;上引《高興歌》又題《酒賦》,也被收入《敦煌賦集》。其實這些作品都是七言歌行,自然屬於本書討論的內容。

三、佛教、道教的偈頌,採用了齊言句式,表面上也和詩歌有相似之處。不過偈頌在内容上是宣傳宗教義理,通常都不押韻,而且語言缺乏形象性,文學的意味極其淡薄,甚至完全没有文學性。既然這類偈頌連文學都算不上,自然不能看作是詩歌,所以不在本書討論之列。不過像《老子化胡經》卷一〇所載《玄歌》三十八首,不但形式上具備了詩歌的各種要素(如押韻等),而且語言也較爲生動形象,比之魏晉之際流行的玄言詩,更富有文學趣味,所以本書也加以介紹。

從敦煌詩歌中,我們可以發現一些什麽特點呢?我認爲有以下四點。

第一,我們發現敦煌詩歌和中原詩歌的聯繫是十分密切的。敦煌遺書中保存了許多中原詩歌名篇,這是敦煌人士熱愛中原詩歌的證明。中原詩歌是唐代詩歌的主流,正是這些優秀的中原詩歌,哺育了敦煌本地許多代詩人的成長。這種血肉聯繫反映了它們在文化傳統上的一致性,即使在敦煌與中原的聯繫一度中斷的時期,這種一致性仍然强烈地表現出來。

第二,我們發現敦煌詩歌雖然是在中原詩歌的哺育下成長的,但同時保持着自己鮮明的個性。展讀敦煌詩卷,幾百年間敦煌地區巨大的社會變遷、瑰麗的邊地風光、多彩的民情風俗,都一一呈現在讀者面前。由於史書的簡略而幾乎被人們遺忘的這個地區的歷史,通過敦煌遺書,其中也包括敦煌詩歌的記載,重新被人們認識。即或是敦煌遺書中的那些中原地區的詩歌,也通過敦煌人士不自覺的篩選,曲折地反映了當地人士的興趣和願望。

第三,我們發現敦煌詩歌中的宗教詩歌,主要是佛教詩歌,占有很大的比重。這固然由於敦煌是佛教名城,保存敦煌詩歌的莫高窟是佛教勝蹟,同時也由於唐五代的社會是宗教氣氛,特别是佛教氣氛十分濃厚的社會,因此這類宗教詩歌是廣泛流行的。由於中國的歷史上幾乎没有政教合一的傳統,宗教文學歷來不受重視,没有得到應有的研究,以致人們幾乎忽略了宗教文學的存在。然而這卻是一個巨大的事實,敦煌詩歌中佛教詩歌的重要分量是當時文學實際狀況的真實反映,我們有必要對佛教詩歌給以恰如其分的介紹。

第四,我們發現敦煌詩歌中保存了大批下層人士和民間的作品,這些作品或許在藝術上還稍顯稚拙粗糙,但是卻帶有通俗鮮活的色彩,如實地反映了當時社會生活的真面目,爲詩壇帶來一股清新的空氣。在《全唐詩》中這類作品保存得很少,因爲在時間的長河中它們是首先被淘汰的對象。然而由於特殊的歷史機緣,敦煌詩歌中保存了很多民間作品,這難道不值得我們特别地珍視和介紹嗎?

下面我們把敦煌詩歌分爲五類介紹,即:

一、文人詩歌;

二、釋道詩歌;

三、民間詩歌;

四、鄉土詩歌;

五、王梵志詩。

以上的分類並不是並列的。本來前三類詩歌,即文人詩歌、釋道詩歌、民間詩歌,已經大致可以概括全部敦煌詩歌了。我們從中特别提出鄉土詩歌單獨作爲一類,是因爲敦煌詩歌中保存了相當數量的敦煌本地人士的作品,具有濃烈的鄉土氣味,把這類作品單獨作爲一類介紹,既符合現存敦煌詩歌的實際結構,又能突出敦煌詩歌的鄉土特色。至於王梵志詩,是一個數量可觀的獨特詩歌群體,現存三百九十首左右,它們的作者是一些不知其名的僧侣、下層知識分子等身份各不相同的人士,它們的創作時間延續了大約幾個世紀,它們的内容兼有世俗詩歌與宗教詩歌的不同性質。然而這些本非一人一時所寫的作品,又都用"王梵志詩"的名義集合在一起,在内容上和藝術上顯示出共同的特色,形成一個整體。"王梵志詩"既難以歸屬於上述任何一類,同時又是敦煌詩歌中獨具特色和重要意義的一部分,因此把"王梵志詩"單獨作爲一類介紹,是最爲恰當的。

第一章　文人詩歌

第一節　敦煌文人詩歌概况

這裏説的"文人詩歌",指的是敦煌遺書中保存的中原文人創作的詩歌,敦煌本地詩人的作品留待第四章介紹。自從漢武帝設立河西四郡開始,敦煌地區就和中原地區建立了密切的聯繫。在安史之亂以前的唐代全盛時期,中原地區高度發展的文化曾經源源不斷地涌進敦煌地區,推動着敦煌地區文化的同步發展。中原詩人精美絶倫的詩篇也在敦煌地區廣泛傳播,受到敦煌人民的熱愛,哺育着敦煌詩人的成長。就是在後來敦煌地區和中原地區一度隔絶的情况下,這種文化上的交流仍在不絶如縷地延續着。敦煌遺書中保存的中原文人詩歌,祇是當時在敦煌地區流傳的中原文人詩歌的很少的一部分,然而已經具有極其珍貴的價值了。這些詩歌,主要以專集、選集和零篇的方式保存在敦煌遺書中。

一、專集

千年以前的唐人詩集,許多已經失傳,有的經過後人改編,面貌全非。敦煌保存的中原文人的詩歌專集,猶是當年實物,於焉可以窺見唐代詩集的真實面目。其間又可分爲個人詩集及詩集注本兩類。

個人詩集有《高適詩集》殘卷，存詩三十六題，五十一首。王重民《敦煌古籍叙録》卷五云：

> 《高適詩集》殘卷，起《答侯少府》，至《同吕判官從大夫破洪濟城迴登積石軍七級浮圖作》，共得三十六題，詩若干首，惟首尾兩篇有殘缺。書法雖非上駟，亦整秀可觀；避唐諱甚謹，的是唐人所書。校以今本，獲佚詩三篇：曰《雙六頭賦送李參軍》，曰《遇崔二有别》，曰《奉贈平原顔太守》。考《新唐書》適本傳及《藝文志》，並稱適有集二十卷，而《四庫》所據汲古閣影宋精鈔本，實僅十卷，則二十卷本宋代流傳已罕。余在敦煌殘卷中，别獲一唐詩選本（伯二五五二），載適詩三十九題，内兩題不見今本。《文獻通考》著録適集外詩一卷，文一卷，疑爲宋人據選集輯補，非獲見二十卷本也。
>
> 兩《唐書》本傳："適年五十始爲詩，每一篇已，好事者輒傳布。"又《奉贈平原顔太守詩序》："今南海太守張公之牧梁也，遂奏所製詩集於明主。"按張公即張九臯，是天寶初載，適已有集進奏於朝；自是傳鈔當益廣，卷帙必亦各自不同。顔真卿爲平原太守，在天寶十二載，贈詩當作於是年或次年，爲進奏本所無，而今本亦不載。按今本適詩，多爲在哥舒翰幕中作品，其在天寶十二載以後者殊尠，疑當編成於進奏本後，此卷子本以前，然此卷亦非最後定本也。

此外斯七八八號卷子起自高適《古大梁行》後半"[遺]墟但見狐狸行"以下，及《燕歌行》全篇，或許也是高適詩集殘卷。

詩集注本，則有斯五五五、伯三七三八兩種張庭芳《李嶠雜詠注》殘卷，兩卷筆跡相同，殆本爲同一寫本之殘片，斷裂後分藏於倫敦、巴黎兩地。王重民《敦煌古籍叙録》卷五云：

斯坦因所得五五五號，爲殘詩十七行，有注；伯希和所得三七三八號卷，僅六行，詩注均相似，書法亦同，知爲同書，恨不知書名與撰人姓氏。劉修業女士爲東方語言學校編所藏華文書目，偶檢《佚存叢書》本《李嶠雜詠》，謂此即《雜詠》殘卷，余檢閱良然。更閱卷端張庭芳序，而知此殘卷詩注，即張庭芳所撰者。斯氏卷始詠《銀》末三句，訖《布》，共六首又三句，在《佚存》本《玉帛部》十首中。伯氏卷存詠《羊》末二句，詠《兔》詠《鳳》各一首全，詠《鶴》僅存開端二句。詠《鳳》詩前有"靈禽十首"一目，則知《全唐詩》無子目者，或因從類書輯出也。然《佚存》本《靈禽》部在《祥獸》部前，卷子本反是，蓋《佚存》本與張庭芳注本不同也。《佚存》本文句與《全唐詩》所輯大致相同，卷子本《錢》至《帛》六詩中，其末二句每與《佚存》本不同，詠《兔》詠《鳳》亦如之。然則庭芳所據，固别一本也。

二、選集

唐五代時期既爲詩歌的黄金時代，詩學昌盛，詩集盛行，時人所編的詩歌選集亦紛紛出現。明胡震亨《唐音癸籤》卷三一載唐五代人選唐詩，已有三十餘種之多，胡應麟《詩藪》雜編卷二所載唐人選唐詩，又有《癸籤》不載者數種。其流傳至今者，有芮挺章編《國秀集》、殷璠編《河嶽英靈集》、高仲武編《中興間氣集》、姚合編《極玄集》、陸龜蒙編《松陵集》、韋莊編《又玄集》、韋縠編《才調集》等，其餘則但見於著録而已。至於當時實際存在而現今失傳、且不見於著録者，又不知凡幾。幸而在敦煌遺書中，尚保存了若干種唐人選唐詩殘卷，使我們尚可彷彿想見當時詩歌受到社會廣泛喜愛的情況。

伯三七七一、斯二七一七《珠英學士集》殘卷，是敦煌唐詩選集中唯一見於歷代著録者。王重民《敦煌古籍叙録》卷五云：

伯三七七一與斯二七一七兩殘卷，筆跡相同，斯氏卷馬吉甫

> 詩前,有"珠英集第五"一行,故知同爲《珠英學士集》殘卷。考《新唐書·藝文志·總集類》:"《珠英學士集》五卷,崔融集武后時修《三教珠英》學士李嶠、張説等詩。"(《玉海》卷五四引,尚有"詩總二百七十六首"一句。)又《唐會要》卷三六云:"大足元年十一月十二日,麟臺監張昌宗撰《三教珠英》一千三百卷成,上之。初聖曆中,上以《御覽》及《文思博要》等書,聚事多未周備,遂令張昌宗召李嶠、閻朝隱、徐彦伯、薛曜、員半千、魏知古、于季子、王無競、沈佺期、王適、徐堅、尹元凱、張説、馬吉甫、元希聲、李處正、高備(《玉海》卷五四引作喬備,不誤)、劉知幾、房元陽、宋之問、崔湜、常元旦、楊齊哲、富嘉謩、蔣鳳等二十六人同撰。"所舉撰人,概在此兩殘卷中。是集《崇文總目》、《郡齋讀書志》並著録,則宋時猶存。《讀書志》云:"預修書者凡四十七人,崔融編集其所賦詩,各題里爵,以官班爲次。"所述尤與殘卷相合,則此兩卷爲《珠英學士集》無疑。自是集散佚,諸家詩或不盡傳。持與《全唐詩》相校閲,伯氏本:載元希聲詩二首,《贈皇甫侍御赴都》第二律與第二首,並不見《全唐詩》。房元陽二首,楊齊哲二首,房、楊詩《全唐詩》不載。胡皓七首,喬備四首;胡四詩,喬二詩,《全唐詩》失載。斯氏本:沈佺期十首,李適三首,崔湜九首,劉知幾三首,王無競八首(實僅七首),馬吉甫三首;沈詩今存,劉、馬二家全佚,李詩佚一首,崔、王二家各佚四首。合得佚詩二十七首,並輯入《敦煌詩録》中。

按喬備詩實際衹佚一首(《雜詩》)。其《秋夜巫山》一首,王重民收入《補全唐詩》者,已見於《全唐詩》卷八八二(補遺一),並非佚詩。又胡皓之名不列於《唐會要》二十七人之中,是由於《唐會要》所列名單並不完備,《郡齋讀書志》云"四十七人",胡皓當在此數中。

敦煌遺書中的其餘唐詩選集(有些是詩文合選),多數很可能是一般習詩者選抄,供自己使用,並未廣泛流傳。不過唐代詩學昌盛,全民詩歌欣賞水平很高，所以這些不見著録的唐詩選本，所收作品多有可觀，其中尤以伯二五五二・二五六七（兩卷係同一原卷斷裂者）和伯二五五五兩種最爲重要。這些選本主要有：

1.斯五五五，劉銘恕《斯坦因劫經録》著録爲《唐人選唐詩》，説明："殘存李義府侍宴詠烏（見唐詩紀事），宋之問詠壁上畫鶴，前鄉貢進士樊鑄上禮部李侍郎詩十首（現存九首）。"楚按樊鑄詩《全唐詩》不載。

2.斯二〇四九，《斯坦因劫經録》著録爲《古賢集》，説明："所選唐詩，多不著作者，篇題亦有不同，兹據所知者記之，如洛陽篇，即劉希夷之白頭吟，漢家篇，即高適燕歌行，又如'長安少年無怨途'一首，即王翰飲馬長城窟行之'長安少年無遠圖'詩，至君不見黄河之水天上來，顯爲李白之詩。此外則有昭君詩、秦王無道枉殺人、酒賦、錦衣篇、老人相問歎詩、藏鈎詩、河南縣尉盧竫龍門賦、北邙篇等詩。"楚按《古賢集》衹是"秦王無道枉殺人"一首之標題，此卷仍以著録爲"唐人選唐詩"爲宜。

3.伯二四九二（舊編伯五五四二）《白居易詩集》殘卷，王重民《敦煌古籍叙録》卷五云：

> 敦煌出《白香山詩集》，袖珍折葉裝本，書法甚工，半頁十行，行十八字至二十二字不等。遇當代帝王均空格，又以避諱之字代本字，真唐人著作，唐人寫本之原式也。今存八葉有半，第一首爲《寄元九微之》，下署"白樂天"名。次爲《和樂天韻同前》，下署"微之"兩字。以後存《新樂府》十五首，曰《上陽人》，曰《百鍊鏡》，曰《兩珠閣》，曰《華原磬》，曰《别母子》，曰《草茫茫》，曰《天可度》，曰《時世粧》，曰《司天台》，曰《胡旋女》，曰《昆明春》，曰《撩綾歌》，曰《賣炭翁》，曰《折臂翁》，曰《鹽商婦》。《鹽商婦》僅存一行，以下均缺。樂府各篇無小序，亦無夾注，爲與今本不同。按白氏詩文集，生前手自寫定五本，分藏東林、南禪等寺，更有傳至日本與高麗者；今日本傳本與宋明刻本，彼此不稍異，蓋均不能彷彿於白氏手

定本之舊矣。又明正德年間,海寧衛指揮嚴震,别刊《新樂府》二卷,題爲《白氏諷諫》,盧文弨曾據以校入《群書拾補》第三十六卷中。持與相校,敦煌本與《白集》同者十七八,與《諷諫》同者十八九。余未見嚴刻,亦不知其所自,而異同獨與敦煌本爲近,則非從世傳《白集》抽出,必爲别有所據可知,自是嚴刻增價矣!此敦煌小册子,似即當時單行之原帙。所可疑者,寄元九一詩,不應列入《諷諫》之内;更以時代考之,同爲元和四年作品,則此小册子,蓋據元和間白氏稿本。白氏詩歌,脱稿後即傳誦天下,故别本甚多,即白氏所謂通行本也。然其價值,當仍在今行諸本之上。余生千載之後,覩此殘編,爲勝於高駢遣使,放翁入蜀矣。

按此卷所録白傅《新樂府》詩,實爲十六首,而非十五首。《華原磬》下尚有《道州民》,王氏叙録漏記。王氏因此卷所存皆爲白居易詩,遂定名爲《白香山詩集》。但徐俊以俄藏Дx·三八六五卷與此卷綴合,證明兩卷原爲一卷,斷裂後分藏英俄兩地。俄藏三八六五卷所載爲白居易《鹽商婦》(首殘,適與斯二四九二卷末《鹽商婦》相接)、李季蘭詩(首句“故朝何事謝承朝”)、白居易《歎旅雁》、白居易《紅線毯》、岑參《招北客詞》(後殘),然則此二卷實非《白香山詩集》,而是又一種唐人詩選集。

4.伯二五四四,王重民《伯希和劫經録》著録爲“詩文集”,包括:“一、‘酒賦’江州刺史劉長卿撰。二、‘錦衣篇’、‘漢家篇’、‘老人篇’等。三、‘老人相問嘵嘆詩’。四、‘龍門賦’,河南尉盧竫撰。五、‘北邙篇’、‘蘭亭序’等。”

5.伯二五六七,下接伯二五五二。兩卷珠聯璧合,書法精美,長度可觀,存詩達一一八首,真可謂價值連城。

伯二五六七卷共存詩七十四首。卷端殘詩半首,係李昂《賦戚夫人楚歌》,下接李昂佚詩二首:《題雍丘崔明府丹竈》、《睢陽送韋參軍還汾上此公元昆任睢陽參軍》。再接王昌齡詩七首,其中有佚詩兩首:

《城旁[曲]》、《題浄眼師房》。再接孟浩然詩九首，由於没有署名，羅振玉《鳴沙石室佚書》影印此卷跋文誤連上作王昌齡佚詩。孟浩然詩下接荆冬倩《詠青》，由於仍未署名，王重民又連上作爲孟浩然佚詩收入《補全唐詩》。再下爲丘爲詩六首，其中有佚詩五首：《答韓大》、《辛四卧病舟中群公招登慈和寺》、《對雨聞鶯》、《幽渚雲》、《傷河龕老人》。丘爲詩後爲陶翰《古意》一首，再接常建(原未署名)《吊王將軍》一首。再接李白詩四十三首，雖俱見於今本李白集，仍具有珍貴的校勘價值。李白詩後再接高適詩三首及《奉酬李太守丈夏日平陰亭見贈》詩題。

伯二五五二存詩四十四首，緊接伯二五六七，兩卷實爲同一原卷斷裂的兩部分，今已拼合爲一卷。伯二五五二首載高適《奉酬李太守丈夏日平陰亭見贈》詩正文，再接其餘高適詩四十一首，連同伯二五六七計算，共載高適詩四十五首，具有很高的校勘及補遺價值，其中《自武威赴臨洮謁大夫不及因書即事寄河西隴右幕下諸公》及《同李司倉早春宴睢陽東亭》兩首，是高適佚詩，前一首又是考證高適身世的重要資料。高適詩後接李昂佚詩《馴鴿篇(並序)》及《塞上聽彈胡笳作(並序)》，後一首未完，原卷即已殘斷。

6.伯二五五五，是又一種極爲重要的唐人詩文選集殘卷，正面抄唐人詩一百七十三首、文二篇，背面抄唐人詩三十二首，共計抄詩二百零五首，文二篇。其中見於《全唐詩》及《全唐文》的祇有詩三十四首，文一篇，其餘詩一百七十一首、文一篇久已失傳，可説是唐代佚詩文之淵藪。今略記其内容如下：正面首載七古殘詩一首。接《王昭君》五古一首。接七古《何(河)上見老翁代北之作》，即張謂《代北州老翁答》。接《客龄然過潼關》一首。接“海邊黛色在似有”七絶一首。接五律二首，其第一首即岑參《寄宇文判官》。接七言絶句共四十七首，原無標題署名，其第三首即冷朝光《越谿怨》，第五首即高適《塞上聞笛》，第七首即高適《别董大二首》之一，第三十八首即蔣維翰《春女怨》，第四十一首前兩句與王昌齡《長信秋詞五首》之五相同，第四十二首即岑參《逢入京使》。接五古《明堂詩一首》。接孔璋《代李邕死表》(未抄完)，即《文苑英華》卷六一九之《請替李邕死表》。接五、七言絶句詠物詩共十六首。接敦煌落蕃人詩共五十九首。接《胡笳十八拍》十八首，即劉商同名詩作。接云“落蕃人毛押牙遂笳（加）一拍，因爲十九拍”，接抄“第十九拍”一首，此首即落蕃人毛押衙補作者。再接江州刺史劉長卿七古《高興歌》一首。再接詩題中皆有“怨”字的閨怨詩五律八首，其中《畫屏怨》即鄭遂初《别離怨》，《綵書怨》即上官婉兒同名詩作，《珠簾怨》即顔舒《鳳樓怨》，《清夜怨》今見李商隱集中，前人已疑其並非義山所作，《閨情怨》即王諲《閨情》詩。下接《閨情》五律一首，即孟浩然同名詩作。接劉希夷《白頭老翁》，《全唐詩》題作《代悲白頭翁》。下接《思佳人率然成詠》七絶七首，及《奉答》七絶二首，這九首應爲一組。接《早夏聽穀穀師聲此鳥鳴則歲稔》五律一首及《同前》五律一首。接五律《過田家二首》。接竇昊《爲肅州刺史劉臣璧答南蕃書》一篇。以上是該卷正面内容。反面則首載七古殘詩一首。接《月賦》七古一首。接《從軍行》七古一首及《從軍行同前作》七古一首。接岑參《江行遇梅花之作》七古一首，再接《冀國夫人歌詞》七絶七首，與上詩皆爲岑參佚詩。接《詠拗籠籌》五律一首，即朱灣《奉使設宴戲擲籠籌》。接《閨情》七絶五首。接馬雲奇《懷素師草書歌》七古一首。接落蕃人《白雲歌》等共十二首。接《御製勤政樓下觀燈》五律一首，應爲唐玄宗佚詩。這個寫卷中的落蕃人詩和馬雲奇詩共七十二首，有王重民及潘重規校録本，其餘内容有柴劍虹校録本①。

7.伯二六七三，《伯希和劫經録》著録爲：“殘詩集，有一、‘龍門賦’（河南縣尉盧竧撰）。二、‘王昭君’。三、‘北邙篇’等。”

8.伯三一九五，《伯希和劫經録》著録爲：“詩總集，存四十二行，第一首殘，第二首爲馮待徵美人怨，第三首魏奉古長門怨，第四首燕歌行。”

---

① 見王重民《敦煌唐人詩殘卷》，收入《全唐詩外編》第二編，中華書局一九八二年七月出版。潘重規《敦煌唐人陷蕃詩集殘卷校録》，載《幼獅學誌》第十五卷第四期。柴劍虹《敦煌唐人詩文選集殘卷（伯二五五五）補録》，載《文學遺産》一九八三年第四期。

9.伯三五九七，録詩九首。卷端有一段殘文書，接書白侍郎《蒲桃架詩一首》，接佚名"春日春風動"、"春來春去秋復秋"、"馬足龍城百草秋"、"孔子□高座"、"高僧高高高入雲"、"日日昌樓望"等詩。接寫"詩兩首七言"，録七律二首，今考是白居易《夜歸》及《柘枝妓》。

10.伯三六一九，也是重要的唐詩選集，抄録唐詩四十七首，其中《全唐詩》不載的佚詩二十七首。依次爲：蘇乩七古《青（清）明日登張女郎神[廟]》（佚詩），郭元振七古《寶劍篇》，劉希移（夷）七古《死馬賦》（佚詩）、《白頭翁》、《北邙篇》、《擣衣篇》。崔顥七律《登黄鶴樓》，暢諸五律《登觀（鸛）鵲樓》（《全唐詩》截取中四句作暢當詩），皇甫斌五律《登岐州城樓》（佚詩），宋之問五律《度大庾嶺》二首，蔡希寂五律《揚子江夜宴》（佚詩），李邕五律《綵雲篇》，崔顥五律《度巴硤》，佚名五律《秋夜泊江渚》（佚詩），佚名"我有方寸心"殘詩等二首（佚詩），李邕（原未署名）七絶殘詩一首，祖詠五律《謁河上公廟》（佚詩），王維七律《勑借岐王九城（成）宫避暑》，孟顥（浩）然五律"北闕休上書"（按即《歲暮歸南山》），高適七律《九月九日登高》，李斌五律《大桐軍行》（佚詩），宋之問五律"江上越王臺"（按即《登越王臺》），沙門日進五律《登靈巖寺》（佚詩），渾維明《謁聖容》（佚詩），未署名五律《早行東京》、《採蓮篇》、《吐蕃党舍人臨刑》（佚詩），李斌五古《劍歌》（佚詩），五律"我有夜光寶"（佚詩），五古《日南王》（佚詩）、蘇乩《遊苑》（佚詩），哥舒翰詞《破陣樂》（佚詩），崔希逸七絶《燕支行營》二首（佚詩），高適七絶二首（按即《九曲詞》，第二首爲佚詩），蕭沼七絶"生死一半在燕支"（佚詩），王烈七絶《塞上曲》（原無署名及詩題），李斌五律《夜渡潁水》（佚詩），高適五律《餞故人》，桓顒五律《秋夜》（佚詩），孟浩然五律《閨情》（原無署名及詩題），史昂五律《述懷》（佚詩），佚名五排《歎蘇武北海》（佚詩），佚名七絶《野外遥占渾將軍》（佚詩）。

11.伯三八一二，《伯希和劫經録》著録爲："詩歌選集，有高適、殷濟、武涉、劉長卿等及劉商胡琴十八拍。背有獨孤播狀數件。"

12.伯三八八五，《伯希和劫經録》著録爲："殘詩集（有李邕孟浩然史昂等詩），後半爲文選：一、‘前大升軍使將軍唐太和書與吐蕃贊普一首’。二、‘前北庭節度蓋嘉運判文’兩篇。背用醫方書裱托。”然則此卷實爲唐人詩文選集。

三、零篇

敦煌遺書中保存的中原文人詩歌，還有許多以零篇的方式散見於各卷中，例如：

斯〇〇七六，載前吉州館驛巡官將仕郎前守常州晉陵縣尉劉廷堅詩二首：《觀岳壽寺松因課留題》、《寓止觀中因書感懷一首》。二詩一寫佛寺，一寫道觀，王重民已録入《補全唐詩》中。

斯〇三七三，《斯坦因劫經録》著録曰：“李存朂詩五首。本文：皇帝癸未年（後唐同光元年，公元九二三），膺運滅梁再興（缺）迎太后七言詩：禁煙節假賞幽閑，迎奉□心□□□，鶺語雕樑聲猗狔，鸚吟緑樹韻開關。爲安家國千場戰，思憶慈親兩鬢斑，孝道未能全報得，直須頂戴遶彌山。題北京西山童子寺七言：昔時童子慕清閑，古今猶傳在北山，百派峥嶸流海内，千溪岐□透山間。猿啼嶺上深幽静，虎嘯巖邊去復還，愐想翠花岐谷變，空留禪室喜登攀。説明：另三首曰題南嶽山七言，題幽州盤山七言，題幽州石徑山，今略。按全唐文一零四唐莊宗親至懷州奉迎太后敕，略謂天下已定，理應到汾州親迎太后，不得已衹到懷州迎接，是知迎太后詩，即爲此時作品。”

今按《劫經録》載本卷中第一首詩第二句“迎奉□心”，缺字原卷是“傾”字。第四句“韻開關”的“開”字是“間”字之誤，“間關”形容鳴聲。第二首第二句“古今”平仄不叶，原卷作“今古”，是。第四句“岐□”原卷實作“峖屼”，即“突兀”；“山間”原卷作“雲間”。説明中所録詩題“題幽州石徑山”，“徑”原卷作“經”，“石經山”即今北京市房山縣石經山，藏有我國規模最大的石刻佛經，因以名山。又伯三六四四雜寫中，夾有上引第一首，第二句作“迎奉傾心樂貴顔”，可補此卷缺字。

還有些零篇雖然佚去作者姓名，但根據詩題或内容，可以知道是中原詩人的作品，如：

斯四四四四，載《再遊山陰先寄郡中友人》、《贈秀峰上人》詩二首。

伯三九四六，《伯希和劫經録》著録爲："詩集一葉（兩面書），一、授攝蒙州司馬後由許陪從公宴謹抒長句四韻以代謝誠。二、暮春有懷衡陽小隱兼呈院中諸判官。三、奉和李中丞聽祁侍御彈琵琶二首（僅存一行）。"

伯四八七八，《伯希和劫經録》著録爲："詩集一册葉（兩面鈔共十七行），存'陪杭州盧郎中湖亭讌'、'答柳宗言秀才'、'春日偶言'。"

伯五〇〇五，《伯希和劫經録》著録爲："殘詩集（廿四行），有：送薛弁歸河東舉，登總持閣，送裴校□越淄州覲省等詩。"

像這樣散見的中原詩人零篇斷簡，乃至單辭隻句，在敦煌遺書中的確不少，倘若悉心搜羅，爲數當有可觀，這裏難以一一拈出。當然其中最著名者，首推失傳千年的韋莊傑作《秦婦吟》，下文還將提到。唐詩在中國文學史上，乃至世界文學史上，已經樹立了崇高的地位。一部《全唐詩》，收録的主要是中原文人的詩作，曾引起了多少人的仰慕和鑽研！現在突然發現了如此多的唐人手寫唐詩，對於研治唐詩的人來説，無異於突然發現了一座金礦，其珍貴的價值無法估量。下面分爲今存詩篇與失傳詩篇兩類，略談這些詩歌的價值。

第二節　今存詩篇的價值

説到敦煌遺書中今存詩篇的價值，人們自然首先想到與今本"校勘"的價值。不過這並非衹是簡單的"某作某"的文字勘正問題，它在許多方面對唐詩研究都有極大的啓發意義。黄永武《敦煌的唐詩》（洪範書店一九八七年初版）在這方面有極爲精到的論析，很值得一讀。在該書的《序》中，他從字義、制度、音律、修辭、語彙、辨僞等六個方面，論述了敦煌本唐詩對唐詩研究的意義，下面詳引於下：

敦煌本唐詩的可貴，從下面的一些例子中就可以看出，譬如今傳的本子有“字義齟齬”的，待敦煌本的出現纔能校正錯謬，大家熟悉的李白“將進酒”詩中就有例子：

鐘鼓饌玉豈足貴，但願長醉不用醒。

饌玉是指筵席上珍美的食品，正在烹羊宰牛、勸酒作樂，總不該説所食的珍品不足貴吧？況且鐘鼓是樂器，饌玉是食物，又如何聯成四字都不足貴呢？後人讀了千餘年，没發覺有問題，直待敦煌本出現，纔知道李白的原文是“鐘鼓玉帛豈足貴”，鐘鼓齊備是諸侯的樂器陳設，玉帛是諸侯相見時互贈的禮物，“鐘鼓玉帛”是比喻諸侯顯赫的地位不足貴，不是説眼前的樂隊食品不足貴，下文有“陳王昔時宴平樂，斗酒十千恣歡謔”，陳王句即承諸侯不足貴而來，斗酒句即承願醉不用醒而來，脈絡相承，十分細密，今本“玉帛”改成“饌玉”以後，字義已經不通。

再如劉商的“胡笳十八拍”，全唐詩中的第三拍有：

使余刀兮剪余髮，食余肉兮飲余血，誠知煞身願如此，以余爲妻不如死！

描寫文姬被胡人所虜，但“使余刀兮”四字已不通，下連“剪余髮”，好像用我的刀剪我的髮，見到敦煌本以後，纔知道原本是“使余力兮取余髮”，是説我的力氣你們可以使用，我的頭髮你們可以剪取，甚至我的肉你們可以食，我的血你們可以飲，信誓旦旦如此，即使殺身也是我所願的，但要將我做妻子是比死還要難的！“刀”字原來是“力”的錯誤，影響詩意很大。

“字義齟齬”之外，還有“制度不合”的，也有待敦煌本的出現而得以重新改正，如李白的“送程劉二侍郎兼獨孤判官赴安西幕府”詩：

繡衣貂裘照積雪，飛書走檄如飄風。朝辭明主出紫宫，銀鞍送別金城空。

詩題説“侍郎”與赴“安西幕府”，就已經與唐代的制度不合，侍郎的地位很高，是四品的官職，不應去做幕府的職務，幕府中有副使、行軍司馬、判官、掌書記等，都奏請由六品以下的正員官出任，待敦煌本出現，知道詩題中的“侍郎”，原來是“侍御”的錯誤，侍御的地位較低，《漢書》説“侍御史有繡衣直指”，漢唐有許多制度是相承襲的，本詩中説“繡衣貂裘”正是“侍御”的服飾。

再看敦煌本“銀鞍送别金城空”作“瓊筵送別金樽空”，原來李白只説送別時“金樽”酒空而已，而不是送別時長安金城爲之空巷，大概是詩題由“侍御”錯作“侍郎”以後，送別的場面也由“金樽空”而擴大誇張爲“金城空”了。送一位六品官，何至於長安爲之空巷？形容得過了分。再看舊唐書封常清傳，知道當時安西幕府中的判官有劉眺與獨孤峻，應該就是詩題中所送行的三位客人中的二位，敦煌本的出現，往往發現制度上不合與詩意荒唐的問題。

“制度不合”之外，還有“音律失檢”的，也依仗敦煌本的出現，被檢視出來，如李白的贈友人三首之一，今傳的版本可分作三段：

袖中趙匕首，買自徐夫人，玉匣閉霜雪，經燕復歷秦，其事竟不捷，淪落歸沙塵。（以上押真韻）

持此願投贈，與君同急難，荆卿一去後，壯士多摧殘，長號易水上，爲我揚波瀾。（以上押寒韻）

鑿井當及泉，張帆當濟川，廉夫唯重義，駿馬不勞鞭，人生貴相知，何必金與錢。（以上押先韻）

敦煌本中的這首詩，異文暫且不論，它的押韻分成三段，卻不一樣：

我有一匕首，買自徐夫人，匣中閉霜雪，贈爾可防身。（以上押真韻）

防身同急難，挂心白刃端，荆卿一去後，壯士多凋殘，斯人何太愚，作事誤燕丹，使我銜恩重，寧辭易水寒。（以上押

寒韻）

鑿石作井當及泉，造舟張帆當濟川，廉夫唯重義，駿馬不勞鞭，大夫貴相知，何必金與錢。（以上押先韻）

敦煌本看來雖不如今傳本押韻段落勻整，今本每段六句，敦煌本則爲四句、八句、六句。但是李白轉韻古詩中，常寓有一個少爲人知的秘密，那就是在轉换韻腳時，下一段的第一句末，即須先押新轉入的韻腳，以迎接將來的新韻，這種技巧，今人或叫做“逗韻”，但在今本中，卻失去了這種音律上的技巧，試看今本轉入寒韻時的第一句“持此願投贈”的贈字，卻不是後面將押的“寒韻”，這是後人竄改李詩時，不曾注意到李白暗藏的秘密。

再去看敦煌本，轉入寒韻的第一句“防身同急難”的難字，先押寒韻，轉入先韻的第一句“鑿石作井當及泉”的泉字，先押先韻，李白的古詩格律很嚴整，後人不知而妄改，以致使格律失檢了。

同樣的，李白“將進酒”一詩中膾炙人口的名句“天生我材必有用”，也是後人竄改的，敦煌本中李白原來是寫“天生我徒有俊才”，堅强的證據也是根據“逗韻”的格律，“才”字是轉韻開始第一句的末字，“才”與下文“千金散盡還復來”、“會須一飲三百杯”的“來”、“杯”是押韻的，後人改成“天生我才必有用”，用字不押韻，顯露出錯誤的痕跡，但是若没有敦煌本的出現，還不容易覺察這些上千年的古老錯誤呢。

“音律失檢”之外，當然，更多的是句法修辭上的問題，“修辭句法不宜”的問題，牽連到美不美，有時會見仁見智，但我總盡力尋求理由與證據，以求恢復古本原貌的詩人匠心。有時需要將詩人全集再三檢閲，爲了取證白居易的句法慣例，白氏詩集被翻檢了數十遍，不同的年歲有不同喜用的語彙。總之，“翻閲全書慣例以校一字”，乃至“翻閲同時代詩人慣例以校一字”，都是我不惜日力努力以赴的做法，舉例來説，如李白的《望廬山瀑布水》詩二首之一：

初驚河漢落，半灑雲天裏，仰觀勢轉雄，壯哉造化功。

拿敦煌本來一對照，這四句是“舟人莫敢窺，羽客遥相指，指看氣轉雄，壯哉造化功”，字句出入很大。敦煌本所寫是：即使慣於水上生活的舟人，見了這瀑布急水，也不敢多看幾眼，連駕雲奔電的羽客仙人，也只敢站在遠方遥遥地指著欣賞，欣賞這氣勢轉雄的懸泉奔湍。可能是後人嫌它粗俗，纔改成河漢驚落於雲天的意思，其實李白第二首廬山瀑布水詩中，已有“飛流直下三千尺，疑是銀河落半天”的句子，今本改動後，二首的意思雷同而重複，李白的才思會這般枯窘嗎？幸得敦煌本的出現，替李白作了最佳辯護。

再説敦煌本中，這首詩是：

舟人莫敢窺，羽客遥相指，指看氣轉雄，壯哉造化功。海風吹不斷，江月照還空，空中亂叢射，左右各千尺……

原來李白在轉韻的時候，用了“韻轉而意不轉”的技巧，偏在轉韻句的上下接縫處，用了“頂真”的修辭技巧要意思直貫下來，仄聲“指”轉爲平聲“功”韻時，用下句第一字“指”頂真上面的“指”；由平聲“空”轉爲仄聲“尺”韻時，用下句第一字“空”頂真上面的“空”，而今傳的版本中，二個“指”字，都被改掉，李白的修辭匠心也就掩没不彰了。

“修辭文法不宜”之外，更有“詩篇真僞”問題，如李白的“月下獨酌”詩，自“天若不愛酒”以下，明代的大學問家胡震亨就認爲是宋代的馬子才所作，不是李白的原文，但是敦煌本出現後，證明唐朝的抄本已有這些句子，爲李白所原有，不能因語句粗直就認爲不是李白的詩。清代的大學問家龔自珍，他的“最録李白集”，認爲“李白集十之五六僞也”，他用朱墨二色的筆來定李白詩的真僞，只選出李白的真詩一百二十二篇，龔自珍完全憑個人的鑑賞力去評選，待敦煌本一出現，許多推測便成了癡人的夢話。

像這樣生動的例子，在《敦煌的唐詩》中還有很多。有時人們頭腦中的錯誤觀念，自幼年學習時已經形成，久而不知其非。崔顥《黄鶴樓》詩，傳説李白見了也大爲歎服，説是“眼前有景道不得，崔顥題詩在上頭”(《唐才子傳》卷一)，現今習讀《唐詩三百首》的學童，誰不會背誦“昔人已乘黄鶴去，此地空餘黄鶴樓”？然而敦煌伯三六一九號卷子所載此詩，首二句作“昔人已乘白雲去，兹地唯餘黄鶴樓”。黄永武説：

> “昔人已乘白雲去”，英華、河嶽、國秀、唐詩紀事均同，《唐詩紀》及《全唐詩》也還作“昔人已乘白雲去”，只在白雲下注“一云作黄鶴”，可見宋代以前的書還没有乘黄鶴的説法，元代吴師道詩話中曾討論到乘黄鶴還是乘白雲的問題，提及當時人曾附會“黄文禕駕鶴登仙於此”、“仙人子安乘黄鶴過此”，纔開啓後人改成“昔人已乘黄鶴去”的奇想。明人吴琯等作唐詩紀，猶以“白雲”爲正，兼采異文“一云作黄鶴”，直接改成乘“黄鶴”的可能是清初順治十七年(公元一六六〇年)“選批唐才子詩”的金聖歎，他不但以乘“黄鶴”爲正，並批評説：“有本乃作‘昔人已乘白雲去’，大謬，不知此詩，正以浩浩大筆，連寫三‘黄鶴’字爲奇耳！且使昔人若乘白雲，則此樓何故乃名黄鶴？此亦理之最淺顯者。至於四之忽陪白雲，正妙於有意無意，有謂無謂，若起手未寫黄鶴，先已寫一白雲，則是黄鶴白雲，兩兩對峙，黄鶴固是樓名，白雲出於何典耶？且白雲既是昔人乘去，而至今尚見悠悠，世則豈有千載白雲耶？不足當一噱已！”(頁四二)金氏强辭奪理，乘鶴的附會乃起於元代，而崔詩原本是白雲黄鶴，四句迴轉，結構匀稱，第一句白雲一去，第四句白雲還在；第二句黄鶴還在，第三句黄鶴一去，糾繚迴環，用意絶妙。被金氏這幾聲恫嚇，所以清初康熙五十六年(公元一七一七)時編《唐詩别裁》的沈德潛，在卷一三裏録的詩，變成“昔人已乘黄鶴去”，連“一作白雲”都免了！孫洙編唐詩三百首是在乾隆癸未年(公元一七六三)，律詩部分參考《唐詩别裁》不少，自然

> 也作“昔人已乘黄鶴去”了！至今傳誦人口，迷本忘原，待敦煌本出現，纔更確信唐人原本如此。（《敦煌的唐詩》二二一、二二二頁）

這是很有説服力的分析。然而今人所選的唐詩選本中，仍多有作“昔人已乘黄鶴去”者，難道不應根據敦煌本改正嗎？於此可見敦煌本唐詩的珍貴價值，還有繼續向學術界介紹的必要。

有時敦煌本與今本文字小有不同，從中卻可以連帶發現較大的問題。伯二五六七號唐詩選本載孟浩然詩《寒食卧疾喜李少府見尋》，黄永武卻從詩題與今本孟集的差異中發現了孟集中羼入的他人詩作。其説曰：

> 四部叢刊影明本詩題作“李少府與王九再來”，考詩中“弱冠早登龍，今來喜再逢”，是從“弱冠”以來的再逢，不是衹隔短時間的“再來”，所以使作者特别欣喜。詩中以“歲寒松”自比，是暗喻自己“卧疾”。“煙火臨寒食”已點明時節，而“鬥雞”也是寒食節的游戲（見荆楚歲時記），因此敦煌本中的詩題，與全詩的詞句字字有了着落。反過來説，王九是王迥，在孟集中凡七見，或稱白雲先生，或稱王山人，詩題若有“王九再來”四字，則與本詩的構思完全不合。
>
> 我很懷疑孟集中另有一首“重詶李少府見贈”詩，是李少府作的，送給孟浩然，被後人收入孟集，該詩是：“養疾衡茆下，由來浩氣真。五行將禁火，十步想尋春。致敬維桑梓，邀歡即故人。還看後凋色，青翠有松筠。”詩中所説的“五行禁火”正是指寒食節，詩中稱養疾衡門，而寒食卧疾的正是孟浩然，孟集有“家園卧疾”詩，自稱“顧予衡茅下”，更可證明養疾衡茆的正是孟浩然自己。而“由來浩氣真”正用孟子“我善養吾浩然之氣”一語，暗鑲着“孟浩然”三字，詩人那裏會暗鑲自己的名字作標榜？可見是李少府

贈給孟浩然的詩。孟浩然歸臥於襄陽,所以詩中稱桑梓。而贈詩結尾説"還看後凋色(楚按,黄書原作"松",誤),青翠有松筠",所以本詩説"何知春月柳,猶憶歲寒松",贈詩説要去看"後凋松",答詩纔感謝他"猶憶歲寒松",贈詩説"十步想尋春",答詩纔把他比作"春月柳",贈詩中稱"故人",答詩纔叙及"重逢",兩詩恰好相對,正是一贈一答的詩。而士禮居藏影宋本"重詶李少府見贈"的題目作"愛州李少府見贈",從影宋本看來,明明説是李少府見贈的詩,並不是孟所作,後人編集時一並收入,宋本將詩旁所批注的"李少府見贈"字樣誤爲詩題,至少還容易察覺不是孟詩,及至後代,把"愛州"二字的行草誤作"重詶"二字,就更不容易辨察了。現在由於敦煌寫本的出現,比對詩題的異同,竟附帶地發現這首羼入孟集的詩,不能不説是千年以來的快事!(《敦煌的唐詩》一〇二、一〇三頁)

第三節　失傳詩篇的價值

這裏説的"失傳詩篇",是指在敦煌遺書發現之前已經失傳的詩篇。敦煌遺書發現以後,這些失傳詩篇重現於世,所以我們有可能談論它們的價值。説到它們的價值,人們自然首先想到"輯佚"的價值。王重民氏在數十年的研究工作中,曾致力於從敦煌遺書中輯録唐人佚詩,他在《補全唐詩》序言中自論甘苦説:"編輯敦煌詩詞最困難的地方是校録文字與考定存佚互見兩項工作。"由於種種原因,他輯録的《補全唐詩》和《〈補全唐詩〉拾遺》,還很不完備,需要有人花費大力氣,努力把敦煌遺書中的佚詩網羅無遺。輯佚還衹是爲研究準備資料,這些失傳詩篇對唐詩研究的作用是難以估量的。

從作者的角度區分,這些失傳的中原文人詩篇有以下幾類:一、作者已見於《全唐詩》的；二、作者不見於《全唐詩》的；三、作者有疑問的；四、不知作者名氏的。下面就分類稍作介紹。

一、作者見於《全唐詩》的佚詩

王重民《補全唐詩》輯録的唐代中原詩人佚篇，作者姓名已見於《全唐詩》的有二十餘人，其中不乏享譽詩壇的名家。這當然遠遠不是全部，因爲《補全唐詩》是極不完備的。這些知名詩人的佚詩是研究者極感興趣的，下面舉高適、王昌齡、韋莊爲例。

敦煌遺書中發現的高適佚詩有九首之多，即伯三八六二的《雙六頭賦送李參軍》、《過崔二有别》、《奉寄平原顔太守》，伯二五五二的《自武威赴臨洮謁大夫不及因書即事寄江西隴右幕下諸公》、《同李司倉早春宴睢陽東亭》，伯三一九五的《送蕭判官賦得黄花戍》，伯三六一九"一隊風來一隊砂"七絶、《餞故人》，伯三八一二《在哥舒大夫幕下請辭退託興奉詩》。其中《奉寄平原顔太守》有序云：

> 初顔公任蘭臺郎，與余有周旋之分，而於詞賦特爲深知。洎擢在憲司，而僕寓於梁宋。今南海太守張公之牧梁也，亦謬以僕爲才，遂奏所製詩集於明主；而顔公又作四言詩數百字并序，序張公吹噓之美，兼述小人狂簡之盛，遍呈當代群英。況終不才，無以爲用，龍鍾蹭蹬，適負知已。夫意所感，乃形於言，凡廿韻。

序中的"顔公"指顔真卿，"張公"指張九臯。顔真卿天寶十二載任平原太守，張九臯卒於天寶十四載，此詩作於天寶十三載。這篇詩序是考證高適身世、交遊的重要資料。從詩序中還知道，張九臯曾奏進高適詩集於唐玄宗，這一年高適五十四歲。新舊《唐書》本傳皆説"適年五十始爲詩"，這是誤傳，其實高適的多數詩篇都寫於五十歲以前，奏進的詩集也應該主要收入五十歲以前的詩作，而不是五十歲以後短短幾年所作。

伯三八一二收入一首有疑問的高適佚詩：

在哥舒大夫幕下請辭退託興奉詩

自從嫁與君，不省一日樂。遣妾作歌舞，好時還道惡。不是妾無堪，君家婦難作。下堂辭君去，去後君莫錯。

第四句的“首”字應是“道”字，書手誤脱偏旁。孫欽善《高適集校注》（上海古籍出版社一九八四年二月一版）此句作“好時不道惡”，“道”字對了，“不”字卻又錯了。“好時還道惡”是説夫君偏見已深，歌舞縱然美妙，仍説是惡俗不好。《補全唐詩》在收入這首詩時，有一段説明：“第一首標題作‘高適在哥舒大夫幕下請辭退，託興奉詩’，疑是後人依託或擬作，細翫修辭與用意，也不像高適的作品；因爲是使用高適的故事，故附於此。”並推測是“一個淪落在敦煌的文人所作”。《高適集校注》也説：“此詩據題係作於任職哥舒翰幕府期間，然語辭鄙俚，内容亦與高適當時思想不合，疑爲僞作。”但我認爲這首詩的真實性不必懷疑。《高適集校注》提出“内容亦與高適當時思想不合”，按文獻誠然没有記載高適任職哥舒翰幕府期間，有請辭退之事，但是不等於説在這幾年（天寶十一載至十五載）中，不會有偶然意見不合而情緒波動的時候。事實上詩題的“請辭退”不應該認真看待，而祇是一種姿態而已，試看詩的結尾：“下堂辭君去，去後君莫錯。”又是何等的温柔敦厚、怨而不怒。“莫錯”有冷落寂寞之義。如李白《駕去温泉宫醉後贈楊山人》：“自言管葛竟誰許，長吁莫錯還閉關。”又《寄遠》第十一首：“恩情婉孌忽爲別，使人莫錯亂愁心。”倒文作“錯莫”。如杜甫《瘦馬行》：“見人慘淡若哀訴，失主錯莫無晶光。”韋應物《出還》：“咨嗟日復老，錯莫身如寄。”陸游著名的《釵頭鳳》詞，也有“錯錯錯”、“莫莫莫”之語，也是離析“錯莫”之語而成的。“去後君莫錯”不説自己寂寞，而説夫君寂寞，仍在爲對方著想，如此依戀不捨，這哪裏是真心要“請辭退”呢？至於説這首詩“語辭鄙俚”，大約是指作者用了男女之情作比喻，殊不知

這正是古人“比興”的傳統手法。舉兩首傳誦的唐詩爲例,張籍《節婦吟》:

> 君知妾有夫,贈妾雙明珠。感君纏綿意,繫在紅羅襦。妾家高樓連苑起,良人執戟明光裏。知君用心如日月,事夫誓擬同生死。還君明珠雙淚垂,恨不相逢未嫁時。

詩題下有原注“寄東平李司空師道”(《全唐詩》徑接在“節婦吟”下作爲詩題),可知張籍也是以女子自喻,以表白心跡的。又《全唐詩話》卷三載朱慶餘《閨意》詩本事云:

> 慶餘遇水部郎中張籍知音,索慶餘新舊篇,擇留二十六章,置之懷袖而推贊之。時人以籍重名,皆繕録諷詠,遂登科。慶餘作《閨意》一篇以獻曰:“洞房昨夜停紅燭,待曉堂前拜舅姑。粧罷低聲問夫婿:畫眉深淺入時無?”籍酬之曰:“越女新粧出鏡心,自知明艷更沉吟。齊紈未足時人貴,一曲菱歌敵萬金。”由是朱之詩名,流於海内矣。

可知朱慶餘以新嫁娘自喻,以“夫婿”喻張籍;而張籍亦當之不疑,轉以“越女”喻慶餘,慶餘由是增價。像這樣的比興,古人絲毫不覺得“語辭鄙俚”,反而認爲是温柔敦厚、含蓄不露。黄庭堅《次韻劉景文登鄴王臺見思五首》公然説:“公詩如美色,未嫁已傾城。嫁作蕩子婦,寒機泣到明。”陳衍亦將此詩選入《宋詩精華録》。那麽高適的“請辭退託興奉詩”,不但不是“語辭鄙俚”,甚至還是婉轉感人的。與其説它與高適思想不合而疑爲僞作,不如認爲它真實地透露了高適任職哥舒翰幕府時的一段插曲更爲符合實際。

這首詩的真正問題,其實在於它和另一首李白詩的相似。五代後蜀韋縠編《才調集》載李白《寒女吟》:

昔君布衣時，與妾同辛苦。一拜五官郎，便索邯鄲女。妾欲辭君去，君心便相許。妾讀蘼蕪書，悲歌淚如雨。憶昔嫁君時，曾無一夜樂，不是妾無堪，君家婦難作。起來强歌舞，縱好君嫌惡。下堂辭君去，去後悔遮莫。

明眼人一看便知，高適此詩和李白詩的後八句，其實是同一首詩。無論高適或李白，都不是抄襲别人的人，兩詩必有一僞。不過李白這首詩也是有疑問的，現今流傳的幾種李白集都没有收入這首詩，可見當初編集的人並不把它當作是李白詩看待，清王琦《李太白文集注》則收入卷三〇"詩文拾遺"中。仔細推尋，李作有兩點可疑：一點是開頭云"昔君布衣時，與妾同辛苦"，則夫妻當初原本是同甘同苦的；下文又説"憶昔嫁君時，曾無一夜樂"，則又似同床異夢了，前後豈不抵牾？第二點是最後一句"去後悔遮莫"，其實不通，哪裏比得上高詩結句"去後君莫錯"的温柔敦厚，李白寫詩會是這樣的嗎？所以我認爲李詩是淺人增添高詩而湊成的僞作，不過已經收入《才調集》，可見來源也是甚古的。至於高詩，則可以相信確實是出自高適之手。

伯三六一九號卷子收入的高適佚詩中有一首云：

一隊風來一隊砂，有人行處没人家。陰山入夏仍殘雪，溪樹經春不見花。

此首《補全唐詩》失收。原無標題，故《高適集校注》題作《無題》。在原卷中，此首接抄在另一首無標題七絶"鐵騎横行鐵嶺頭"之下，該首今本高適集作《九曲詞三首》之三，《樂府詩集》卷九一作《九曲詞三首》之一，郭茂倩云："《新唐書》曰：天寶中哥舒翰攻破吐蕃洪濟大莫等城，收黄河九曲，以其地置洮陽郡。適由是作《九曲詞》。"黄永武認爲這首佚詩聯抄在該首《九曲詞》後，似爲另一首《九曲詞》，其説曰："《資治通鑑》記哥舒大夫拔洪濟大漠門等城，悉收九曲部落，時在天寶十二載夏五月，與詩中'入夏'、'經春'相合，而風沙隊隊，荒漠無人，時令與地理均合，此詩當爲九曲詞。"(《敦煌的唐詩》二三七頁)按黄氏的説法是有道理的，《全唐詩》卷六七三載周朴《塞上曲》云：

一陣風來一陣砂，有人行處没人家。黄河九曲冰先合，紫塞三春不見花。

這首詩和高適佚詩的前兩句相同，第四句相似，衹有第三句不同，其中正出現了"九曲"的字面，當非偶然。這裏又産生了一個問題：是高適佚詩抄襲周朴詩呢？還是周朴詩抄襲高適佚詩呢？按《唐才子傳》卷九周朴傳，朴乾符中爲黄巢所得，以不屈，竟及於禍。可知周朴乃是晚唐詩人。而伯三六一九詩選所載詩人可考者，以盛唐詩人爲主，全無中唐以後之人，這個詩卷也應該是中唐以前的抄本。那麽收入這個詩卷的高適佚詩，決不可能是抄襲晚唐詩人周朴的《塞上曲》，灼然無疑。實際情況應該相反，是周朴的《塞上曲》抄襲(或者説改寫)了高適詩。由於高適佚詩的發現，這樁公案始爲世人所知。從語言上考察，高詩首句作"一隊風來一隊砂"，周詩作"一陣風來一陣砂"，按"隊"就是"陣"，"一隊風"的説法是唐人俗語，如斯八四六七佚詩有"一隊風來一隊香"之語，《敦煌歌辭總編》卷二《浣溪沙》云"一隊風來一隊塵"，又卷三《浣溪沙》云"一陣風起吹黑云"，校記："原本'一陣風起'寫'一隊風去'。"楚按，原本"一隊風去"不必改。伯三二一一王梵志詩："來如塵暫去，起如一墜風。""一墜風"是"一隊風"之誤。列寧格勒藏一四七〇號《雙恩記》變文云"隊隊香風生桂畔"。可知高詩的"一隊風"猶存唐人口語本色，周詩"一陣風"則是經過改動的。

伯二五六七詩選殘卷中有著名詩人王昌齡詩七首，其中佚詩兩首：《城旁[曲]》和《題浄眼師房》。前一首接抄在今存王詩《邯鄲少年行》後面，現將它們並録於下：

邯鄲少年行

秋風鳴桑條，白草狐兔嬌。邯鄲飲來酒未消，[城北原平]掣皂雕。走馬穿圍射騰虎，翻身卻月佩弓弰。

城旁[曲]

降奚能騎射，戰馬百餘疋。甲仗明寒川，霜□□□□。□□煞單于，薄暮紅旗出。城旁麄少年，驟馬垂長鞭。脱卻□□□，□劍淪秋天。匈奴不敢出，漠北開塵煙。

第一首第四句的闕字是據《全唐詩》補足的。黄永武説"詩題'邯鄲少年行'，今本皆題'城傍曲'，考全詩之義，寫輕生尚勇，意氣放浪，飲酒射虎，裘馬清狂。與作者另外的少年行三首意致相類。所以詩題應爲少年行，中又有'邯鄲飲來酒未消'句，知道題目作'邯鄲少年行'是有根據的。今本題爲城傍曲，其實王昌齡的城傍曲，已經失傳，到清末纔被發現，敦煌殘卷所選的第二首王詩，乃是城旁曲的原作，其中有'城旁麄少年'句，可以作爲證據。由於本集失載，城旁曲已成爲佚詩，僅存詩題，亦已張冠李戴，幸賴殘卷出現，改正了本詩詩題的錯誤。"(《敦煌的唐詩》七四頁)關於第二首詩，黄永武説："這是一首已經佚失一千多年的詩，至敦煌殘卷出現，纔重見於人間。詩題'城旁'下應有闕文，因爲在'旁'字下面的左右各行均有闕文，是原卷已經破損。猜想詩題'城旁'下闕了一個'曲'字，今本的王昌齡詩集中均有'城傍曲'的詩題，其所録的詩卻是'邯鄲少年行'，本詩描寫'城旁麄少年'，所以城旁曲應該是指本詩纔對。至於今本'傍'字，敦煌殘卷往往作'旁'，如李白出自薊門行'開營紫塞傍'，敦煌本傍字也作旁，傍旁通用。"(《敦煌的唐詩》七七頁)因而王昌齡佚詩《城旁曲》的發現，除了它本身的意義以外，又改正了傳誤多年的今本《城傍曲》詩題。敦煌佚詩的珍貴價值於此可見一斑。

敦煌遺書文人佚詩中最重要的作品，自然首推韋莊《秦婦吟》。今存十個寫本：一、斯六九二，前殘，卷末題"貞明五年(九一九)己卯歲四月十一日敦煌郡金光明寺學仕郎安友盛記”。二、斯五八三四，係一斷片。三、斯五四七六，前後殘。四、斯五四七七，前殘。五、伯二七〇〇，後殘。六、伯三三八一，卷首題“秦婦吟一卷，右補闕韋莊撰”，末題“天復五年（九〇五）乙丑歲十二月十五日敦煌郡金光明寺學仕張龜寫”。七、伯三七八〇，卷末有題記兩行，一云“顯德二（四）年丁巳歲二月十七日就家學仕郎馬富德書記”，一云“大周顯德四年（九五七）十九日學士童兒馬富德書記”。八、斯三九五三，前後殘。九、伯三九一〇，卷末題“癸未年二月六日浄土寺彌趙員住左手書”。十、李盛鐸舊藏售於日本者。其中斯五八三四和伯二七〇〇屬於同一原卷，斷裂後分藏倫敦、巴黎兩地。在僻處西陲的敦煌石室，有九種《秦婦吟》寫本保存至今，其中天復五年張龜寫本，距韋莊寫作此詩的時間（中和癸卯，八八三），衹有二十二年。在這麼短的時間内，即已不脛而走，遠傳西陲，那麼在産生這篇作品的中原地區，它風靡一時的情景可以想見。但是它不久就失傳了，直到一千年後敦煌石室藏經洞打開，它纔再度走入人間。

最早對《秦婦吟》寫卷進行研究的是王國維，一九二〇年他在《敦煌發見唐朝之通俗詩及通俗小説》中，考訂出日本狩野直喜所録的一份前後殘缺的斯坦因卷子爲《秦婦吟》殘卷，並將殘卷公諸於世。從此以後研究著作絡繹不絶，達數十種之多，成爲中國古典詩歌研究中的一個熱點。下面就將王重民《補全唐詩》根據九種敦煌寫本校録的《秦婦吟》引録於下，並稍作補校。

秦婦吟

中和癸卯春三月，洛陽城外花如雪。東西南北路人絶，緑楊悄悄香塵滅。路旁忽見如花人，獨向緑楊陰下歇。鳳側鸞欹鬢腳斜，紅攢黛歛眉心折。“借問女郎何處來？”含嚬欲語聲先咽。回頭歛袂謝行人，喪亂漂淪何堪説！三年陷賊留秦地，依稀記得秦中事。君能爲妾解金鞍，妾亦與君停玉趾。“前年庚子臈月五，正閉金籠教鸚鵡。斜開鸞鏡嬾梳頭,閑憑雕欄慵不語。忽看門外起紅塵,已見街中擂金鼓。居人走出半倉惶,朝士歸來尚疑誤。是時西面官軍入,擬向潼關爲警急;皆言博野自相持,盡道賊軍來未及。須臾主父乘奔至,下馬入門癡似醉。適逢紫蓋去蒙塵,已見白旗來匝地。扶羸攜幼競相呼,上屋緣牆不知次,南鄰走入北鄰藏,東鄰走向西鄰避;北鄰諸婦咸相湊,户外崩騰如走獸。轟轟崐崐乾坤動,萬馬雷聲從地涌。火迸金星上九天,十二官街煙烘烔。日輪西下寒光白,上帝無言空脈脈。陰雲暈氣若重圍,宦者流星如血色。紫氣潛隨帝座移,妖光暗射台星拆[一]。家家流血如泉沸,處處寃聲聲動地。舞伎歌姬盡暗損[二],攖兒稚女皆生棄。東鄰有女眉新畫,傾國傾城不知價;長戈擁得上戎車,回首香閨淚盈把。旋抽金線學縫旗,纔上雕鞍教走馬。有時馬上見良人,不敢回眸空淚下。西鄰有女真仙子,一寸横波剪秋水,粧成只對鏡中春,年幼不知門外事。一夫跳躍上金階,斜袒半肩欲相恥。牽衣不肯出朱門,紅粉香脂刀下死。南鄰有女不記姓,昨日良媒新納聘。瑠璨階上不聞行,翡翠簾間空見影。忽看庭際刀刃鳴,身首支離在俄頃。仰天掩面哭一聲,女弟女兄同入井。北鄰少婦行相促,旋拆雲鬟拭眉緑。已聞擊托壞高門,不覺攀緣上重屋。須臾四面火光來,欲下迴梯梯又摧。煙中大叫猶求救,梁上懸尸已作灰。妾身幸得全刀鋸,不敢踟躕久回顧。旋梳蟬鬢逐軍行,强展蛾眉出門去。舊里從兹不得歸,六親自此無尋處。一從陷賊經三載,終日驚憂心胆碎。夜卧千重劍戟圍,朝餐一味人肝膾。鴛幃縱入豈成歡?寶貨雖多非所愛。蓬頭垢面狵眉赤,幾轉横波看不得。衣裳顛倒言語異,面上誇功彫作字。柏臺多士盡狐精,蘭省諸郎皆鼠魅。還將短髮戴華簪,不脱朝衣纏繡被;翻持象笏作三公,倒佩金魚爲兩史。朝聞奏對入朝堂,暮見喧呼來酒市。一朝五鼓人驚起,呼嘯喧争如竊語[三]。夜來探馬入皇城,昨日官軍收赤水;赤水去城一百里,朝若來兮暮應至。凶徒馬上暗吞聲,女伴閨中潛生喜㊃。皆言寃憤此時銷,必謂妖徒今日死,逡巡走馬傳聲急,又道官軍全陣入;大彭小彭相顧憂,二郎四郎抱鞍泣。沉沉數日無消息,必謂軍前已銜璧;簸旗掉劍卻來歸,又道官軍悉敗績。四面從兹多厄束,一斗黄金一升粟。尚讓廚中食木皮,黄巢機上刲人肉。東南斷絶無糧道,溝壑漸平人漸少。六軍門外倚殭屍,七架營中填餓殍。長安寂寂金(今)何有? 廢市荒街麥苗秀。採樵斫盡杏園花,修寨誅殘御溝柳。華軒繡轂皆銷散,甲第朱門無一半。含元殿上狐兔行,花萼樓前荆棘滿。昔時繁盛皆埋没,舉目淒涼無故物。内庫燒爲錦繡灰,天街踏盡公卿骨。來時曉出城東陌,城外風煙如塞色。路旁時見遊奕軍,坡下寂無迎送客。霸陵東望人煙絶,樹鏁(鎖)驪山金翠滅。大道俱成棘子林,行人夜宿牆匡月。明朝曉至三峰路,百萬人家無一户。破落田園但有蒿,傕殘竹樹皆無主㊄。路旁試問金天神,金天無語愁於人。廟前古柏有殘枿,殿上金爐生暗塵。一從狂寇陷中國,天地晦冥風雨黑;案前神水呪不成,壁上陰兵驅不得。閑日徒歆奠饗思,危時不助神通力。我今愧恧拙爲神,且向山中深避匿;寰中簫管不曾聞,筵上犧牲無處覓。旋教魘鬼傍鄉村,誅剥生靈過朝夕。妾聞此語愁更愁,天遣時災非自由。神在山中猶避難,何須責望東諸侯! 前年又出楊震關,舉頭雲際見荆山。如從地府到人間,頓覺時清天地閒。陝州主帥忠且貞,不動干戈唯守城。蒲津主帥能戢兵,千里晏然無戈聲㊅。朝攜寶貨無人問,夜插金釵唯獨行。明朝又過新安東,路上乞漿逢一翁。蒼蒼面帶苔蘚色,隱隱身藏蓬荻中。問翁本是何鄉曲? 底是寒天霜露宿㊆? 老翁暫起欲陳辭,卻坐支頤仰天哭。鄉園本貫東畿縣,歲歲耕桑臨近甸;歲種良田二百壥,年輸户税三千萬。小姑慣織褐絁袍,中婦能炊紅黍飯。千間倉兮萬絲箱㊇,黄巢過後猶殘半。自從洛下屯師旅,日夜巡兵入村塢;匣中秋水拔青蛇,旗上高風吹白虎。入門下馬若旋風,罄室傾囊如捲土。家財既盡骨肉離,今日垂年一身苦。一身苦兮何足嗟,山中更有千萬家,朝飢山上尋蓬子,夜宿霜中卧荻花! 妾聞此父傷心語,竟日闌干淚如雨。出門惟見亂梟鳴,更欲東奔何處所? 仍聞汴路舟車絶,又道彭門自相殺;野色徒銷戰士魂,河津半是寃人血。"適聞有客金陵至,見説江南風景異。自從大寇犯中原,戎馬不曾生四鄙,誅鋤竊盜若神功,惠愛生靈如赤子。城壕固護教金湯,賦税如雲送軍壘。奈何四海盡滔滔,湛然一境平如砥。避難徒爲闕下人,懷安卻羡江南鬼。願君舉棹東復東,詠此長歌獻相公。

補校:㊀"拆"應是"坼"字形誤。㊁"損"應是"捐"字形誤,與下句"棄"字同義對舉。㊂原校:"各本'語'作'議',此從己本。"楚按,各本"議"字是,作"語"失韻。㊃原校:"各本'生'或作'失',不甚清楚。余曾審視巴黎四本,丁戊兩本似'生',己庚兩本作'失'。作'生'者意義較佳。俞(平伯)云:'失字是。'"楚按,俞説是。沈佺期《牛女》:"失喜先臨鏡,含羞未解羅。"杜甫《遠遊》:"似聞胡騎走,失喜問京華。"所述情境與此處類似。㊄"催"應作"摧"。㊅原校:"'戈'字不一定正確。此字各本不清晰,丙本似'犬',丁本作'交'。戊本似'弌',己本作'夭',作'戈'者從'弌'附會。余以作'戈'較通順。唐《顔惟貞家廟碑》有'𡗜'字,即'哭'字,釋爲'哭',亦可。俞云:'各本均很凌亂。以文義論:若作戈聲,則戈不必有聲;若作哭聲,則哭聲又豈必處處皆聞,我以爲犬聲較長。'"楚按,應是"犬"字,俗書作"犮",各本"戈"、"交"、"弌",皆"犮"字形訛耳。㊆"是"爲"事"之誤,"底事"即何事。㊇原校:"敦煌各本皆作'絲',祇因《詩經·甫田》有'乃求千斯倉,乃求萬斯箱',今各印本遂皆改'絲'爲'斯'。"按改"斯"可從。

黄巢起義軍攻入唐王朝京城長安,是唐僖宗廣明元年(八八〇)的事,這時韋莊正應舉長安,兩年後又流寓洛陽,耳聞目覩,親身經歷了這個兵荒馬亂時代的風雲巨變,中和三年(八八三)寫下了長篇叙事詩《秦婦吟》。詩中借一個少婦之口,自叙她在長安陷"賊"的經過。作者無疑是敵視起義軍的,客觀上也表現出起義軍驚天動地的氣勢,以及官軍的無能及惡行。全詩二百三十八句，一千六百六十六字，是現存唐詩中的第一巨制，超過了二百句、一千四百字的鄭嵎《津陽門詩》。恢宏的結構，生動的描繪，深沉的歎喟，使讀者宛如置身於那個驚心動魄的歷史漩渦，讀後久久不能平静。這些都和白居易的長篇叙事歌行有神似之處。

像《秦婦吟》這樣的輝煌巨篇，當時幾乎家喻户曉，爲什麽竟會突然失傳呢？孫光憲《北夢瑣言》卷六云："蜀相韋莊應舉時，遇黄寇犯闕，著《秦婦吟》一篇，内一聯云：'内庫燒爲錦繡灰，天街踏盡公卿骨。'爾後公卿亦多垂訝，莊乃諱之。時人號'秦婦吟秀才'。他日撰家戒内，不許垂《秦婦吟》障子，以此止謗，亦無及也。"可見《秦婦吟》之作，既爲韋莊帶來盛名，也招致上層社會壓力。後來韋莊自諱此詩，莊弟藹在編《浣花集》時，剔除此篇不載，以致世無傳本。今人對韋莊自諱《秦婦吟》的原因，又提出新的看法①。

不論韋莊出於何種動機自諱《秦婦吟》，這首傳誦一時的長篇名作在韜晦千年之後，終於重現於世，令人深感慶幸，於此亦可見敦煌遺書

① 如陳寅恪《韋莊秦婦吟校箋》（收入《寒柳堂集》）云："據舊唐書楊復光傳，王重榮爲東面招討使，復光以兵會之。又據兩唐書王重榮傳，復光與重榮合攻李祥於華州，及重榮軍華陰復光軍渭北，犄角敗賊。是從長安東出奔於洛陽者，如秦婦吟之秦婦，其路線自須經近楊軍防地。復依舊唐書僖宗紀新唐書王重榮傳及通鑑中和元年［九月］之紀事，復光屯軍武功，則從長安西出奔於成都者，如金溪閒談之李氏女，其路線亦須經近楊軍防地，而楊軍之八都大將之中，前蜀創業垂統之君，端己北面親事之主（王建）即是其一。其餘若晉暉李師泰之徒，皆前日楊軍八都之舊將，後來王蜀開國之元勳也。當時復光屯軍武功，或會兵華渭之日，疑不能不有如秦婦避難之人，及李女委身之事。端己之詩，流行一世，本寫故國亂離之慘狀，適觸新朝宫闈之隱情。所以諱莫如深，志希免禍，以生平之傑構，古今之至文，而竟垂戒子孫，禁其傳布者，其故儻在斯歟？儻在斯歟？"俞平伯《讀〈秦婦吟校箋〉》（載《文史》第十三輯）云："夫《秦婦吟》之反黄巢，人皆知之矣。觀其重點，更在於説官軍之惡甚於黄巢；包圍長安之官軍們，其造惡業又有過於一般之官軍。而此軍之諸將後又摇身一變爲蜀國之當權派，其中之頭目王建且爲韋莊北面親事者。《秦婦吟》之言如彼，作者之遭遇若此，一似冤家路窄，固宜深諱不言，引爲家戒也，曷足怪乎！"

對文化研究的寶貴的貢獻。

二、作者不見於《全唐詩》的佚詩

《全唐詩》收入作者二千三百餘家,然而這遠遠不是當時詩人的全部。王重民《補全唐詩》據敦煌遺書收入唐人佚詩,作者姓名不見於《全唐詩》的中原詩人有:馬吉甫、房元陽、侯休祥、梁去惑、房旭、樂仲卿、嚴嶷、鄭愿、李□□、孟嬰、□嘉惠、鄭蘊玉、樊鑄、皇甫斌、桓顒、盧茂欽、劉廷堅、沙門日進、宋家娘子等,這仍然遠非全部,因爲《補全唐詩》之輯,疏漏實多。即以伯三六一九號卷子爲例,該卷雖爲《補全唐詩》所取材,但多數佚詩皆被遺漏。以作者論,不見於《全唐詩》而被《補全唐詩》遺漏者,就有蘇癿、李斌、渾維明、崔希逸、蕭沼五家。其中李斌存詩四首,不乏佳作,如《劍歌》云:

> 我有一長劍,磨來十數年。但藏玉匣裏,未向代人傳。鍔霧星將轉,環開月共懸。霜鋒映牛斗,雪刃倚長天。每欲清萬國,常懷定四邊。希君持取用,方謂識龍泉。

黄永武云:"本詩顯然受梁吴筠詠寶劍詩'我有一寶劍……鍔邊霜凛凛'的影響,全詩清順,應無錯字,代字當爲避世字諱而改。"(《敦煌的唐詩》二三九頁)所説甚是,但錯字倒是有一個,第五句"霧"應作"露","鍔露"與下句"環開"爲對。按古代寶劍多鑄以星斗之文。如《吴越春秋·王僚使公子光傳》:"此吾前君之劍,中有七星,價值百金。"《伍子胥變文》:"忽示(尔)心驚,拔劍即行。匣中光出,遍野精明。中有日月,北斗七星。"本詩"鍔露星將轉"是説寶劍出鞘後,有星光閃爍不定。

這首詩下面接寫的詩没有詩題,句法和内容與上首詩有些類似:

> 我有夜光寶,自然明月□。堪裝漢祖劍,曾上魏王臺。五色人難辨,千金匣始開。不逢天子照,卻復度關來。

黄永武云:“所缺的一個字極重要,殘畫近‘苔’、‘台’,夜明苔似與全詩未合,究爲詠劍詠鏡詠珠或詠其他,亦難武斷。因此,是否爲李斌劍歌二首也難推定。”(《敦煌的唐詩》二四〇頁)今按缺字雖難確補,但此詩内容係詠珠卻可肯定,因爲其中多用珠的典故。如第三句“堪裝漢祖劍”,典出《西京雜記》卷一:“漢帝相傳以秦王子嬰所奉白玉璽、高祖斬白蛇劍,劍上七采珠、九華玉以爲飾。”第七句“不逢天子照”,典出《史記・田敬仲完世家》:“(齊威王)與魏王會田於郊。魏王問曰:‘王亦有寶乎?’威王曰:‘無有。’梁王曰:‘若寡人國小也,尚有徑寸之珠照車前後各十二乘者十枚,奈何以萬乘之國而無寶乎?’威王曰:‘寡人之所以爲寶與王異。吾臣有檀子者,使守南城,則楚人不敢爲寇東取,泗上十二諸侯皆來朝。吾臣有盼子者,使守高唐,則趙人不敢東漁於河。吾吏有黔夫者,使守徐州,則燕人祭北門,趙人祭西門,徙而從者七千餘家。吾臣有種首者,使備盗賊,則道不拾遺。將以照千里,豈特十二乘哉!’梁惠王慙,不懌而去。”蓋威王以人才爲光照千里之寶珠,而李斌此詩即以寶珠自喻,“不得天子照,卻復度關來”,是説自己懷才不遇,蹭蹬而歸,這和上首《劍歌》的精神息息相通,可知李斌是胸懷壯志而又報國無門的烈士。

在伯二五五五唐人詩文選集殘卷中,載有不見於《全唐詩》的詩人馬雲奇《懷素師草書歌》,下面引録潘重規校録本①:

懷素師草書歌

懷素纔年卅(三十)餘,不出湖南學草書。大誇羲獻將齊德,切(竊)比鍾繇也不如。疇昔闍梨名蓋代,隱處于今墨池在。賀老遥聞怯後生,張顛不敢稱先輩。一昨江南投亞相,盡日花(華)堂書草障。含毫勢若斬蛟龍,挫管還同斷犀象。興來索筆蹤(縱)横掃,滿坐詞人皆道好。一點三峰巨石懸,長畫萬歳枯松倒。叫啾

①見潘重規《敦煌唐人陷蕃詩集殘卷校録》附録,載《幼獅學誌》第十五卷第四期。

(喊)忙忙禮不拘,萬字千行意轉殊。紫塞傍窺鴻雁翼,金盤亂撒水精珠。直爲功成歲月多,青草湖中起墨波。醉來衹愛山翁酒,書了寧論道士鵝。醒前猶自記華章,醉後無論絹與牆。眼看筆棹(掉)頭還棹(掉),衹見文狂心不狂。自倚能書堪入貢,一盞一回捻筆弄。壁上颼颼風雨飛,行間屹屹龍蛇動。在身文翰兩相宜,還如明鏡對西施。三秋月澹青江水,二月花開緑樹枝。聞到(道)懷書西入秦,客中相送轉相親。君王必是收狂客,寄語江潭一路人。

第三句的"大"字,我懷疑是"人"字誤書,"人誇"與"竊比"對舉,這兩句是説,别人誇你可與王羲之、獻之比美,我卻認爲就連鍾繇也不如你。第八句"巔"應作"顛","張顛"即著名書法家張旭。

《〈補全唐詩〉拾遺》卷一據伯二五五五卷收入馬雲奇詩十三首。王重民説:"右詩十三首,格調均相似,除第一首外,又皆詠落蕃事,故可定爲一人作品。第一首下題馬雲奇名。作者殆即馬雲奇。馬雲奇的年代和事跡無考。把第一首《懷素師草書歌》和李白的《草書歌行》(《分類補注李太白詩》卷八)相比較,可以推斷他是開元、天寶間人,他的落蕃是在公元七八七年安西、北庭陷蕃以前,而不是在以後。"①這種説法代表了一段時期内研究者的認識。後來潘重規、柴劍虹各自對原卷進行了全面研究,纔廓清了迷霧②。柴説云:"寫卷背面所抄,署名馬雲奇的衹有《懷素師草書歌》一首。……《白雲歌》等十二首抄於《懷素師草書歌》之左,並無署名,而且馬上改變了抄寫格式,字體也縮小了一倍,詩題頂格。《白雲歌》詩題下有作者自序云:'予時落殊俗,隨蕃軍望之感此而作。'這十二首詩,從抄寫格式到内容、風格均與馬

①王重民《敦煌唐人詩集殘卷考釋》,載《中華文史論叢》一九八四年第二輯。

②見潘重規《敦煌唐人陷蕃詩集殘卷作者的新探測》,載《漢學研究》第三卷第一期;柴劍虹《敦煌伯二五五五卷"馬雲奇詩"辨》,載《中華文史論叢》一九八四年第二輯。

雲奇《懷素師草書歌》迥異，卻與寫卷正面那五十九首佚名詩連貫一氣。”這就揭示了原卷書寫的真象。潘説則更進一步從考明懷素生平經歷入手，約略推斷馬雲奇身世，再比較陷蕃詩的内容，證明馬雲奇決非陷蕃詩的作者。他説：“據《一統志》云：‘懷素，零陵人，覩二王真跡及二張草書而學之，書漆盤三面俱穴，贈之歌者三十七人，皆當代名流，顔真卿作序。’可見自叙帖衹引用了少數贈詩。今檢《全唐詩》所收録的懷素上人草書歌，有王顒(當作邕)、朱逵(當作遥)、戴叔倫、竇冀、魯收、蘇涣、李白、任華八篇詩，有輯自自叙帖盧象、張謂、許瑶諸人的斷句。還有錢起送外甥懷素上人歸鄉侍奉詩。另外一篇，就是保存在敦煌石室中的馬雲奇懷素師草書歌。……統計贈詩歌稱讚懷素草書的，如李白、王邕、戴叔倫、錢起、蘇涣、任華、張謂、盧象等人，幾乎都稱得上是懷素的前輩。馬雲奇詩筆與諸人不相上下，贈詩首稱‘懷素年纔三十餘’，他的年齡顯然是超過懷素的。懷素貞元元年(七八五)，年六十一，敦煌陷蕃的時間是德宗建中二年(七八一)，懷素年五十七。贈詩的馬雲奇必然是六十以上的老翁。馬雲奇遊宦江南後的蹤跡不明，以他的文才，亞相的僚佐，如何會淪落到敦煌屈居下僚，是很難令人相信的。衹憑卷子上抄録了他一首詩歌，和次首陷蕃詩銜接，便認定他是陷蕃詩人，這是輕率不妥當的判斷。”

按《一統志》云贈懷素歌者“皆當代名流”，馬雲奇亦預其數，其人身價可知，而姓名湮没一千餘年，終賴敦煌寫本得爲世人所知，雖然僅存此首，安得不謂爲不幸中之幸事？而懷素“西遊上國”以前的一段經歷，亦賴此詩而略知一二，其有助考訂之功亦甚大矣。至若就詩論詩，則馬詩不僅描繪了懷素草書“壁上颼颼風雨飛，行間屹屹龍蛇動”的逼人氣勢，更傳達出他“筆掉頭還掉，文狂心不狂”的精神，狂的是形跡，不狂的是文心。我們若將現存唐代諸名公寫贈懷素的詩篇、斷句匯攏一讀，便將驚歎這實在是詩歌史上的一種“奇觀”，篇篇精彩，句句奇倔，令人如對懷素草書，但覺龍蛇飛舞，雲煙迷濛。這是詩歌藝術與書法藝術結合而産生的果實。相傳張旭曾觀公孫大娘劍器舞，而領悟到草書的神韻(見《唐國史補》卷上),我相信諸名公贈懷素詩,一定是感染了懷素草書的筆意,纔能寫得如此淋漓酣暢,蔚爲奇觀。如今這三十七人的贈詩中,多數已經失傳,《全唐詩》僅載李白等八首,馬雲奇詩的重現,可以稍微彌補這一遺憾。

三、作者有疑問的佚詩

伯三五九七詩選中有白侍郎《蒲桃架詩一首》:

> 道鄧凋庭度,引葉易盈繇。繳結亘高狷,昤曨連落遼。陰暗奄幽屋,蒙密夢冥苗,七秋青且翠,冬到頓都彫。

這首詩的文字未免佶屈聱牙,殊覺費解。黄永武有很好的分析:

> 這是一首遊戲性質的詩,在唐人讀來,每字的反切上字都是同類的,所謂"迴環讀之,皆成雙聲",然而這首詩見於《全唐詩》卷五百二,頁五七一五,繫在"姚合"的名下,題目仍爲"蒲萄架",文字改得較爲順適:"萄藤洞庭頭,引葉漾盈摇。皎潔鉤高掛,玲瓏影落寮。陰煙壓幽屋,濛密夢冥苗。清秋青且翠,冬到凍都凋。"(《敦煌的唐詩》一二三頁)

若以文字論,姚詩是正確的,白詩則由於音誤、形誤,加上敦煌方音的關係,以至錯得難以卒讀,二者之間並非原創與修改的關係。即如白詩首句就有四個錯字:"道"、"鄧"、"度"當作"萄"、"藤"、"頭",這是音誤;"凋"當作"洞",這是形誤。至於第七句"清秋"誤作"七秋",則顯然是敦煌方音的關係了。由於這首詩本身就是聲音遊戲,有如拗口令,重點本不在文理,所以文化較低的書手(靈圖寺僧)寫了許多別字並不奇怪。至於作者,我認爲恐非姚合,亦非白居易。四部叢刊據明鈔本影印《姚少監詩集》卷一〇目録中有《題葡萄架》,下注"闕",詩集正文中不載此篇。其詩蓋已久佚,《全唐詩》作爲輯句收入姚合名下,來歷不明。況且既標明爲"句",即非全篇,而是斷句;然而持姚詩與白詩比較,首尾完足,並非殘篇。《全唐詩》編者連是否全篇都不清楚,在這樣情況下對作者是誰的判斷,也是令人懷疑的。敦煌本標明"白侍郎",但今本白居易集並無此詩。黄永武説:"吾人所以斷定白侍郎是白居易,也是因爲卷後的'詩兩首七言',也是白居易所作。"但原卷中"白侍郎蒲桃架詩"與白詩兩首(今本白集題作《夜歸》、《柘枝妓》)並非連寫,中間還隔着好幾行,似不能以後定前。至於説到"白侍郎",誠然是白居易,不過由於白居易名聲極大,詩歌通俗,廣被民間,在敦煌卷子中亦有時出現"白侍郎"的作品,但這些署名"白侍郎"的作品,多數是僞託,並非真正出於白居易之手。例如斯六二〇四載有一種民間流行的俗字書《字寶碎金》,卷後附詩中有一首署名"白侍郎"的稱讚《碎金》的詩:"獡頭讕趄人難識,瀼泧婢姍愺家心。寫向篋中甚敬重,要來一字一碏(碎)金。"這顯然是託名白居易的作品,誰會相信白居易真會寫這樣的詩呢? 同樣,託名"白侍郎"的《蒲桃架》詩,也是流行於民間的文字遊戲。白居易詩縱然老嫗能解,恐不至於有這等作品。然而《蒲桃架》居然流傳下來,又附會於姚合名下,被《全唐詩》編者網羅輯入,爲可異耳。

當年在敦煌流傳甚廣的《高興歌》,一名《酒賦》,今存七種寫本:斯二〇四九,伯二四八八,伯二五四四,伯二五五五,伯二六三三,伯三八一二,伯四九九三,其中三種題作《酒賦》,二種題作《高興歌》,一種題作《高興歌酒賦一本》,一種篇題缺失。作者名氏有五種寫本保存,並作"江州刺史劉長卿"。這篇詩歌的性質曾受到兩種誤解。第一種誤解,因爲它又名《酒賦》,所以被認作賦體,收入敦煌賦集之中。① 其實這裏的"酒賦",是"賦酒"的意思。詩篇以"賦"爲名者不少,如伯三六

---

① 見潘重規《敦煌賦校録》,載《華岡文科學報》第十一期;張錫厚《敦煌賦集校理》(續),載《敦煌研究》一九八九年第四期。

一九載劉希夷《死馬賦》，也是一篇七言歌行，同樣被收入敦煌賦集，皆是循名不循實之過。對於《高興歌》的第二種誤解，是因爲其中多有“三三七七七”的句式，遂被指爲歌辭，割裂爲二十一首，收入《敦煌歌辭總編》“補遺”中，其説曰：“詳察二十一首中，有十一首作‘三三七七七’型之雜言體，其中大半（六首）叶仄韻（均入聲）；有十首作七絶體，其中六首叶平韻。通體主題一貫，層次富於情節，體裁原接近普通聯章。但全套歌辭兼有齊、雜言二體，各有相當數量，故訂爲組曲。”（《敦煌歌辭總編》一七六五頁）其實七言歌行中出現“三三七七七”句式，屢見不鮮，如斯二〇四九載無名氏佚詩《打馬毬詩》（擬題，亦見伯二五四四）：

> 時仲春，草木新。初雨後，露（路）無塵。林間往往□花馬，樓上時時見美人。相唤同情共言語，閑悶結伴就毬場。傳（侍）中手執白玉鞭，都史乘騎紫騮馬。青一隊，紅一隊，軻背（珂珮）玲瓏得人愛。前迴斷當不盈（嬴）輸，此度若輸後須賽。脱緋紫，著錦衣，銀鐙金鞍耀日暉。場裹塵非（飛）馬後去，空中毬勢杖前飛。求四（毬似）星，杖如月，驟馬隨風真充吭（直衝穴）。人衣濕，馬汗流，傳聲相問且須休。或爲馬乏人力盡，還須速（連）夜結殘籌。

這分明也是一篇七言歌行，文氣流轉駿快，當是盛唐以前作品。因爲其中不乏“三三七七七”雜言句式，又被《敦煌歌辭總編》指爲歌辭，收入卷三，擬加調名《杖前飛》，並對原文删節改竄，割裂爲五首，以致面目全非，豈非古人之大不幸耶？現引《敦煌歌辭總編》根據六種寫本綜合校録之《高興歌》於下，並稍加補校。原作被割裂爲二十一首，現聯爲全篇。

高興歌

王公特達越今古。六尺堂堂善文武。但令朝夕醉如泥。不惜錢財用如土。遠近咸知用度慣。輕棄隋珠召玉環㊀。緑酒長令能漲海。黄金不用積如山。嵇叔夜。阮仲容。冰玉琢。成千鍾。爲與劉伶千日酒。醉卧南山百尺松。一言道合即知音。酒如泉水肉如林。有膽渾淪天許大。泰山團作小於心。瘿木杯。犀酒角。長餔抵脣聲瀺灂。白日林裏訪山濤。夜向甕前尋畢卓。珊瑚杓。金叵羅。傾酒淙淙如龍渦。酒若懸流注不歇。口如滄海吸黄河。鵝兒黄。鴨頭緑。桑落蒲桃看不足。相令唯憂日勢斜㊁。吟歡只怕時光促。挑金燈。爇玉燭。緑珠姮娥送歌曲。遮莫酒如黑黯湫。終須欲入峪巉谷。點清酒。如竹葉。沾着脣。甜入頰。罇中湛湛旁人怯。酒熏花色赤翩翩。面上紫光凝歘歘。鳳凰杯。瑪瑙盞。左旋右旋大蟲眼。千車鹿脯作資財。百隻槍籌是家産。無勞四字犯章程。不明不快酒滿盛。銀碗渾擎張口瀉。君聽且作瀺灂聲。箏笛相和聲沸天。更將新曲入繁絃。爲聽十拍黄花酒。打折一條白玉鞭。新開九醖氣氛氲。嫌何昔日孟嘗君。壺觴百杯徒浪飲。章程不許李稍雲。徹曉天明坐不起。酕醄酩酊芳筵裏。迴頭吐出蓮花杯。浮萍草蓋泛香水。暖淳淳。本無骨。嗍入喉中聲嗗嗗。納麪酒。嗢勃桃。撥醅嘗卻三五瓢。心頭舊酒逢新酒。半似含消半未消。今年九月寒應早。高幡百度尊前倒㊂。人醉何愁不得歸。馬識酒家來去道。入凝冬。香滿室。紅地爐。相厭膝。銀鐺亂點野駞酥。壘壘酒消魚眼出㊃。户外多應凍慄寒㊄。筵中不若三春日㊅。孔夫子。并顔淵。古今高哲稱大賢。辯士甲乙魯仲連。何晏馬融老鄭玄。桃花園裏看無地㊆。走入壺中卻有天。璨然可觀辭賦客。興治文章光憚赫㊇。人生一代不榮華。彭祖徒勞年七百。醉眠更有何所憂。衣冠身外復何求。但得清罇消日月。莫愁紅粉老春秋。

補校：㊀原校："'召玉環'，丙、丁、戊本均寫作'趙玉環'。"楚按：丙、丁、戊本作"趙玉環"是，指和氏璧，以其曾爲趙國所得也。《史記·廉頗藺相如列傳》:"趙惠文王時,得楚和氏璧。秦昭王聞之,使人遺趙王書,願以十五城請易璧。"所云即此處之"趙玉環"也。㈡原校:"甲、乙、丁本'相令'作'相命'……案唐人以酒令佐歡,有行手勢者,又有行瞻相者。盧言《盧氏雜説》引詩云:'少下花枝少下籌,須防女伴妬風流。坐中若打占相令,除卻尚書莫點頭。''打占相令'即打瞻相令,省稱'相令'。'相令'既爲酒戲,宜其與'吟歡'對仗。"楚按,此説非是,甲、乙、丁本作"相命"是,丙本"令"乃"命"字草書之誤。"相命"即相唤之義,與酒令無關。《大戴禮記·夏小正》:"鳴鳩,言始相命也。"杜甫《西閣二首》之一:"百鳥各相命,孤雲自無心。"高適《秋胡行》:"日暮蠶飢相命歸,攜籠端飾來庭闈。"孟浩然《春中喜王九相尋》:"酒伴來相命,開尊共解醒。"説的正是酒徒邀呼飲酒之事,"相命"用法與此處正同。㈢原校:"丁本'高幡'作'高判'。又甲、乙、丙、己本'高幡'均作'高潘'。龍校'潘'爲'幡',云'高幡'即高懸之酒旗,亦稱酒家望子。'幡',孚袁切,敷母;'潘',普官切,滂母。輕脣重脣不分,故可相代。此首言今年九月早寒,酒家望子畏寒亦復不揚,已醉之人視此望子亦似倒地。蓋以此狀酒後昏瞶之狀也。"楚按,各本俱無"幡"字,改作"幡"字無據。由此而引出"酒旗望子畏寒"之説,亦顯然牽强難通。其實各本作"判"、作"潘"都是正確的,"潘"通"判",是拚上、豁出去的意思。杜甫《曲江對酒》:"縱飲久判人共棄,嬾朝真與世相違。"按此"判"讀平聲,音潘。俞文豹《吹劍三録》:"判音潘,杜詩:痛飲已判人共棄。"故亦寫作"潘"。敦煌本《捉季布傳文》:"九族潘遭違敕罪,死生相爲莫憂身。"又:"僕便爲君重奏去,將表呈時潘帝嗔。"以上"判"、"潘"皆爲"豁出去"的意思。至於"尊前倒"的"倒",是説醉倒,而不是酒旗望子倒地,如白居易《六年冬暮贈崔常侍晦叔》:"已共崔君約,尊前倒即休。""尊前倒"正謂醉倒。"高潘(或判)百度尊前倒"二句是説,今年寒冬到來較往年爲早,因此飲酒亦應比往年多,豁出來醉他一百場!云"高潘"者,"高"猶云"多",表示對醉酒的次數往多處估計。㈣原校:"'壘壘'二字甲本殘,己本作'讄讄',乙、丙、丁三本作'壘壘',今從,但校爲規範字‘罍’。”楚按，此二字應作“纍纍”，連續不斷貌。《禮記·樂記》：“纍纍乎端如貫珠。”這裏形容“酒消魚眼出”的樣子，“魚眼”即氣泡。㊄原校：“‘凍慄寒’乙本殘此三字。甲、己本作‘凍傈寒’，丙本作‘姪慄寒’，丁本作‘姪漂寒’，均不甚通。龍校作‘姪慄寒’，意亦嫌晦。今姑校如右式。”楚按，“凍慄寒”仍不順口，應作“極慄寒”。丙、丁本的“姪”是“極”字形誤，蓋“極”字右邊的“亟”和“姪”字右邊的“至”，草書形極近，因易相混也。㊅楚按，“筵中”句與上句對比，應是言筵中温暖如春，今云“不若三春日”，適與此意相反，故知有誤。誤在“若”應作“弱”，“不弱三春日”即不遜於三春日。“若”、“弱”音同而誤，如敦煌本《廬山遠公話》：“商（適）來聽汝宣揚，不若（弱）於道安。”原文“不若”是“不弱”之誤，與此處正同。㊆原校：“‘看無地’，丙本失一‘看’字，丁本作‘非無地’，今從甲本。”楚按，“看無地”費解，當從丁本作“非無地”，謂桃花園中本自有地，卻不顧而走入壺中（用《後漢書·費長房傳》典故）。㊇原校：“‘興治文章’甲、己本皆作‘興湌文章’。丙本作‘興劍仗將’，丁本作‘興冶文章’。案《詩·陳風·衡門》鄭玄箋：‘賢者不以衡門之淺陋則不遊息於其下，以喻人君不可以國小則不興治致政化。’鄭箋所言‘興治’，與本歌辭‘壺中有天’意頗合，故校‘冶’、‘湌’等爲‘治’。”楚按：各本“治”、“冶”、“湌”皆是“洽”字形誤，“興洽”謂興致酣暢，如駱賓王《秋日宴序》：“曲浦澄漪，似對任棠之水；芳亭興洽，如歸山簡之池。”敦煌遺書伯二五五五佚名詩：“興洽青山北，邀歡到日西。”此處“興洽文章光燀赫”立意與杜詩“李白斗酒詩百篇”相似，蓋承上“璨然可觀辭賦客”而下，故所云乃“文章”（辭賦）之事，與“興治致政化”渺不相關。

這是一首重要的唐人佚詩，但作者“江州刺史劉長卿”卻頗有疑問。林聰明曰：“按今所知唐代名劉長卿者有二人：一爲弘農（今河南靈寶縣）人劉元遂之子，官工部員外；一爲世所習知的詩人，字文房，河間（今河北河間縣）人。玄宗開元二十一年（七三三）進士，肅宗至德（七五六～七五七）中官監察御史，以檢校祠部員外郎爲轉運使判官，知淮西鄂岳轉運留後,貶潘州南巴尉,遷睦州司馬,終隨州刺史。此兩位劉長卿均未見曾官江州(今江西九江)刺史,難確定誰爲此賦作者,抑或有第三位劉長卿?有待考訂。"①《敦煌歌辭總編》云:"劉長卿(劉隨州)從未任過江州刺史,查《江西通志》及《九江府志》,也未見江州刺史任上有此一劉長卿或别一劉長卿之名,此辭與《全唐詩》所載劉長卿詩相較,從題材到文字,皆大不類。況此辭具河西、塞北地區之風格特徵,而劉長卿事跡記載中,絶無遊歷西北邊境之表示。故可判斷:此辭非詩人劉長卿所作。"又云:"本辭'寫作時代'之上限,可斷在盛唐。據傅璇琮《唐代詩人叢考》,劉長卿應在天寶中登第,安史之亂以後,方享盛名。《高興歌》假劉長卿之名流傳,其事應在中唐。……《舊唐書·地理志》云:'武德四年,平林士弘,置江州,領湓城、潯陽、彭澤三縣。……天寶元年,改爲潯陽郡。乾元元年,復爲江州。'據此,唐代有兩次江州之置。故《高興歌》之流傳,應具體定爲乾元元年再置江州以後之事。"(《敦煌歌辭總編》一七八七、一七八八頁)總之,《高興歌》的作者仍是一個懸案,留待人們去繼續探索。

敦煌佚詩作者的疑問,有些是由於整理者的疏略造成的。例如《補全唐詩》據伯二六七三、斯二〇四九、伯二五四四校録劉希夷佚詩《北邙篇》云:

南橋昏曉人萬萬,北邙新故塚千千。自爲驕奢彼都邑㊀,何圖零落北山顛㊁。不知虚魄尋歸路,但見殭屍委墓田。青松樂飲無容色,白骨生台(苔)有歲年。地久□松摧爲薪㊂,天長白骨化爲塵。碧山明月徒自曉,黄居闇室不知晨。漢家城廓(郭)帝王州,晉國衣棺(冠)車馬流。金國(谷)清(青)春珠騎(綺)舞,同(銅)堦碧樹玉人遊,雲起清盈驕畫閣㊃,水堂明迥弄仙舟。始憶斷歌催一代㊄,娥(俄)悲長夜歷千秋。秋風至兮冬雪明,春雨息兮夏雲生。

①見林聰明《敦煌文書所抄文士作品初探》,載《東吴文史學報》第五號。

墨池沙枯通草萬(蔓),粧樓凡(瓦)盡向林傾。古篋重書宜筆跡[六],崩(路)臺鶴思若弦聲[七]。不信草經延墓(暮)齒[八],惟求清(青)史列虚銘(名)。嗚呼哀哉洛陽道,相斯(思)相望蓬萊島。玉顔暉暉並是春,人髮青青未嘗老。星簾捲兮月牕開,鏡花摇兮山樹逈[九]。仙衣窈窕春吹去[十],雨蓋飛(霏)微舞遶來[十一]。與君攜手三山頂,如何冥寞久泉臺[十二]。

補校:㈠"爲"通作"謂"。㈡"北"字應是"此"字之誤,與上句"彼"字對舉。㈢缺字應是"青"字。㈣"起"字是"氣"字音誤,古代樓閣多圖畫雲氣,以象徵仙境。㈤"斷"當作"短",崔豹《古今注》:"《長歌》、《短歌》,言人壽命各有定分,不可妄求。"㈥"篋"當作"筴",同"策",謂簡書也。《顔氏家訓·書證》:"簡策字,竹下施朿,末代隸書似杞宋之宋,亦有竹下遂爲夾者。"又"重"當作"蟲","蟲書"是古文字的一體,許慎《説文解字敘》:"秦書有八體:一曰大篆,二曰小篆,三曰刻符,四曰蟲書,五曰摹印,六曰署書,七曰殳書,八曰隸書。"又"宜"字爲"疑"字音誤。此句作"古策蟲書疑筆跡",謂古代簡策上的奇譎文字怪異得不像是文字。㈦原校:"'崩'乙丙兩卷並作'路'。劉(盼遂)云:'當作露。'"楚按,原本"崩臺"不誤,謂已坍之臺也,形容繁華消歇的衰敗景象。㈧"草"應作"丹","丹經"即道經,與下句"青史"爲對。㈨"逈"字失韻,應作"迴"。㈩"春"疑當作"歌","歌吹去"與下句"舞遶來"爲對。(十一)"雨"當作"羽","羽蓋"與上句"仙衣"爲對。(十二)"久"當作"九",與上句"三"字爲對,"九泉臺"指墳墓。"如何"當乙作"何如",詩意以求仙長生與逐樂以死相比較,而令人擇抉也。

這首《北邙篇》的作者果爲劉希夷否?尚有問題。《全唐詩》卷八二載有劉希夷五古《洛川懷古》,敦煌伯三六一九號亦載此詩,卻題作《北邙篇》:

萋兮春皋緑,行歌牧征馬。行見白頭翁,坐泣青松下。敢

(感)歎前問之,贈余辛苦詞。歲月移今古,山河更盛衰。晉家都洛濱,朝庭多近臣。辭賦歸潘岳,繁華稱季倫。梓澤春芳菲,河陽花亂飛。綠珠不可奪,白首同所歸。高樓倏冥滅,墓林久摧折。昔時歌舞臺,今成狐兔穴。人事互道(消)亡,世路多悲傷。北邙爲吾宅,東岱是吾鄉。君看北邙道,髑髏縈蔓草。碑銘或半存,荆棘歛幽魂。悲涕棄之去,不忍聞此言。

持與《全唐詩》所載《洛川懷古》相較,文字並無大的出入,衹是《懷古》多了"芳□□□□,□□□□□"兩句,《全唐詩》題下注云:"第二十七句缺四字,第二十八句缺。"而敦煌本《北邙篇》卻没有這兩句。其實《全唐詩》所根據的本子,原來衹不過多出一個"芳"字(涉上"草"字而衍),編者不知删此衍文,反而又湊上九個缺文,以致原詩無端地被中途隔斷,造成遺憾。於此可見敦煌本的可貴與可信,那麽敦煌本題作《北邙篇》,就是不容忽視的。然而《補全唐詩》另收有劉希夷七古《北邙篇》,難道劉希夷真的寫了兩篇《北邙篇》嗎? 黄永武説:"敦煌殘卷中另有七言古詩《北邙篇》一首,伯二六七三、斯二〇四九、伯二五四四均收録,但那首'南橋昏曉人萬萬,北邙新故塚千千'的七言北邙篇,都没有署明作者,無法知道七言古體的北邙篇是否劉希夷所作,王重民在全唐詩外編中列爲劉希夷的佚詩,可説毫無根據,因爲唐人如王建張籍,都有北邙行,收入新樂府,這題目作者甚多。劉希夷的北邙篇是這首五言古詩,文苑英華卷三〇八及詩紀、全唐詩均收録,詩中有'洛濱'字樣,所以改作今題'洛川懷古',宋代郭茂倩所見的北邙此篇,一定已改了詩題,所以樂府的'北邙行'中没收這一首。其實詩中有'君看北邙道'、'北邙爲吾宅'句,作'北邙篇'也很切題。"(《敦煌的唐詩》二〇八頁)可見七言《北邙篇》,衹能作爲佚名詩處理,《補全唐詩》毫無根據地收入劉希夷名下,這就人爲地造成了混亂。

四、不知作者的佚詩

敦煌詩歌中有大量作品没有署名，其中有一部分經過學者們的潛心研究，已經陸續考證出作者，剩下的一批衹能作爲無名氏的佚詩看待。這批不知作者的唐人佚詩，是整個唐詩寶庫中的一筆巨大財富，值得珍惜。例如斯六一七一寫卷，《斯坦因劫經録》擬題“唐宫詞”。首尾殘缺，現存七言絶句三十九首，原作當不止此數。《敦煌歌辭總編》悉數收入，據該卷全文完畢處有“寄京子”三字，推定爲《水鼓子》歌詞，惟此説尚嫌率爾，未必可信。若據内容，則屬“宫詞”無疑。按唐人以七言絶句形式描寫宫廷生活，逐漸形成“宫詞”一體。自王建開始，又形成以數量衆多的七絶多方描寫宫廷生活的宫詞組詩，據《全唐詩》所載，就有王建宫詞一百零二首，王涯宫詞三十首，和凝宫詞一百首，花蕊夫人宫詞一百五十八首。此後歷代繼作不絶，明毛晉輯《十家宫詞》，收王建至宋王珪等十家之作；清張海鵬輯《宫詞小纂》，收明清人撰宫詞九種。現在又發現了敦煌本佚名唐宫詞三十九首，爲早期宫詞增添了新的内容，豈非藝林快事！饒宗頤認爲此三十九首悉爲朱全忠時期宫詞，“作於開平二年以後”；任半塘則認爲：“代宗大曆間，王建撰《宫辭》百零二首；貞元間，王涯撰《宫辭》三十首；後蜀孟昶時，花蕊夫人録《宫辭》百五十八首——三者所見制度、掌故，多屬中唐以前，宜爲此組三十九首之先。逮後唐明宗天成間，和凝又撰《宫辭》一百首，起章畢詠，略有組織，宜在此組三十九首之後。”(《敦煌歌辭總編》七〇五頁)。兩説相較，任説爲是，如宫詞有云“君王欲幸九成宫”，九成宫在唐朝都城長安附近麟遊縣西，若朱梁先後建都大梁及洛陽，自不應有“欲幸九成宫”之語。下面據《敦煌歌辭總編》選録數首，以見一斑，兼以校正文字云。

朝廷賞罰不逡巡。宣事書家出各頻。當日進黄聞數紙。即
憑酬答有功人。

楚按,原文“各”當作“閤”,同“閣”,即便殿,天子或亦視事於此。《資治通鑑》唐憲宗元和十五年:“壬午,群臣入閤。”胡三省注:“歐陽修曰:唐故事,天子日御殿見群臣,曰常參。朔望薦食諸陵寢,有思慕之心,不能臨前殿,則御便殿見群臣,曰入閤。宣政,前殿也,謂之衙,衙有仗。紫宸,便殿也,謂之閤。其不御前殿而御紫宸也,乃自正衙唤仗由閤門而入,百官俟朝于衙者因隨而入見,故謂之入閤。”然則自閤門出者,即謂之“出閤”矣。本首“書家”指書寫詔旨的寫手,王建《霓裳辭十首》之四:“宣與書家分手寫,中官走馬賜功臣。”本首上句“朝廷賞罰不逡巡”,“賞罰”偏指賞義,因爲賞賜頻繁,故“宣事書家出各頻”,謂但見書寫賞詔的書家頻頻出閤也。

孔雀知恩無意飛。開籠任性在宫幃。裁人亦見輕羅錦。欲取金毛繡舞衣。

楚按,“亦”通“一”,“亦見”即“一見”,如敦煌本《韓擒虎話本》,凡“一見”皆寫作“亦見”。此句言裁縫匠甫一瞥見孔雀的華美羽毛,頓覺羅錦失色矣。

新進橋几是黄檀。聞道朝來退玉鞍。不信近人能巧取。天生曲處似龍盤。

原校:“(原本)‘几’寫‘兀’。……‘退玉鞍’俟校。……橋几即曲几。《西京雜記》:‘韓安國作《几賦》不成,鄒陽代作,其辭曰:高樹凌雲,蟠紆煩冤,旁生附枝。王爾公輸之徒,荷斧斤,援葛虆。……’是漢已有曲木几。齊謝朓詩‘蟠木生附枝,刻削豈(楚按豈字原脱)無施!取則龍文鼎,三趾獻光儀’,……即謂曲几。庾信有《曲木几》詩。王維《同崔傅答賢弟》:‘曲几書留小史家。’皎然有《鄭容全成蛟形木几歌》,謂‘渾樸無勞剞劂工’,即謂‘天生曲處似龍蟠’,蛟與龍形一也。陸龜蒙詩'蟠木几甚曲',即橋几也。柳宗元有《斬曲几文》,譏闒宦。須得何代有獻曲几事,以跡時代,無從將一切泛說概歸朱梁。"楚按:原本"兀"字並非"几"字之誤,而是"瓦"字之誤,"退玉鞍"也沒有錯。"橋瓦"就是馬鞍,由於馬鞍拱曲如橋,古人有"鞍橋"或"橋鞍"的說法,如《初學記》卷二二:"紫茸題高鞍橋。"原注:"魏百官各有紫茸題頭高橋鞍一具。"又引宋劉義恭《謝金梁鞍啓》:"賜臣供御金梁橋鞍,制作精巧,宜副龍駟。"《魏書・傅永傳》:"有氣幹,拳勇過人,能手執鞍橋,倒立馳騁。"花蕊夫人《宮詞》:"上得馬來纔欲走,幾回抛鞚抱鞍橋。"同時馬鞍拱曲又似瓦形,故唐代亦有"鞍瓦"的說法,如斯〇五四二背面《役部》,載有史英俊"造革桉凡兩日"、劉孝仙"造革桉凡兩日"之語,"桉"即"鞍"字,"凡"則應作"瓦"。蓋此卷中多有"守囚五日"、"修倉兩日"之類記載,除"造革桉凡兩日"外,日數上皆不加"凡"字。因謂此"凡"即"瓦"字,民間書手往往相混,如前引《補全唐詩》所載《北邙篇》有"粧樓凡(瓦)盡向林傾"之語,原校"凡"作"瓦",是正確的。《龍龕手鏡》亦"瓦"、"凡"不分。"革桉瓦"即革制馬鞍。伯三六四四卷雜書各類事物名稱,正有"鞍瓦、鞍橋"之語。因此宮詞的"橋瓦"即馬鞍,以其拱曲似橋如瓦也。"新進橋瓦是黃檀",是說新近獻上了黃檀木馬鞍,下句"聞道朝來退玉鞍"是說用黃檀木馬鞍替換下原來的玉鞍,"退"即撤下之義。又第三句的"近"字應作"匠",形近而誤,"匠人"即制黃檀橋瓦的工匠,後兩句是說黃檀橋瓦係巧妙地利用天然彎曲的黃檀木制作的。

夜飲宮人總醉醒。起來逢下在中庭。金爐排火珠簾外。每處曨曨鳥獸形。

原校:"'鳥'原寫'真',依[〇二四九]改。"楚按:《總編》,[〇二四九]首云:"崑崙信物犀腰帶,盡是通天鳥獸形。"說的是犀角紋樣,與此首所詠爐火全然無關,豈能據彼改此。原寫"真"字是,此處用羊琇事,《太平御覽》卷四九三引《晉朝雜記》曰:"洛下少林,木炭正如粟狀。羊琇驕豪,乃擣小炭爲屑,以物和之,作獸形。後何、石之徒共集,乃以温酒。火勢既猛,獸皆開口向人赫赫然。諸豪相矜,皆服而效之。”但云作“獸”,不云作“鳥”,“真獸形”言其栩栩如生也。包佶《元日觀百僚朝會》:“御爐分獸炭,仙管弄雲韶。”和凝《宫詞》:“紅獸慢然天色暖,鳳爐時復爇沈香。”皆用此事,亦作“紅獸”、“獸炭”,不云“鳥獸”也。

敦煌本不知作者的佚詩中,有一組頗有意趣的詠物詩(十六首)載於伯二五五五卷。詠物詩在我國有悠久的傳統,到唐代更出現了篇題衆多的詠物組詩,如佚存叢書本《李嶠雜詠》二卷,就是一部分類詠物詩集,共分乾象、坤儀等十二類,每類十首,共五律一百二十首。《補全唐詩》據斯五五五收入樊鑄五律組詩《及第後讀書院詠物十首上禮部李侍郎》,計有:《簾鈎》、《鞭鞘》、《箭括》、《門店(扂)》、《鑰匙》、《瀘(濾)水羅》、《井轆轤》、《塼道》(殘存十二字)。而伯二五五五無名氏詠物組詩爲七絶十六首,體似謎語,詩題便是謎底。在原卷中每首各占一行,詩題在每行之首,由於每行上端字跡往往殘缺磨損,有些詩題無法辨識,因此留下了千古詩謎,讓今人去絞盡腦汁。現據柴劍虹校録本援引前四首,供讀者略嘗一臠之味①。

木 杖

一生長養在山亭,被屈將來別立名。貴人羁(把)向場中弄,由(猶)如初月迩流星。

楚按,此首詩題應是“毬杖”,由於“毬”字漫漶不清,遂被誤録爲“木”字。末句“迩”應作“趁”,“初月趁流星”正是寫擊毬之事,“初月”喻毬杖,“流星”喻毬子,斯二〇四九《打馬毬詩》(擬題)正有“求四(毬似)星,杖如月”之語,可爲確證。

---

①見柴劍虹《敦煌唐人詩文選集殘卷(伯二五五五)補録》,載《文學遺産》一九八三年第四期。

筆

一生長養在蓬門，久在公衙不立勳。蒙得都官配入管，平明點著墨離軍。

楚按，此首詠筆，從中可以看出作者構思的基本手法，即大量使用雙關手法。例如“配入管”的“管”，雙關管屬義和筆管義，韓愈《毛穎傳》以筆擬人，正把筆稱爲“管城子”。末句“墨離軍”在敦煌以西，《新唐書·張守珪傳》：“詔以守珪爲瓜州刺史、墨離軍使。”但“點著墨離軍”又顯然是雙關以筆蘸墨了。

葵

一生長養在園林，數度人來皆被侵。昨日蒙君一度恰，平明還作雨後心。

楚按，此首詠葵，第三句末字“恰”，應該是“洽”字，和睦融洽之義；同時與“掐”字諧音，掐取之義。第四句“雨後”原卷實寫“兩般”，我認爲應作“兩般”，與上句“一度”爲對。葵是一種野菜，摘心而食，掐後復生。後兩句表面是説昨日與君一度歡洽，今日又生貳心；實際是寫葵菜昨日被掐心食用，今日又長出了新的嫩心。

□　□

一生執節不曾虧，數箇平虚被我違。十將林軿(臨門)在手棖(守捉)，朝朝著甲有何常。

楚按，此首題目闕失，不過審視原卷影本，可以看出下字作“筷”，我認爲題目應是“箜篌”。此首文字還有一些疑問。第一句的“節”是節杖之義，雙關節奏之義。第三句的“十將”雙關十指，這組詠物詩中幾次出現“十將”，如《□□》“十將施功競立名”，《燭》“十將比來並手捉”，我認寫都是雙關十指。第三句的“手棖”原校作“守捉”,敦煌寫本偏旁木、扌不分。原文“手棖”本來就有雙關含義,倘與“十將”相應,自應作“守捉”(守捉是唐代邊防軍隊編制);倘與“十指”相應,顯然應是“手捉”了。第四句的“著甲”,雙關鎧甲義與銀甲義,銀甲是彈撥樂器的假指甲,如杜甫《陪鄭廣文遊何將軍山林》之五:“銀甲彈箏用,金魚换酒來。”彈奏箜篌時十指並用,所以詩中有十將著甲的説法。我因此猜想這首詩的題目(謎底)是“箜篌”,是否果真如此,還望海内猜謎大師有以教我。

第四節　敦煌文人詩歌的特點

敦煌保存的中原文人詩歌作品,從總體看,除了具備一般中原文人詩歌的共同特點以外,是否還具備自己的特點呢?我想是有的。第一,從時代看,敦煌保存的中原文人詩歌,以初盛唐詩人的作品爲主,中唐以後的詩歌雖然也有一些,但爲數不多。第二,從内容看,敦煌保存的中原文人詩歌,雖然是豐富多彩的,不過有關邊疆的詩歌特别引人注目。這兩個特點是由敦煌地區獨特的歷史和地理特點決定的。

一、以初盛唐詩歌爲主

敦煌地處中西交通的要衝,在絲綢之路全盛時期,中原文化源源流入,那時的敦煌在中央王朝直接統轄下,和中原聯成一體,繁榮安定。天寶十四載(七五五)安史之亂爆發,河西兵馬調入内地參戰,吐蕃趁虚而入,盡取河西、隴右之地,敦煌也於建中二年(七八一)陷落,從此與中原隔絶。大中二年(八四八),張義潮率領沙州人民起義,平定瓜、伊、肅等十州,重歸唐朝版圖,敦煌進入了“歸義軍”時期。但這時唐王朝既已衰弱,河西也不再太平,敦煌與中原的聯繫,已不可能恢復安史之亂以前那麽緊密和頻繁了。瞭解這種歷史背景，自然就會明白，爲什麽敦煌保存的中原文人詩歌以初盛唐爲主，因爲那時的中原與敦煌的文化交流最爲頻繁。中原詩歌受到敦煌人民的熱愛，熏陶濡染，潛移默化，以致後來敦煌與中原阻絶，敦煌文化仍保持了較高水平。我們在前面提到的中原文人詩歌，除了白居易等少數人以外，多數是初盛唐時期的作品。

不過中唐以後，中原詩歌仍然通過各種渠道流入敦煌，白居易受到敦煌人民熱愛便是一個例子。下面再舉幾個例子。

伯二九七三載《詠月詩》六首，據林聰明校録本(《敦煌俗文學研究》二四二、二四三頁)①：

> 一團白玉海東生，衝斷浮雲意氣行。照盡國家無限事，衆星那敢輒分明。
>
> 余憒黄昏獨上樓，可憐新月復新秋。半輪卦(掛)在天□面，一隻眉生水底頭。
>
> 廓落新秋景像安，桂輪光照滿階欄。紅樓直上懸明鏡，碧海當心陷玉盤。
>
> 夜光沈沈無片霞，流光處[處]照人家。輪迴漸覺西南轉，庭樹移陰東北斜。
>
> 初夜閑行看月時，西南角上細如眉。誰家鏡裹参差著，露出稜頭□□如。
>
> 月生三□難爲比，不似真珠不似弓。有意玉環初打破，却迴明鏡照虚空。

楚按，第五首第三句的“裹”字應作“匣”字，俗書形近而誤；第四句的

① 林聰明《敦煌俗文學研究》，私立東吴大學中國學術著作獎助委員會出版，一九八四年七月初版。

“稜”應作“菱”，即菱花鏡，亦作爲凡鏡的代稱，如齊己《盆池》：“何須照菱鏡，即此鑒妍媸。”全詩末字“如”出韻，應是“知”字形誤。最後兩句是説，不知誰家的鏡匣没有蓋嚴，露出了一彎鏡面，以此比擬新月的纖細美麗。

這組詩的作者雖不可考知，但肯定是晚於白居易的。試看第六首前二句“月生三□難爲比，不似真珠不似弓”，缺文應是“日”字。按白居易《暮江吟》七絶：“一道殘陽鋪水中，半江瑟瑟半江紅。可憐九月初三夜，露似真珠月似弓。”《詠月詩》作者的心目中，一定是先有白居易的詩句，然後纔寫出“不似真珠不似弓”的翻案文章來。那麽《詠月詩》作於中唐以後，應是灼然無疑了。

伯三六二〇、伯三八一二載有《無名歌》一首，據陳祚龍校録本（《敦煌學海探珠》八一、八二頁）①：

無名歌

天下沸騰積年歲。米到千錢人失計。附郭種得二頃田。磨折不充十一税。今年苗稼看更弱。枌榆産業須抛卻。不知天下有幾人。衹見波逃如雨腳。去去如同不繫舟。隨波逐水泛長流。漂泊已經千里外。誰人不帶雨鄉愁。舞女庭前猒酒肉。不知百姓餓眠宿。君覓城外空牆迫。將軍衹是栽花竹。君看城外悽遑處。段段茅花如柳絮。海鶴銜泥欲作巢。空堂無人卻飛去。

本詩業經陳氏校訂，但仍有幾個錯字需要糾正。“誰人不帶雨鄉愁”的“雨”字是“兩”字之誤，“兩鄉愁”猶云“兩地愁”，謂離愁別恨。“君覓城外空墻迫”句有兩處錯字：“覓”字下陳注：“甲本、乙本並作‘覔’。”按兩本“覔”字其實是“不見”二字，被誤認爲“覔”一字，又改寫作“覓”，“君不見”乃歌行習語。又“迫”應作“匡”，字形相近，“墻匡”即墻圈，就是

①陳祚龍《敦煌學海探珠》，一九七九年初版，臺灣商務印書館股份有限公司發行。

衹剩下殘壁的房基。“君看城外悽遑處”的“看”字,也應是“不見”二字,其誤與上述“覔”字相類。“海鶴銜泥欲作巢”的“鶴”應作“鷰”,同“燕”,“海燕”即燕子,而海鶴銜泥作巢之事,則未之聞也。

詩後題記“未年三月廿五日學生張義潮寫”甚可注意。張義潮就是大中二年率領敦煌人民起義,創建歸義軍政權的民族英雄。據姜亮夫考證,此卷是元和十年(八一五)所寫,是年張義潮十四歲①。據李正宇考證,則謂十七歲②。從詩云“天下沸騰積年歲”看來,此詩作於天寶十四載(七五五)安史之亂以後的若干年,但不會是張義潮自作,因爲詩中情景不像是寫吐蕃統治區,而是寫中原地區之事,何況“漂泊已經千里外”也與少年時代的張義潮身世不合。陳祚龍《校訂釋無名的“無名歌”》認爲此歌是釋無名所作(見《敦煌學海探珠》八〇頁),釋無名是著名南宗禪僧神會的高足,《宋高僧傳》卷一七有傳。但從《無名歌》中看不出有絲毫僧徒所作的痕跡,相反,從“枌榆産業須抛卻”句看來,作者是小有産業的世俗人士。我認爲“無名”並非人名,“無名歌”的意思是不知篇名作者之歌,蓋當時張義潮所見此歌,即已失去篇名作者,故題以“無名歌”也。義潮所書此卷存文凡三段,一爲封常清謝死表,二爲諷諫今上破鮮于叔明令狐峘等請僧尼不許交易書,三即無名歌。從這些内容可見義潮自青少年時代已胸懷報國憂民的壯志,也可見中原文化對於哺育熏陶敦煌人民思想情操的巨大作用。

還有一些中原詩歌被俗講僧採入俗講底本中,在敦煌民間廣泛流傳。斯三八七二維摩詰經講經文:

> 所以玄宗皇帝從剄地迴,肅宗代位,册玄宗爲上皇,在於西内。是政已歸於太子,凡事皆不自專,四十八年爲君,一旦何曾自

---

① 見姜亮夫《羅振玉補唐書張義潮傳訂補》,收入《敦煌學論文集》,上海古籍出版社一九八七年六月第一版。

② 見李正宇《唐宋時代敦煌的學校》注釋⑨,載《敦煌研究》一九八六年第一期。

> 在。齒衰髪白,面皺(皺)身羸,乃裁請(詩)自喻甚遂:尅木牽絲作老翁,雞皮鶴髪與真同,須臾曲罷還無事,也似人生一世中。

以上係據《敦煌變文集》録文,其中“尅”應作“蜀”,“自喻”之下應點斷,“甚遂”應作“甚道”,就是“道甚”。所引玄宗詩,《全唐詩》卷二〇二作梁鍠《詠木老人》(一作《傀儡吟》,一作《詠窟磊子人》),注云:“《明皇雜録》云:李輔國矯制,遷明皇西宫,戚戚不樂,日一蔬食,嘗詠此詩。或云明皇所作。”按此詩應是梁鍠所作,因爲唐明皇曾詠以自喻,所以又有了明皇自作一説。變文此段當是取材於《明皇雜録》而加以鋪演發揮的。

伯二九五五佛説阿彌陀經講經文,《敦煌變文集》録文有云:

> 白野鶴,鄜州進。輕毛坫(沾)雪翅開霜,紅觜(嘴)能深練尾長,名應玉符朝北闕,體柔天性瑞西方。不憂雲路闉(闃)河遠,爲對天顔送喜忙,從比定知栖息處,月宫瓊樹是家鄉。

按這段文字其實是晚唐詩人薛能《鄜州進白野鵲》詩,載於《全唐詩》卷五六〇。持以相校,變文詩前小字“白野鶴,鄜州進”應是詩題,“鶴”爲“鵲”字之誤。第七句“比”字爲“此”字之誤。因爲詩中有“瑞西方”之語,所以爲俗講僧採用,作爲西方彌陀净土的瑞鳥之一了。

伯三六四五載有歌頌“太保”的唱文一篇,《敦煌變文集》附載於《張義潮變文》之後。這篇唱文其實是由若干首七言絶句聯綴而成,其中有一首云(據《敦煌變文集》録文):

> 孤(狐)猿被禁歲年深,放出城南百尺林,緑水任君連臂飲,青山休作斷(短)長吟。

這四句詩亦見於《全唐詩》卷七六八,作曾麻幾《放猿》,文字微有不同。宋吴曾《能改齋漫録》卷一一云:

> 吉水與敝邑接境，有曾庶幾者，隱士也。五代時中朝累有聘召，不赴。故老有能記其放猿絶句云：孤猿鎖檻歲年深，放出城南百尺林。緑水任君連臂飲，青山不用斷腸吟。

據此可知《全唐詩》"曾麻幾"者，實爲"曾庶幾"之誤。又可改正《變文集》校字之誤：原卷"孤"不錯，《變文集》誤校爲"狐"。原卷"斷長"應作"斷腸"，正與上句"連臂"爲對，《變文集》校作"短長"，亦非。曾庶幾是五代吉水（今江西吉水縣）人，在五代戰亂頻仍之際，一位南方布衣隱士的一首小詩，竟遠涉山水，傳入西陲，並被採入歌頌張義潮的唱文中，可以證明敦煌與中原的聯繫仍是密切的。張義潮於唐懿宗咸通十三年（八七二）在長安謝世，追贈"太保"。伯三六四五號唱文作於曾庶幾詩傳入敦煌之後，雖不知確切年代，但上距張義潮之卒至少已有數十年之久，可見義潮豐功偉績，澤及後世，敦煌人民思念不絶。又可見中原詩歌輾轉流入敦煌，熏陶和影響當地人民創作，實較一般人想象者爲深也。

二、與邊疆有關的詩歌引人注目

敦煌發現的中原文人詩篇，大多數是由於敦煌人士書寫而得以保存的。敦煌人士地處邊疆，自然特別關心與邊疆有關的事物。所以這些詩篇，實已經過抄寫者不自覺的篩選，高適等邊塞詩人作品發現頗多，恐非偶然。又敦煌陷蕃以前，敦煌文士中有許多來自中原，或征戍，或仕宦，或謀生，離鄉背井，兩地相思，因此在敦煌中原詩歌中，閨怨詩也不少，或許寄託着這些人士思鄉的情愫吧。下面就舉最重要的伯二五五五詩卷中的這兩類作品爲例，引詩皆用柴劍虹校録本①，並稍作補校。

---

①見柴劍虹《敦煌唐人詩文選集殘卷（伯二五五五）補録》，載《文學遺産》一九八三年第四期。

1.邊塞詩

這裏説的“邊塞詩”,是指和邊塞有關的詩篇,所以《王昭君》也包括在内。

王昭君　　　　安雅

自君信丹青,曠妾在掖亭[一]。悔不隨衆依[二],將金買幃屏。唯明在侍(視)遠,唯聰在聽德,奈何萬乘君,而爲一夫惑！所君近天闕[三],咫尺見天顔。聲盡不聞叫,力微安可攀？□京中使入,忽道君王唤。拂畫欲庄(粧)疏(梳)[四],催入亦無算。君王見妾來,臣展畫圖開[五],知妾枉如此,動容凡幾回:“朕已富宫室,美人看未必(畢)。故勒就丹清(青),所其㯃聲實[六]。披圖悦宫女[七],汝獨附籌侶[八],單于頻議婚[九],倏忽誤相許。今日見娥眉,深加在畫師[十],故我不明察,小人能面欺。掖亭連大内,上(尚)敢相曚昧,有怨不得申,呪(況)在朝廷外！往者不可追,來者安可思?”鬱陶胡餘心[十一],顔後有忸怩[十二]:“所談不容易,天子言無憘(戲),豈緣賤妾情,遂逐邊蕃意！二八進王宫,三十和遠戎,雖非兒女願,亦是丈夫雄。脂粉總留著,管弦不將去,彼爲悦己容,妾非賞心處！”來者請行行,前駈以抗旌[十三],琶笆(琵)馬上曲[十四],楊柳塞轅(原)情[十五]。抱鞍啼未已,牽馬思□憘,故息不告勞[十六],爲國豈辭死！太白食毛(旄)頭,中黄没戍樓,胡馬不南牧,漢兵無北優(憂)。預計難終始,妾心豈其(期)次(此)！生願疋(匹)鴛鸞,死得同螻蟻。一朝來塞門,心存口不論,爲埋青塚骨,時向紫亭魂[十七]。綿綿思遠道,宿昔令人老,寄謝輸金人,玉顔長自保！

補校:㊀“亭”通“庭”,“掖庭”爲妃嬪所居之處。㊁原校:“‘依’,乙卷作‘例’。”按作“例”是。㊂“君”字應是“居”字形誤。㊃“畫”字是“匣”字形誤,指鏡匣。㊄原校:“‘臣’,乙卷作‘遽’。”按作“遽”是,作“臣”者當是先音誤作“巨”,再形誤作“臣”也。㊅原校:“‘所’,乙卷作‘以’。”按作“以”是。“槳”同“案”。㊆原校：“‘悦’，乙卷作‘閲’。”按作“閲”是。㊇原校：“‘附籌’，乙卷作‘負儔’。”按乙卷是，“負儔侶”謂容貌比不上同輩宫女。㊈原校：“‘議’，乙卷作‘請’。”按原卷亦爲“請”字之殘，並非“議”字。㊉原校：“‘加’，乙卷作‘辜’。”按作“辜”較好。⑪“胡餘”當作“乎予”，見下條補校。⑫“後”當作“厚”，“鬱陶乎予心，顔厚有忸怩”乃是《書·五子之歌》成句。⑬“以”通作“已”。⑭“琶”是“琵”字誤植。⑮原文“轅”字爲“垣”字音誤，“塞垣”即長城，亦泛指邊塞。⑯原校：“‘故息’，乙卷作‘顧思’。”按乙卷是，蔡琰《悲憤詩》：“我尚未成人，奈何不顧思！”⑰“亭”字爲“臺”字形誤，江淹《恨賦》：“若夫明妃去時，仰天太息，紫臺稍遠，關山無極。”

此詩作者不可考，詩題下的“安雅”並非人名，柴君校記：“此詩又見伯二六七三與伯四九四四卷，題下均著爲‘安雅詞’。”可知“安雅”爲詞調名。按昭君出塞題材，自石崇《王明君辭》之後，騷人墨客見諸吟詠者連篇累牘，而立意各不相同，或歎昭君薄命，或憤宫廷黑暗，或斥君王將相無能，或抒懷才不遇之感……。而此詩寫昭君云：“二八進王宫，三十和遠戎，雖非兒女願，亦是丈夫雄！”又云：“顧思不告勞，爲國豈辭死！太白食旄頭，中黄没戍樓，胡馬不南牧，漢兵無北憂。”頌揚昭君安邊和戎、爲國犧牲的壯志，這首詩受到敦煌人士的喜愛，大概正因爲這種壯志引起共鳴的緣故吧。

至於直接描寫邊塞生活的，則有《從軍行》二首。

從軍行

俠少翩翩馳鐵騎，白羽插腰弓在臂。戰勝未蒙天子知，功成卻使將軍忌。十年辭魏闕，征戰猶未歇。容顔久犯胡地霜，肝膽長懸漢家月。願得總王師，滅卻凶（匈）奴也不疑。何圖祇取班超印，不憤空傳竇憲碑。此懷猶未愜，舉目愁雲又重疊。試□胡家（笳）一兩聲，歸心便碎榆關葉。

從軍行　　　　同前作

十四五年在金微，身上何曾解鐵衣，教旗乍覺山河轉，走馬迴頭草樹飛。邊庭三月仍蕭索，白日沉沉歎沙漠，關中春色始欲來，塞上寒風又吹卻。頻到虜庭斬首還，即今刀上血猶般(斑)，欲覓封侯仍未得，卻令羞見玉門關。

第二首第十句原寫"血猶般"的"般"字，非"斑"字音誤，而是"殷"字形誤，音煙，赤黑色，血久則凝而爲殷色。第二首題下注明"同前作"，則此二首應是唱和之作。今讀其詞，以游俠詩而入邊塞詩，風華高秀，音節瀏亮，純是盛唐氣象，頗似太白、摩詰邊塞之作，可惜作者已不知爲誰何了。

不過伯二五五五卷的邊塞詩，並非全都是這種昂揚之音，也有許多是蹭蹬失途者的哀歎。卷中在"七言"的總標題下，寫有七言絕句四十七首，不書作者、題目，其中涉及邊塞的約有二十首。這些邊塞詩中，經柴劍虹考訂，第五首"雪静胡天牧馬還"即高適《塞上聞笛》，第七首"千里黄雲白日動"即高適《別董大二首》之一，第四十二首"故園東望路漫漫"即岑參《逢入京使》，皆是傳頌千古的名篇。其餘多數是無名氏的佚詩，也都委婉可諷。像下面援引的幾首，便可稱爲塞外流浪者的悲歌。

[其十六]

久遊塞外卷風塵，是日窮途苦問辛。百年富貴如何處，一賞(身)恓惶愁煞人。

第一句的"卷"應作"倦"。第二句的"苦問辛"應乙爲"問苦辛"。第三句的"如"字爲"知"字形誤，此句言出塞覓取富貴的願望已成泡影。第四句原寫"賞"字是"晌"字音誤，一作"晑"、"餉"、"向"等，"一晌"即片刻，指寫作本詩之時，與上句"百年"反義對舉。

［其十七］

作客令人心裏孤，如今歸去一錢無。家鄉不久應如此，自到河西頻失途。

第三句"久應"應乙作"應久"，"家鄉不應久如此"是流浪者後悔的話，謂當年若是留在家鄉，或許不會像現在這樣長期"失途"吧。

［其十九］

塞上磋砤（蹉跎）數歲年，一離桑井更無緣。朝朝唯後（候）天兵□，宿昔令人白髪還。

第三句末字缺文，原卷作"誶"，即"誶"字草書，這裏同"訊"，此句作"朝朝唯候天兵訊"，謂時時等候"天兵"（唐軍）的消息。

［其二十］

十載支離泣已方，一生圖説賦長陽。工（功）勳不敢邀鄰（麟）閣，形影何曾棲雁［門］。

第二句的"圖"字是"徒"的同音字，"陽"應作"楊"，"長楊"指揚雄《長楊賦》，因爲賦中有"客徒愛胡人之獲我禽獸，曾不知我亦已獲其王侯"之語，所以本詩"一生徒説賦《長揚》"是説立功邊疆的願望成爲空談。第四句的"棲"字原卷實作"接"。句末缺字原補"門"，出韻，應是"行"字。"雁行"喻兄弟，出《禮記・王制》："兄之齒雁行。""形影何曾接雁行"是説兄弟分散，正與首句的"十年支離"相照應，可見作者是珍惜兄弟親情的敦厚之士。

在這幾首詩中間夾着第十八首："歲去年來已白頭，更聞啼鳥使人愁。客旅無錢可沽酒，春光莫道不相留。"在這幾首詩後面還有二首客子思鄉詩，其中第二十二首是："萬里城邊一樹花，愁來相對幾諮嗟。

旅客衹今腸欲斷，春光何事到流沙。"其餘幾首雖然没有點出邊塞之類的字面，不過基調是一致的，這些客子詩歌或許可以看作是組詩。誰是它們的作者呢？第十九首有"朝朝唯候天兵訊"的話，按"天兵"指唐兵，在七五五年安史之亂後，敦煌陷蕃以前，吐蕃割斷了敦煌與中原的聯繫，並逐漸由東向西推進，敦煌被吐蕃包圍，孤懸西陲十餘年後陷落。"朝朝唯候天兵訊"或許就是寫於這種背景之下，那麽這一組詩的作者應該是一位流寓敦煌的中原客子了。

2.閨怨詩

這裏説的"閨怨詩"，是專門指閨婦思念征夫的詩篇。在上面提到的伯二五五五卷"七言"四十七首之中，就有好幾首這種性質的閨怨詩。例如：

［其二十四］

八月金風萬里秋，起飄羅帳不緣愁。與相長安關東婦，海(悔)交(教)夫婿覓封侯。

第三句的"與相"應作"憶想"，原文"與"是"憶"字音誤，敦煌方音撮口呼與齊齒呼每每相混；又敦煌寫本中"相"、"想"二字往往不分，故此處"憶想"寫作"與相"。又"長安"與"關東"矛盾，這位思婦不可能既是長安婦，又是關東婦；而且讀者也可能因此産生錯誤聯想，以爲思婦的夫婿是在關東征戍。其實從這首詩前後的其他詩篇看來，閨婦思念的極可能是隴西的征夫。"關"字原卷實寫作"閨"，下一字殘存上半，應是"裏"字，此句作"憶想長安閨裏婦"。第四句柴君已指出與王昌齡七絶《閨怨》末句雷同，那麽本詩應是受了王詩影響而寫成的，自然比王詩晚出。從第三句"憶想長安閨裏婦"看來，本詩不是一篇道地的閨怨詩，而是征夫懷想閨婦思念自己的詩。這是從對面生情的手法，懷想閨婦在思念自己，正表明自己在思念閨婦；懷想閨婦"悔教夫婿覓封侯”,正表明了自己對於覓封侯的悔恨。

［其三十二］

沉吟疑悟漸更深,玉漏催妝未可吟。財(裁)衣寄向邊庭塞,唯願强(丈)夫照妾心。

第一句“悟”應作“誤”,“疑誤”是懷疑的意思,如盧仝《寄男抱孫》:“殷十七老儒,是汝父師友,傳讀有疑誤,輒告諮問取。”韋莊《秦婦吟》:“居人走出半倉惶,朝士歸來尚疑誤。”第四句原寫“强”字,應是“狂”字形誤,閨婦以“狂夫”稱征夫,唐詩習見,如李白《擣衣篇》:“玉手開緘長歎息,狂夫猶戍交河北。”

［其四十］

自從夫婿戍樓閑(蘭),啼淚連連(漣漣)識不干。他家閨閤東(冬)由(猶)凍,賤妾房風春亦寒。

第二句的“識”應作“拭”。第三句的“凍”字我懷疑應是“暖”字,“他家閨閤冬猶暖”是寫别人夫妻團圓,因此房中冬天也充滿了温暖,以與下句“賤妾房風春亦寒”對比,説自己獨守空房,縱然春風吹來,也覺得寒氣襲人。

在伯二五五五卷中,還有八首連寫的閨怨詩,全都不書作者名氏,全都是五言律詩,全都寫閨婦思念征人,又全都以《××怨》爲題,很自然地形成一組。經柴劍虹考訂,其中《畫屏怨》即鄭逢初《别離怨》;《綵書怨》即上官昭容同名之作,《珠簾怨》即顔舒《鳳棲怨》,一作《鳳樓怨》;《閨情怨》即王諲《閨情》詩。至於《清夜怨》,柴君曰:“按此詩又見《全唐詩》卷五四一李商隱集中。然此詩後四句又載於《樂府詩集》卷七九《陸州歌》第四疊。清代馮浩即已認爲此詩‘聲調清亮,而用意運筆不似義山’。從此詩中‘度遼’、‘出塞’的内容看,從伯二五五五卷的抄寫年代來判斷，這是一首盛唐時已廣爲流傳的閨怨詩，後人誤收入李商隱集中。”按，柴君的論斷很有説服力。《錦詞怨》經徐俊考訂，即李元紘《緑墀怨》。下面引録其餘兩首不知名作者的閨怨佚詩。

娥眉怨

孤坐正含頻（顰），嬌鶯啼向人。管弦悲渌水，羅綺怨青春。輕絮凝妝匣，飛花遶鏡輪。尋思煙海成，雙淚濕紅巾。

第七句末字“成”失粘，應是“戍”字形誤。

别望怨

征客戍龍砂，倡樓曉望賒。寶筝紅袖拂，香褥翠屏遮。有使從邊塞，傳書到俠（狹）斜。爲君横急吹，更作落梅花。

第七句“横急吹”疑當作“横吹急”，是説用横笛吹出急促的《落梅花》曲調。

在這八首閨怨詩後面，緊接着一首不署名五律《閨情》：

自别隔炎涼，君衣忘短長。欲裁無處算，迴尺忖情量。畏瘦傷縫窄，猜寒稍厚裝。伴啼封裹了，知欲寄誰將！

這首感人詩歌的作者是孟浩然，從内容和形式看，它也可以和上述八首閨怨詩算作一組。這麼多首描寫閨婦思念征夫的五言律詩匯集在一起，是伯二五五五卷的一個特色。在這九首閨怨詩的後面，衹隔着一首劉希夷的《白頭老翁》詩，又有一組感人的征夫思婦贈答詩。

思佳人率然成詠

臨封尺素黯銷魂，淚流盈紙可悲吞。白書莫怪有斑汙，總是潛(潸)然爲染痕。

歎嗟玉兒(貌)謫孤州,思想紅顔意不休。看人遥憶情多少,淚滴封書紙上流。

直爲煩怨不出門,言將白日是黄昏。朝夕上猶都不覺,秋冬誰更辨寒温!

三時出望涉南樓,百迴(回)迊(迯)望首東州。知人憶著兼腸斷,不覺題書雙淚流。

精神恍惚總緣奴,顋頟啼多眼欲枯。追思遥想肝腸斷,遥憶遥憐氣不蘇。

别來月已兩迴(回)新,相思懷枹(抱)失精神。不信詩中稠疊意,慇懃問取送書人。

刑(形)枯銷瘦爲分離,乾坤頓覺少光暉。天傾雲注東征去,相助迎奴計日歸。

奉　答

縱使千金與萬金,不如人意與人心。欲知賤妾相思處,碧海清江解没深。

紅粧夜夜不曾乾,衣帶朝朝漸覺[寬]。州容衹今銷瘦盡,君來莫作去時看。

前七首標題《思佳人率然成詠》,是征人贈佳人詩;後兩首題作《奉答》,是佳人答征人詩。贈詩第三首第三句"上"通作"尚","朝夕尚猶都不覺"是形容精神恍惚,以至連朝夕都分不清了。第四首第二句原寫"迊",柴校作"迯",注曰:"音朝,走也。"非是,此字即"延"的俗字,"延望"即延頸遠望。第五首第三句的"追"字也應作"遥","遥思遥想肝腸斷"正和"遥憶遥憐氣不蘇"對舉。答詩第二首第三句的"州"原卷實作"刑",應作"形","形容"就是容貌。這九首詩雖分爲贈詩與答詩兩組,但大概係一人擬作。其中描寫兩地的刻骨相思,是感人至深的。如贈詩説"天傾雲注東流去,相助迎奴計日歸",使人覺得是征人的感情狂濤在驅趕着東注的流雲，去迎接遠方的心上人兒來歸，真可令天傾地陷，日月爲之無光。而答詩説“欲知賤妾相思處，碧海清江解没深”，也讓人感到佳人的相思深廣難量。

最後，我要提到斯八四六六和斯八四六七所載的閨怨詩。這兩個卷子未見著録，也從未有人論及，所以雖然殘缺不完，我也願意稍作介紹。從書法、行款、内容考察，兩卷係一人所書，而且原屬一卷，斷裂爲兩段。這兩卷不但前後俱殘，而且天頭地腳皆被整齊地截去，成爲兩長條狀。其中斯八四六六卷每行上端的字剛好被保存，每行下端的字卻被截去一部分。斯八四六七正好相反，每行下端的字完整保留，每行上端的卻被截去一部分。現依原式引録於下。個别地方擬補數字，用[ ]表示。

斯八四六六卷

(前缺)

良人帶田(甲)遠從征，去時何(河)畔

機上錦文由(猶)未織，更深託雁

青雲萬里無霞换，碧海青

知君塞北深相憶，遣妾悽

夫婿連年累不放，將軍欲似

儻遇飛鴻出塞北，爲傳錦字

塞外風霜切骨冷，征夫寒凍阿[誰知]。

織錦成滿一百尺，閨人相命出羅[幃]。

女伴相將舊禱(營擣)練，爲其征客送[寒衣]。

秋樹寒飛夜消(蕭)索，寒(塞)雁哀鳴

今年征客未言皈，秋來須與造[寒衣]。

可年(憐)夜臉帶紅粧，徒伴騫

更深北斗參轉迴，羅袖風吹

一時鼎座堂階下，鼎定還來

明日(月)更深西龍邗,北斗横河參

玉户珠簾須著却,窗邊寶

歸去洞房更已久,女伴相將助

縱横尉(熨)斗佔文章,欲逢(縫)直爲

明朝擇使榆林過,此夜表縫

沙場寒多人總聞,露變霜

咸感遠寄向金微,唫啼問使

一歎一長呼,月落上

引須(領)門前側耳聽,見使

利家兄弟從戎伍。秦王間(問)

幽塞,弱者駈馳令運

斯八四六七

(前缺)

千里塵掩面,沙(紗)窗百過相哭□,

達。語以(已)獨坐乃思惟,歎息良人可□期。

妾洞房恒獨守,唫啼夜静上金機。

山本來辛苦地,一别千金數載離。

贈禱(擣)練篇一首

不盧閏俾(慮閨幃)羅帳單,遥愁寒地征衣薄,

玳瑁桉(案)前疊玉練,珍珠簾外碎金俾(緯),

争向砧前競弄杵。一隊風來一隊香,

砧前處影摇,風吹陌上聲得遠。

知摇落鳳凰釵,眼看振破盤龍□。

練擎將盡(晝)堂内,珊瑚床内急□衣,

今朝各自皈家去,明朝還共一時來。

暗頻銚(挑)金燭燈,怕熱時時私尉(熨)斗。

珊瑚佢(匣)裹取尺量,玳瑁箱中檢□□。

忩忩忘結三條綿(線),往往虚行一度針。

衣中厚絮重重暖，鑪上添香遍遍薰。
殷勤爲報征夫道，明[□]還著别時裳。
聞鍾鼓聲，忽覺街衢車馬閑，
問，答言今欲向長城。長將□□□勞苦，
北築長城押枉(壓狂)虜，征平(卒)提戈行
訖送寒衣。未委夫人問何義，
(後缺)

斯八四六六内容寫思婦爲征夫寄寒衣；斯八四六七卷中有"贈擣練篇一首"的標題，以下内容即是《擣練篇》。有一點值得注意，兩卷都寫到孟姜女故事，如斯八四六六尾端有"秦王問……幽塞，弱者駈馳令運"，下面的缺字大概是"土"字，與上文的"伍"字押韻。斯八四六七前部有"……山本來辛苦地，一别千金數載離"。"山"上缺字殘存下部四點，極可能是"燕"字，而"燕山"是唐代民間傳説孟姜女之夫杞梁修築長城之處，如《敦煌歌辭總編》卷三《擣練子》："孟姜女。杞梁妻。一去燕山更不歸。造得寒衣無人送。不免自家送征衣。"其中"擣練"、"造寒衣"、"送征衣"，皆與此二卷内容相合。斯八四六七尾端顯然正是寫孟姜女送寒衣之事："答言今欲向長城，長將□□□勞苦……北築長城壓狂虜，征卒提戈行……訖送寒衣。未委夫人問何義……"因此，這兩卷殘詩也有可能是長篇孟姜女韻文的一部分。早在二十世紀二十年代，顧頡剛先生曾對孟姜女故事進行了劃時代的深入研究①，獲得了國際聲譽。現在這兩個殘卷的公布，將爲孟姜女故事流傳增添新的内容。從殘詩的語言風格看，不像是民間作品，而像是初唐駱賓王、盧照鄰、劉希夷一類人的長篇歌行一體。按劉希夷善寫閨幃從軍的歌行，《舊唐書・經籍志》載他有集三卷，現在《全唐詩》收録的劉詩衹有三十五首，這兩卷殘詩會不會是劉希夷的作品呢？姑且記下這個疑問。

① 參看顧頡剛編著《孟姜女故事研究集》，上海古籍出版社一九八四年二月第一版。

第二章　釋道詩歌

中世紀的敦煌是一個宗教氣氛非常濃厚的都會，在佛教由西域東漸的過程中，敦煌始終是重要的中轉站，出現過被稱爲“敦煌菩薩”的竺法護等一些著名僧徒。在吐蕃占領時期和以後的歸義軍時期，統治者的虔誠信奉和大力提倡，更使佛教具有了類似“國教”的地位。現存莫高窟四百九十二個洞窟，開鑿年代由五世紀十六國晚期北涼時代延續到十四世紀元代，絶大多數是在隋唐五代時期開鑿的，這也是敦煌佛教最爲興盛的時期。藏經洞是佛教聖地莫高窟衆多洞窟之一，其中發現的文書百分之九十是和佛教有關的文獻，因此其中保存了許多佛教詩歌就是毫不足怪的。而唐代實行三教並重的政策，由於皇室和道教的教主老子攀宗，道教有時受到特别尊重，在社會上也有深廣的影響，因此在敦煌藏經洞中也有一些道教經典和道教詩歌，同樣也是很自然的。由於唐代實行對外開放政策，敦煌是接受來自西方的外來思想的第一站，敦煌遺書中也有少量景教和摩尼教經典，其中也有某些類似詩歌的成分。

中國封建社會的皇權雖然也需要宗教的配合與支持，可是和歐洲中世紀的封建政權不同，中國封建政權的世俗性質始終是毫無疑問的，宗教總是扮演在野的角色。以宗教詩歌爲主體的宗教文學，更衹能僻處於文壇最荒涼的一角，歷來没有被當作真正的文學作品而受到重視和研究。中國文學史上從來没有宗教文學的地位。不過敦煌遺書中發現的大量釋道詩歌，卻證明了宗教詩歌的普遍存在，並在社會生活中發揮作用的事實，因此我們爲釋道詩歌專立一章介紹，並且深信宗教文學今後必將引起學者們的廣泛注意和深入研究。

第一節　佛教詩歌

敦煌遺書中的佛教詩歌，數量頗多，下面分爲佛教義理詩、佛教勸善詩、佛教寓言詩、禪宗歌偈、僧徒篇詠等幾類介紹。

一、佛教義理詩

顧名思義，佛教義理詩是闡發佛教義理的，但同時它也必須是"詩"，即必須具備詩的形式（如句式整齊、音節和協、押韻等等），以及一定的文學趣味。佛經中的大量偈頌不能算詩，還有一些佛教篇什，因爲語言過於枯窘抽象，也不能算詩。按照這個標準，敦煌遺書中的佛教義理詩當以衛元嵩《十二因緣六字歌詞》和不知作者名氏的三種"九想觀詩"較爲重要。

衛元嵩，《續高僧傳》卷二七有傳："釋衛元嵩，益州成都人。少出家，爲亡名法師弟子，聰穎不偶。嘗以夜静侍傍曰：'世人洶洶，貴耳賤目，即知皂白，其可得哉！'名曰：'汝欲名聲，若不佯狂，不可得也。'嵩心然之，遂佯狂漫走，人逐成群，觸物摛詠，周歷二十餘年。……即上廢佛法事，自此還俗。周祖納其言。又與道士張賓密加扇惑，帝信而不猜，便行屏削。嵩又制千字詩，即'龍首青煙起，長安一代丘'是也。並符讖緯，事後曉之。"元嵩於天和二年（五六七）上書周武帝，請造延平大寺，深合武帝之心；後來武帝毁佛，論者多以元嵩爲主謀。衛元嵩作爲周武"法難"的罪魁禍首，寫作宣傳佛教哲理的"十二因緣六字歌詞"，似乎不合情理，故多有疑其爲僞託者。不過元嵩後來雖然還俗入道，但觀其請造延平大寺書云："容貯四海萬姓，不偏立曲見迦藍，偏安二乘五部。"立意仍在推廣佛之慈心，普及於四海萬姓。據《續高僧傳》，元嵩爲北周釋亡名弟子。按亡名本是南朝士族文人，侯景亂後出家，所撰佛教詩文甚多，《廣弘明集》卷三〇就載有他的一些佛教詩歌。元嵩繼承師風，本人追求名聲之心頗切，又善於摛詠，有千字詩之制，那麽在他前期還俗之前，寫作"十二因緣六字歌詞"就是很可能的。

此篇有陳祚龍氏校録本①，今據引於下，並加補校。

十二因緣六字歌詞　　衛元嵩撰

余本是性浄國人，屬大般涅槃州，清昇彼岸郡，寂滅法身縣，薩婆若鄉，止真如里，住無爲村，坐無作舍。父名平等，母字慈悲。

余忽逢惡世，遭值魔軍。寇敵甚强，遂即没陣。落在三界，沉溺苦海。波浪津流，寄流六道。隨藥種類，以住牽纏。曠劫彌延，於今不絶。恒與無明爲奴，貪愛爲婢。色聲香味觸，遂相羈絆，不得自在。今惱彼父母。大是鄉居好人，離煞没陣。終日於家，某年某月某日，忽法王符下，追唤征伐：四大五蔭，六根大賊。余即騎大精進馬，腰帶利智劍刀，脚踏平等地，手把禪定弓。放大智慧箭，射破身中三十六賊，摧碎爲微塵。大丈夫兒，健志哮吼反擲。人獲得菩提勳，開庫賜爵禄。列軍直入涅槃門，即到平等慈悲父□舍，面奉親父母。信心真種子，住在四大五蔭村。大明智慧在心裏，如木有火須鑽研。火出薪，壞陣滅盡。衆生作福，亦復然。十二因緣者，凡聖共有。解即出塵，罪不遣入。生死往往，深理難顯，故以六字歌之。

楚按，以上係這篇詩歌的小序，自應合併爲一段爲宜。下面是幾點補校：一、第二段中"隨藥種類"的"藥"字，原卷作"菜"，即"葉"字，通作"業"。"業"是能導致一定果報的身口意行爲，衆生由於所造善惡行業

---

①見陳祚龍《考證衛元嵩的十二因緣歌詞》，收入《敦煌文物隨筆》，臺灣商務印書館發行，一九七九年初版，一八六～一八九頁。

各各不同,而相應地在十二因緣中獲致種種不同果報,永無止息,故云“隨業種類,以住牽纏”。二、“貪愛爲婢”,“爲”原卷作“作”。三、“今惱彼父母”,“惱”字旁原卷注有“懊”字。四、“某年某月某日”,原卷實無第三個“某”字。五、“余即騎大精進馬”,陳校:“余,原本作於。”今按,原本“於”字似非“余”字之誤,而是“於”下脱去一字,如“於是”之類。六、“大丈夫兒,健志哮吼反擲。人獲得菩提勳,開庫賜爵禄”一段,佶屈聱牙。“大丈夫兒健志”應爲一句。“哮吼反擲”爲一句,蓋以猛獸比喻大丈夫兒之“健志”也。下句“人”字原卷實無,應據删,後兩句作“獲得菩提勳,開庫賜爵禄”。七、“列軍直入涅槃門”,“列”原卷作“引”。八、“即到平等慈悲父□舍”句,原卷“悲”字旁有一點,表示塗去,應據删;原卷“舍”上實無缺文,此句作“即到平等慈父舍”,與上句“引軍直入涅槃門”同爲七言句。九、“火出薪,壞陣滅盡。衆生作福,亦復然”一段中,一二句應併爲一句,薪中出火,則薪成灰矣,故云“火出薪壞”也。三四句亦應併爲一句,“福”下原注:“福,原本作佛。”其實原本“佛”(原卷寫作“仏”)是正確的,蓋衆生心中皆有佛性,猶如木中皆有火性,衆生一旦覺悟成佛,即跳出生死輪迴,猶如木中火出,薪亦成灰,故云“衆生作佛亦復然”也。一〇、“解即出塵,罪不遣入。生死往往,深理難顯,故以六字歌之”一段,開頭應是兩個五言句,作“解即出塵罪,不遣入生死”,謂若能解悟十二因緣,即可超脱塵世苦難,而不陷入生死輪迴。原文“住”字下陳校:“住,原本作但。”按原本“但”字是,此字上面的“往”字是與下“但”字形近的衍文,應删,“深理”原卷作“理深”。此“但”字應連下讀作“但理深難顯,故以六字歌之”。

一、無明緣:心雲蔽在重昏,慧日雖隱常存。愚夫不覺守暗,智者了達其門。白黑本來無别,衆識亂想同根。迷情豁然自悟,即是無上天尊。

二、行緣:愚鈍無智生緣,造作行業常田。罪福即爲糞土,禪定亦復流川。未悟本來非性,誰了法亦空然。若知藥種真實,不爲思惟妄牽。

楚按,第四句"復"字,原卷實作"是"字,第七句"藥"字原卷作"葉",通作"業","業種"即善惡行業,以其可導致罪福之果,猶如種子,故稱爲"業種",如《楞嚴經》卷一:"業種自然,如惡叉聚。"

三、識緣:雲行震動風雪,識蔭種子□開。念念生滅無住,屑屑思想輪廻。騰雲遊昇漫走,本自無物相摧。若能了知不異,身内則有如來。

楚按,第一句末字"雪"原卷實寫"雷"字。第二句第四字原卷殘損,不可辨識,但非"子"字。第六句"摧"下陳校:"摧,原本作催。"按原本"催"字是,這兩句是説,識緣的"騰雲遊昇漫走"是由於自性如此,並非受他物催驅而然。

四、名色緣:幻識體性顛狂,虚空漫造文章。實無名色可覩,强見種種青黄。教人妄生深着,無事自起貪狠。若解觀察如電,不久即會真常。

楚按,第五句"深"字爲"染"字形誤,佛家稱貪戀外緣色相爲"染著"。第六句末字"狠"字失韻,應是"狼"字,"貪狼"形容貪狠如狼,《漢書·董仲舒傳》:"師申商之法,行韓非之説,憎帝王之道,以貪狼爲俗。"

五、六處緣:爲住不避善惡,觸處即坐深着。似魚吞鈎滅身,如蠶吐絲自縛。六處爲迷所鄣,煩惱昏刀自斫。丈夫必須思量,悟理自然安樂。

楚按,標目及第五句的"處"字下,皆有陳校:"處,原本作入。"按原本

“入”字不煩改,“六入”與“六處”乃翻譯之别,意義相同。例如《妙法蓮華經·化城喻品》所載十二因緣之第五緣,即爲“六入”。本首歌詞作“入”,實不必改爲“處”,以致淆亂原作淵源所自也。又第一句“住”字爲“性”字形誤。第二句不可解,“坐”字原卷實作“生”,“深”字則爲“染”字形誤,“觸處即生染著”即處處貪戀外物之意。

六、觸緣:情深着處如膠,不避湯火煎燒。遍入六道生死,流轉三界飄飖。布存反受其惡,榮華不久枯燋。若能用心無深,永絶枷鏁逍遥。

楚按,第一句和第七句的“深”字,皆是“染”字形誤。

七、受緣:受心羅網分别,無源無滅無末。鱗遊經停必死,雉飛遮覆難活。衆生遞相纏繞,不知身是泡沫。何時值遇賢師,教我同修解脱。

八、愛緣:一生貪愛榮樂,至死不知是惡。髮白面皺作健,扶杖東西脚弱。耳聽音聲不解,目睹青黄眇漠。以此不知厭患,必受地獄纏縛。

九、取緣:心如膠漆難把,取著不能放捨。慾火燒身燋爛,熱病劇於鑪冶。凡夫妄生愛樂,智人了達虚假。勸君諸人莫貪,即是解脱賢者。

十、有緣:一生不解無我,萬劫爲有枷鏁。昏昏長夜流轉,念念煩惱自裹。迷人以來作惡,餓鬼見水爲火。聞此不解修定,未來必招大禍。

楚按,第五句“來”字原卷實作“東”,“惡”字原卷實作“西”,“迷人以東作西”之類的比喻佛家習用,如《景德傳燈録》卷二九誌公和尚《十四科頌·迷悟不二》:“愚人唤南作北,智者達無西東。”列寧格勒藏敦煌寫本一四五六號王梵志詩："迷人已(以)南作北，又亦不辯(辨)西東。"又第七句"定"字原卷實作"空"字，"修空"即研習佛教空義。

十一、生緣：細種良田必生，受水增長根莖。三毒四蛇圍遶，五蔭六賊從横。不知甘苦香臭，未辨黑白如盲。丈夫凡離生死，長守安樂心平。

楚按：第四句"從"原卷作"縱"。

十二、老死緣：百病酸疼苦切，四支急如繩結。悲啼叫喚爺娘，頑語嘶□鳴咽。兩手摸空撩亂，九孔不浄膿血。寄語諸徒賢者，學道大宜志節。

楚按，第四句"頑"應作"頓"。原卷"語"下有"聲"字，被校録者遺漏，此句遂少一字，因於"嘶"下補一空格，非是。"鳴"下原校："鳴，原作嗎。"今按，應是"嗚"字，此句作"頓語聲嘶嗚咽"。

"十二因緣"是佛教"三世輪迴"的基本理論，是首尾相連的因果循環鏈條。《菩薩處胎經·轉法輪品》："無明緣行，行緣識，識緣名色，名色緣六入，六入緣觸，觸緣受，受緣愛，愛緣取，取緣有，有緣生，生緣老病憂悲苦惱。……老死憂悲苦惱緣生，生緣有，有緣取，取緣愛，愛緣受，受緣觸，觸緣六入，六入緣名色，名色緣識，識緣行，行緣無明。"《大般涅槃經》卷二七則對"十二因緣"作了解釋："善男子，十二因緣一切衆生等共有之，亦内亦外。何等十二？過去煩惱名無明，過去業者則名爲行，現在世中初始受胎是名爲識，入胎五分四根未具名爲名色，具足四根未名觸時是名六入，未别苦樂是名爲觸，染習一愛是名爲受，習近五欲是名爲愛，内外貪求是名爲取，爲内外事起身口意業是名爲有，現在世識名未來生，現在名色六入觸受名未來世老病死也，是名十二因緣。"這裹雖然對"十二因緣"逐一作了解釋，但仍然是抽象深奥，一般民衆恐難瞭解。衛元嵩"歌詞"小序説："理深難顯，故以六字歌之。"可見六言歌詞之作，是爲了將深奥的十二因緣理論通俗化，形象化，使一般民衆顯然明瞭。歌前小序運用了大量比擬手法，如稱"性浄"爲"國"，"大般涅槃"爲"州"，"清昇彼岸"爲"郡"，"寂滅法身"爲"縣"，"薩婆若"爲"鄉"，"真如"爲"里"，"無爲"爲"村"，"無作"爲"舍"。又稱"平等"爲"父"，"慈悲"爲"母"。又説"與無明爲奴，貪愛爲婢"，這就把抽象的佛教概念，化爲人們日常習見，可感可知的具體形象了。這本是佛教文學的常用手法，如《敦煌歌辭總編》卷三《行路難》第三首亦云："父母皆從貪嗔癡愛生我。祖父先是二十五有。眷屬元是色聲香味觸。妻兒即是色境五欲。萬法畢竟相隨。微塵以爲同學。"也使用了擬人手法，但畢竟不如衛元嵩小序趣味盎然。至於歌詞正文，運用六言詩歌形式，已經達到縱心所欲、出入無礙的地步。按利用六言詩歌形式，闡發抽象的佛教義理，本是僧徒的一大專長，試看《景德傳燈録》卷二九所載梁寶誌和尚《大乘讚》十首、《十四科頌》十四首，以及列寧格勒藏敦煌寫本一四五六號王梵志詩卷中的六言詩十首，便可知悉。我認爲僧徒對六言詩的掌握，實已超過了世俗文人。

敦煌遺書中另外有三組佛教義理詩，是三種無名氏《九想觀詩》，即伯三八九二《九想觀詩》九首，每首七言四句；斯六六三一《九相觀詩》九首，每句五言十二句，前有小序；以及上海博物館敦煌文獻四八號《九想觀》九首。兹先引録林聰明校録本七言《九觀詩》(《敦煌俗文學研究》二三四～二三五頁)：

初生想：初生滿月字嬰孩，内外親羅送喜來。男號明珠女百疋，車馬門前擘不開。

童子想：日月相催成幼童，五五三三作一藂。雖解聚沙爲佛塔，心中仍未辨西東。

盛年想：三十紅顔盛少年，意氣英雄文武全。榮華衣冠車馬足，妻妾縱橫滿目前。

衰老想:年侵蒲移競桑榆,骨竭筋枯皮宍踈。面上紅顏千道皺,欲行十步九長嘘。

楚按,第一句"移"當作"柳",蓋"柳"字别體作"桺",如《增訂碑别字》卷三,《唐源慶寺碑》"柳"作"桺",以形近誤作"移"也。第二句"宍"同"肉"。

病苦想:四支沈重染纏痾,日夜尫羸苦漸多。百味目前俱不入,葉合如斯知奈何。

楚按,第四句"葉"通作"業","業合如斯"謂前世業因所導致的果報如此。

死想:妻妾平生多棒椎,及至死時誰不恐。侻家苦哭三五聲,獲時送出慎丘冢。

楚按,第一句"棒椎"當作"捧擁",謂圍繞簇擁,如杜甫《山寺》:"使君騎紫馬,捧擁從西來。"第三句的"侻家"當作"怨家",指死者的眷屬,把親屬視爲"怨家",是佛教的觀念。第四句的"獲"字是"權"字形誤,"權時"即暫時,姑且。又"慎"字是"填"字形誤,"填丘冢"就是埋葬。

胞脹想:送至荒田丘冢間,親戚妾奴各自還。唯見一槌膿血聚,何曾更有舊紅顔。

楚按:第三句"槌"當作"塠",同"堆"。

爛壞想:日炙風吹皮宍爛,見者誰不懷嗟嘆。蟲銜獸曳當頭分,筋骨分離支節散。

白骨想：縱横白骨色如銀，盡是門家豪族人。莫言即日埋荒草，亦曾意氣驅風雲。

下面據斯六六三一逄録五言《九相觀詩》：

九相觀序

夫夫（大）雄演教，普拯濟於含靈；開闡玄門，示蒼生於覺路。然則法體絶寂，名言顯其幽微；會相歸真，止觀源於妙有。無量壽覺，權開十六之宗；釋迦牟尼，爰敷九相之要。因兹妙觀，知煩想之虚生；察念正勤，識緣心之妄起。三界迷俗，處夢宅而長眠；六賊競馳，入無明之暗室。詐相親附，渴名色之無厭；役使身心，遍五道而爲業。往來生死，長沉没於愛河；胞胎受形，永漂淪於苦海。何有智者，不返斯源；傷哉痛哉，爲害兹甚。普勸有識，歸心解脱之門；憑此勝因，同證涅槃之路。詩陳九相，列在後文。

瓔孩相第一

色醉明神闇，貪迷達識昏。情塵交觸境，冥陰託靈魂。孕氣成珠貌，欣生路報分。寵憐膝下育，嬌愛掌中存。肝膽非爲比，珎財豈足敦。寧知是虚幻，聚散等浮雲。

童子相第二

狀貌隨年盛，形軀逐日紅。三周離膝下，七載育成童。竹馬遊閶隇（巷），紙鶴戲雲中。花容艶陽日，綺服弄春風。寵愛量（良）難此（比），恩憐靡與同。那堪百年後，長奄（掩）夜臺空。

盛年相第三

狀（壯）年非久駐，盛色豈長留。群迷曾未覺，結伴恣歡遊。林間施鳥網，水由（曲）下魚鈎。享（烹）鮮充美饌，酌醴獻交酬。堂館笙歌合，庭臺舞伎流（留）。永言同此賞，誰悟闇泉幽。

衰老相第四

修（倏）忽紅顔謝，須臾綠（绿）鬢移。肌膚隨日咸（減），容髮逐年衰。境(憶)昔望歌處,滕□遊謳期。形消魂屢怯,氣弱魄增微。伏(仗)策身難舉,心行足不隨。煩宛(怨)坐空室,悲嘆淚霑衣。

病患相第五

復(傷)嘆老將至,悲病忽假□。力羸魂悄悄,氣弱識沉沉。幽卧無人問,焚(煢)居羡鳥音。神遊形不及,伏枕日哀吟。始悔平生罪,懸愁業鏡臨。信知秤善惡,何不早歸心。

死相第六

逝水无還滴,流光豈再追。景馳難蹔止,侍(待)命亦如斯。氣逐風燈化,神從朝露晞。短晨鋅(辭)日城(域),長夜掩泉扉。行路興哀歎,堂庭起慟悲。古今生死地,傷歎欲何爲。

胮脹相第七

生涯哀有極,死路去何充(匆)。傷哉百年内,俄奄九泉中。魄散形瘤黑,魂離體脹彤。親憐(隣)咸懼見,用(朋)處畏相逢。名與身俱滅,人將我共終。昔時歌笑地,今日盡成空。

爛壞相第八

感歎軀摧壞,傷嗟命靡存。迎霄(宵)群獸噛,凌曙衆禽奔。肢節一離散,形骸幾斷分。泉臺遊闇魄,蒿里止幽魂。可患无常境,浮生若電雲。何貪此火宅,不向涅般(槃)門。

白骨相第九

冥寞形神古,摧殘白骨新。支離散荒野,零落瘞沙塵。永與庭臺別,長爲螻蟻親。百齡終莫紹,千載止幽神。禪慧由茲覺,知令(今)離我人。心逾解脱境,起(氣)度涅槃津。

《九相觀詩》一本。

上海博物館藏敦煌文獻四八(四一三七九)號中亦包括《〈九想觀〉一卷并序》,亦爲九想觀詩,通篇以七言爲主,夾雜一些三字句,有鄭阿

財校録本①,引録於下:

《九想觀》一卷　并序　象敬念

如來妙法大慈悲,廣度衆生無盡其(期)。地水火風成四大,觀心阿那是無爲。世人每思九想觀,即知變太化來非。識姓(性)了心須覺悟,從生至死綴成詞。

第一觀　作嬰孩。妄想元從空裹來。綾綵羅畫迎三日,瑞錦箱成滿月裁。羅烈珍羞命親族,共飲同歡長命杯。孫子抱來呈可喜,車馬争牽玉碗推。父母憐之猶未足,縱使朝參驟馬迴。

楚按,"瑞錦箱成滿月裁"句,"成"讀作"盛"。下句"烈"當作"列"。"車馬争牽玉碗推"句,"碗"當作"腕"。

第二觀　作膧朦。騎竹馬,逐遊從。或聚砂來作米糶,或時覺走趁遊風。争能鸜鵒牽猧子,築城弄士(土)一叢叢。行來失伴窺門覓,歸家吃飯亦無容。追朋日日過庠序,鬥詠詩書阿那聰。路上逢人唤父父,不知自是白頭翁。

楚按,第二句"膧朦"當作"童蒙"。"争能鸜鵒牽猧子"句,"能"疑"弄"字音誤。

第三觀　盛少年。整是初成氣力全。拓石翹開唯鬥壯,彎弓遥射五陵前。各驅英雄兵吏部,論詩説賦定華篇。三軍不肯隨旌節,久竟争遊車馬前。求作樂,愛管弦,覺走貪杯趁酒泉。呼朋日日追於賞,結伴朝朝花果園。

---

①見鄭阿財《敦煌寫本〈九想觀〉詩歌初探》,收入《敦煌文學論集》,四川人民出版社,一九九七年出版,三〇～三二頁。

楚按，“整是初成氣力全”句，“整”與“正”通。“拓石翹開唯門壯”句，“開”當作“關”，“翹關”即扛舉城門槓，唐代武舉用爲考試舉重的科目。《朝野僉載》卷一：“時崔湜亦爲吏部侍郎掌選，有銓人引過，分疏云：‘某能翹關負米。’湜曰：‘君壯，何不兵部選？’”《新唐書·選舉志》：“翹關，長丈七尺，徑三寸半，凡十舉後，手持關距出處無過一尺。”“久竟争遊車馬前”句，“竟”當作“競”。“呼朋日日追於賞”句，“於”疑“遊”字之誤。

第四觀　賞猶歡。紅顔美貌晝時難。朝將玉管堂前弄，夜取鳴琴月下彈。南莊北宅多修造，東閣西閣命朝官。亭牽起而連雲合，能將白馬夜遊盤。香車繡帳未童引，金鞍鏤鐙月彫殘。留情引客前堂置，寵愛閨人後院安。一過富貴多妻妾，袍褲資莊爾許般。每將鷹體散雲外，或將歌舞借人看。奇異哉，奇異哉，紅顔欲老阿誰催。忽捻明鏡堂前照，一莖白髮送愁來。

楚按，“亭牽起而連雲合”句的“牽”當作“臺”，“袍褲資莊爾許般”的“莊”當作“裝”，“每將鷹體散雲外”句的“體”當作“鶻”。“莖”原卷作“筀”，應是“筀”字。“筀”是表細微的量詞，“一筀”猶云“一絲”。

第五觀　衰老時。鬢邊白髮亂如絲。起坐唯聞腰裹痛，目下尋常冷淚垂。只見堂前孫子鬧，誰知門外往還希。皮寬肉盡無筋力，眼暗逢人問始知。盤中美食看便飽，槽中駿馬不能騎。西山日暮無光影，陌上多饒枯樹枝。紅顔能不存始終，白髮偏能善改移。昔時少年興八樂，如今聞曲轉生悲。不離黄泉寸步地，猶存活計勸妻兒。

第六觀　病在床。想中困苦斷人腸。百骨節頭一時痛，黄昏魂魄膽飛颺。左隨右轉如山重，昔時氣力阿誰將。百味飲食將來吃，口苦嫌甘不肯嘗。丈夫今日到如此，黄金白玉用何將。縱使神農多本莫(草),唯遺老病斷承望。路逢狂象來相趁,怕急將身入井藏。井下四蛇催命促,攀枝二鼠咬藤傷。此是衆生命盡處,君知者,審思量。吾我只今何處在,千金究竟是無常。如來上床靴履别,況凡夫、得久長。

楚按,"左隨右轉如山重"句的"隨"字,據原卷字形,似是"旋"字。

第七觀　守魂空。骨肉歸於地水風。眼看四大還蒿里,妻兒哽噎氣填胸。憂悲腦,號咷哭,永别摧殘一老翁。恰到黄昏男女怕,將知生死路何同。東家西舍懸桃板,北户南鄰問吉凶。非但亡人身奄化,孝家借索不相容。權時未得歸泉壤,誰知門外絶行蹤。高枕華堂不得卧,終歸荒野守荆叢。曠野舊來閑,只是亡人鎮此間,親情眷屬永長别,送來只是到荒山。荒山寂寂多墳墓,墓門無鎖亦無關。莫怪孤墳人不守,古往今來無在還。

楚按,"憂悲腦"句,"腦"當作"惱"。"權時未得歸泉壤"句,"壤"當作"壤"。"曠野舊來閑"五字爲句,未合,句首應脱"荆叢"二字,蓋與上句末二字"荆叢"重複,因以重複記號代替,而又脱去也。末句"在"當作"再"。

第八觀　壞爛時。行人見者斂雙眉。一切虎狼分噉食,鵶鵲争食體上飛。昔時妻妾多憐愛,今日摧殘阿那知。蠅蛆臭穢令人怕,螻蟻無親强守屍。到頭虚化無人我,何不驚心覺悟思。可笑奇,可笑奇,行人灑淚徹心悲。空寂還空須[臾]見,悟空真性自然知。地水火風歸本位,衆生知覺達無爲。

楚按,"鵶鵲争食體上飛"句,"食"字與上句犯複,原卷作"飡",即"餐"字。"空寂還空須[臾]見"句,"須"下原寫"了"字,校録者認作省字符,補作“臾”,未確。“了”即清楚、徹底之義。

> 第九觀 停孤墳。髑髏白骨總難分。只見終冬霜雪變,何曾白骨永長存。冬月草裹白如粉,春夏草生骨不新。縱使黄天日日照,終歸變化作灰塵。世人每思九想觀,不知何處是我身。若也世間合有我,在生富貴總猶人。十二因緣輪迴轉,但是無常莫共親。智者若能悟此事,聽取西方浄土因。西方有佛號彌陀,國名極樂遍娑羅。百鳥靈禽皆念善,樹葉風吹繫法螺。六趣輪迴争路人,彼方極樂少經過。

楚按,“停”原卷作“傍”。“髑髏白骨總難分”句的“難”字應作“離”。“在生富貴總猶人”句的“猶”通作“由”。“六趣輪迴争路人”的“人”字爲“入”字之誤。

前兩組詩的題目,七言作“九想”,五言作“九相”,“九相”也即是“九想”。比較兩詩細目,七言“初生想”,五言作“孾孩相”,初生也即是嬰孩。七言“胞脹想”,五言作“膖脹相”;七言“病苦想”,五言作“病患相”,意思也完全一樣。其餘各想的名目,二者全同。因此,這兩種“九想觀詩”的細目是一致的。上博本《九想觀》詩雖没有細目,但九首的内容與上述兩種《九想觀》詩的内容也是完全對應的。但如果將這些“九想觀詩”與佛教的“九想觀”相比較,便會發現它們所列的細目大不相同。

“九想觀”本是佛教“不浄觀”法門之一,其細目佛書所載也不盡同。丁福保編《佛學大辭典》“九想”條舉其差異:“《智度論》二十一舉經文(楚按即《大品般若經》)曰:‘九想:脹想,壞想,血塗想,膿爛想,青想,噉想,散想,骨想,燒想。’同四十四之經文曰:‘九相:脹相,血相,壞相,膿爛相,青相,噉相,散相,骨相,燒相。’《大乘義章》十三曰:‘死相,脹相,青淤相,膿爛相,壞相,血塗相,蟲食相,骨鏁相,分散相。’此加死相,除燒相。智者之《禪波羅蜜門》九曰:‘膨脹想,青瘀想,壞想,血塗漫想,膿爛想,蟲噉想,散想,骨想,燒想。'此依《智度論》,而第七青想改爲第二,次第較善者。又《法華玄義》四上,加死想而除散想。"儘管具體名目次序略有不同,佛書"九想觀"的要義是完全一致的,即極力渲染屍相之種種穢惡可怖之狀,引起人們生理上之厭惡反應,以破除對人身的種種欲望和貪著。例如《大智度論》卷二一云:

> 行者到死屍邊,見死屍膖脹,如韋囊盛風,異於本相,心生厭畏:我身亦當如是,未脱此法。身中主識,役御此身,視聽言語,作罪作福,以此自貴,爲何所趣。而今但見空舍在此,是身好相,細膚姝媚,長眼直鼻,平額高眉,如是等好,令人心惑。今但見膖脹,好在何處?男女之相,亦不可識。作此觀已,呵著欲心,此臭屎囊,膖脹可惡,何足貪著。死屍風熱轉大,裂壞在地,五藏屎尿膿血流出,惡露已現。行者取此壞相以況己身:我亦如是,皆有是物,與此何異。我爲甚惑,爲此屎囊薄皮所誑,如燈蛾投火,但貪明色,不知燒身。已見裂壞,男女相滅,我所著者,亦皆如是。死屍已壞,血肉塗漫,或見杖楚死者,青瘀黄赤,或日曝瘀黑,具取是相,觀所著者,若赤白之色,浄潔端正,與此何異。既見青瘀黄赤,鳥獸不食,不埋不藏,不久膿爛,種種蟲生。行者見已,念此死屍,本有好色,好香塗身,衣以上服,飾以華綵,今但臭壞,膿爛塗染,此是其實分。先所飾綵,皆是假借。若不燒不埋,棄之曠野,爲鳥獸所食,烏挑其眼,狗分手腳,虎狼刳腹,分掣劚裂,殘藉在地,有盡不盡。行者見已,心生厭想,思惟此屍未壞之時,人所著處,而今壞敗,無復本相,但見殘藉,鳥獸食處,甚可惡畏。鳥獸已去,風日飄曝,筋斷骨離,各各異處。行者思惟,本見身法,和合而有,身相男女,皆可分别,今已離散,各在異處,和合法滅,身相亦無,皆異於本,所可愛著,今在何處?身既離散,處處白骨,鳥獸食已,唯有骨在,觀是骨人,是爲骨相。骨相有二種:一者骨人,筋骨相連;二者骨節分離。筋骨相連,破男女長短好色細滑之相;骨節分離,

破衆生根本實相。骨想復有二種：一者净，二者不净。净者久骨白净，無血無膩，色如白雪；不净者餘血塗染，膏膩未盡。行者到屍林中，或見積多草木，焚燒死屍，腹破眼出，皮色燋黑，甚可惡畏，須臾之間，變爲灰燼。行者取是燒想，思惟此身，未死之前，沐浴香華，五欲自恣，今爲火燒，甚於兵刃。此屍初死，形猶似人，火燒須臾，本相都失。一切有身，皆歸無常，我亦如是。睹是九想，斷諸煩惱，於滅淫欲最勝，爲滅淫欲故，説是九想。

很顯然，把這些令人嘔吐的醜陋描寫搬入詩歌是極不可取的。三種《九想觀詩》没有這樣做，它們雖然以“九想觀”爲題，實際上卻是糅合了“百歲詩”、“四相”、“九想”而成的。以七言“九想觀”詩爲例，它的内容可以分爲三類：一、初生想、童子想、盛年想、衰老想爲一組，描寫了人生的過程，顯然和“百歲詩”相似。“百歲詩”通常以十首爲一組，把人的一生按百歲計算，每十歲用一首詩加以歌詠。這種格式濫觴於陸機《百年歌》十首，《敦煌歌辭總編》卷五收有《百歲篇》六組，可見在民間是何等流行。上引“九想觀”詩中的“初生想”等四首，也是分階段歌詠人的一生，和“百歲篇”的精神是完全一致的。二、初生想、衰老想、病苦想、死想爲一組，則是歌詠“生老病死”等“四相”。按佛教認爲人生的本質是苦，佛經載釋迦牟尼爲太子時，就是由於在四門遊觀時看到了生、老、病、死等四種痛苦，而厭棄人生、發誓出家的。因而佛經經常渲染生苦、老苦、病苦、死苦等四相之苦（也有增爲八苦的），《廣弘明集》卷三〇載有周釋亡名《五苦詩》，即生、老、病、死，再加上“愛離”，成爲“五苦”。《五燈會元》卷二也載有傅大士《四相詩》四首。敦煌變文描寫太子成道故事，也有許多渲染“四相”之苦的唱詞，這和《九想觀》詩中的初生、衰老、病苦、死等想，又是相似的。三、死想、胞脹想、爛壞想、白骨想是描寫屍相，這纔真正屬於佛教的“九想觀”，但作者盡量避免直接描寫那些令人嘔吐的醜惡形象。從以上的分析可以看出，初生想、衰老想、死想等三想兼有“百歲篇”和“四相”兩者的性質，而“死想”

則兼有“百歲篇”、“四相”和“九想觀”三者的性質。正是這些兼有不同屬性的部分，把這三方面的内容貫穿聯綴起來，成爲統一完整的《九想觀》詩。這種《九想觀》詩摒棄了佛教“九想觀”的大部分醜惡描寫，可以看出作者在闡發佛教義理時，進行了綜合取捨的藝術創造。

佛教義理詩中規模宏大的作品，要數梁朝傅大士的《頌金剛經》，以五言詩體頌詞四十九首，逐段闡發《金剛經》全經的奥旨，敦煌遺書中已發現斯一一〇、斯一八四六、伯二二八六、伯二七五六、伯二九九七、伯三〇九四、伯三三二五等許多寫本，可見當年流行甚廣。不過語言較爲抽象玄虚，這裏不再詳論。《頌金剛經》之作當是後人依託，並非出自大士之手。

敦煌遺書中還有一些單篇的佛教義理詩，如伯四六七一所載無名作者的《五言述凡情》，下面是林聰明校録本（引自《敦煌俗文學研究》二四一頁）：

聖意空無我，凡情計有身。緣身起分别，立行益迷律（津）。觸境懷顛倒，逢緣妄受薰。既迷生滅果，寧識去來因。日日貪財物，朝朝長我人。本期千載活，俄成一聚塵。

這首詩的主旨，宣傳“空無我”的聖意，而批判“計有身”的凡情，亦即主張人身虚幻，並非實有。從這一點出發，批判了世人的貪婪欲望。另外，在斯二一六五號卷子中，有兩首詩偈：

身生智未生，智生身已老。身恨智生遲，智恨身生早。身智不相逢，曾經幾度老。身智若相逢，便得成佛道。

儒童説五典，釋教立三宗。誓願行忠孝，揵讁出凡濃（農）。《長楊》并五策，字与藏經同。不解生珍敬，穢用在廁中。吾（悟）滅恒沙罪，多生懺不容。陷生五百劫，常作廁中虫。

這兩首詩偈又被採入敦煌變文《廬山遠公話》中，它們在民間的影響一定很大。第一首的"智"是指悟解佛法的智慧。若要修行成佛，須在有生之年（身），悟解佛法（智），兩者遇合，方得成佛。而對絶大多數人來説，二者總是互相錯過。這首詩就是表現一個立志修行成佛者對這種現象的深深的遺憾。第二首中明顯地表現出儒家的思想，包括"敬惜字紙"的典型中土觀念，是儒釋合流的産物。

二、佛教勸善詩

勸善詩是佛教詩歌中最爲通俗、普及的一種，因爲它是直接以一般民衆爲宣傳對象，所以要適應一般民衆的接受能力，語言通俗易懂，一般也没有太高深的玄理，多是宣傳日常生活中可以履踐的行善修福之事。勸善詩歷代制作甚多，各地民間流行甚廣，直到今天仍然蹤跡不絶，中國大陸各地名刹之中，往往可見有印制的這類勸善詩文流通。不過推究起來，敦煌遺書中的勸善詩，應是較早的勸善詩，它的形式和内容與後世流行的佛教勸善詩並無大的差異。

敦煌佛教勸善詩，可以區分爲一般勸善詩與誡殺生食肉詩兩類。

一般勸善詩，如伯三五二一號《秀和尚勸善文》，據陳祚龍校録本（引自《敦煌學海探珠》一六九～一七一頁），並稍作補校。

勸善文　　　　秀和尚

努力善護菩薩戒，此身无常速敗壞，狂象趁急投枯林[一]，鼠咬藤根命轉細。上有三龍坐毒雲[二]，下有四蛇盤蜂蠆[三]。欲火盛熱燒心膽，猛炎流光煑肝肺。昏昏常在五塵勞，冥冥恒被十纏蓋。幽迷山裹長夜眠，无明岸下反被害。七火焚燒臭肉身，六賊同征那不壞。三業風輪不暫停，八識波浪无邊際。凡夫執著真闡提，取相聲聞无智慧。内有彌陀不磨拂，停寺求僧請懺悔。爺慈相唤向道場，諂曲供養幻三昧。有爲功德分過患，競起英雄長懈怠。口中説法甜如蜜，心裹瘡疣苦於艾。惟知外庭趁陽炎，不覺无明賊在内。心與意識妄分别,眼耳鼻舌空觀外。佛共衆生一處住,衆生自共佛相背。不知法性本來空,妄見空中染阿賴。阿賴猛如水電月,石火電光无至耐。眷屬夢裹暫時間,一切有爲假合會。亦不見有親兄弟,亦不見有親姊妹。父母皆是貪欲生,男女從頭不净袋。一張癡皮裹頑肉,三百碎骨相連綴。屎尿臭處滿中殃[四],濃血交横失分齊[五]。危身革頭唯下露[六],脆命水上浮泡翳。今日不報明朝期[七],誰能更報没年歲。諸佛制勑斷火坑,菩薩慈悲勸出世。寄語諸人莫放逸,努力勤持菩薩戒。无常欲海深難渡,云何不早賴獲計。大王符下火急追,一切事業俱停廢。聞身康强勸坐禪,自用功夫除糞穢。眼見色而滅歸空,耳聞聲而風上砌。无垢清净常行走,不起瞋心恒禮拜[八]。饒益有情平等心,无二分别除雲翳。五分法身應彌陀,六念慈悲四句偈。出家修道不思議,努力前途莫退敗[九]。勤學沙門清净法,願汝受持深頂戴。煩惱迷夫歷萬劫,自恨重病經年歲。心如猿猴捉叵得,意似野馬難調制。色聲香味遍諸根,受觸攀緣劇負債。護法猶如上大陣,遮四防三自策勵。无生衣甲莫離身,解脱頭鋒常頂戴[一〇]。精進鞍馬隨身行,忍辱刀箭自防衛。他瞋低頭常歡喜,他罵禁口勞開閉。五欲時病莫共交,六賊同情必須制。菩薩慈悲巧方便,不離衆生説真諦。髻珠於裹勤磨拂[一一],明月心中照世界。

補校:㈠原文"林"字應是"井"字,"狂象趁急投枯井"的典故見補校㈢。㈡"上"字下陳注:"原本作下。"按原本作"下"是,參看下條補校。㈢"下"字下陳注:"原本作方。"按原本"方"字並非"下"字之誤,而是"旁"字之誤。本篇此數句源出佛典,《賓頭盧突羅闍爲優延王説法經》:"昔日有人,行在曠路,逢大惡象,爲象所逐,狂懼走突,無所依怙。見一丘井,即尋樹根,入井中藏。有白黑鼠,牙齧樹根。此井四邊,有四毒蛇,欲螫其人。而此井下,有大毒龍。傍畏四蛇,下畏毒龍。所攀之樹,其根動摇。樹上有蜜二渧,墮其口中。於時樹動,撑壞蜂窠,衆蜂散飛,唼螫其人。有野火起，復來燒樹。……曠野者喻於生死，彼男子者喻於凡夫，象喻無常，衆蜂喻惡覺觀，野火燒者喻老，下毒龍者喻死。”按經文云“見一丘井，即尋樹根，入井中藏”，故本篇云“投枯井”；經文云“此井四邊，有四毒蛇”，故本篇云“方(旁)有四蛇”；經文云“而此井下，有大毒龍”，故本篇云“下有三龍”也。㊃“殃”當作“央”。㊄“濃”字下陳注：“原本作農。”按此字應是“膿”字，“膿血”云云乃是佛教不浄觀的説法。㊅“革”字應是“草”字形誤。㊆“報”當作“保”，此言今日不能擔保能活到明天；下句“報”也是“保”字之誤。㊇“瞋”下陳注：“原本作嗔。”按“嗔”與“瞋”同，不必改字。㊈“途”字下陳注：“原本作頭。”按原本“頭”字不誤，不煩改字。“前頭”乃唐人俗語，就是前面，這裏是“以後”的意思，如敦煌本《廬山遠公話》：“阿郎但不用來，前頭好惡，有賤奴身在。” ㊉“頭鋒”不可解，“鋒”字應是“鉾”字形誤，同“牟”。“頭牟”就是“兜鍪”，即頭盔，如敦煌本《漢將王陵變》：“霸王親問，身穿金鉀，揭去頭牟。” ㊀“髻”字下陳注：“原本作舍。”“於”字下陳注：“原本作衣。”按原本“舍”字、“衣”字皆不必改。“舍”通“捨”，“捨珠衣裏”典出《妙法蓮華經・五百弟子受記品》：“譬如貧窮人，往至親友家。其家甚大富，具設諸餚饌。以無價寶珠，繫著内衣裏，默與而捨去，時卧不覺知。是人既已起，遊行詣他國，求衣食自濟，資生甚艱難，得少便爲足，更不願好者。不覺内衣裏，有無價寶珠。與珠之親友，後見此人貧，苦切責之已，示以所繫珠。貧人見此珠，其心大歡喜，富有諸財物，五欲而自恣。我等亦如是，世尊於長夜，常愍見教化，令種無上願。我等無智故，不覺亦不知，得少涅槃力，自足不求餘。今佛覺悟我，言非實滅度，得佛無上慧，爾乃爲真滅，我今從佛聞，授記莊嚴事。及轉次受決，身心遍歡喜。”本篇“捨珠衣裏”即用此事。蓋“珠”爲佛性之喻，故云“勤磨拂”也。

下面據北京海字五一號逐録利涉法師《勸善文》：

先亡父母報男女：我今受罪知不知？都爲前生養汝等，委

(畏)汝不活造諸非。大斗小秤求他利,虚言誑語覓便宜。身口意業都不善,高心我慢鎮長爲。緣此將身入地獄,鑊湯爐炭豈蹔離。或作人身貧病老,終身告乞不充飢。或作豬羊常被煞,或作驢馬被乘騎。或作豺狼生曠野,或作魚鱉在坡(陂)池。或作虫蟻生衢路,或作蟣虱在人衣。自作惡業還自受,長劫償他無了期。恐汝隔生不相識,蓟(對)面相見不相知。爲報後代諸人等,誰(垂)心救護不思議。

此篇亦見斯三二八七卷,題署李涉法師《勸善文》,"李"字應是"利"字音誤,斯二六七九載利涉《奏請僧徒及寺舍依定》,利涉即是此篇作者。與前引秀和尚《勸善文》比較,不但篇幅有長短之分,對象亦有僧俗之别。秀和尚《勸善文》用於僧徒内部,目的是勸誡僧徒"善護菩薩戒",故内容多涉佛典,釋門的色彩較濃。利涉法師《勸善文》則是針對世俗民衆的,故託言先亡父母告誡兒女,以亡後所受惡報現身説法,以此警動俗人之心。所勸誡的"大斗小秤"等"諸非",也是俗人之事,世俗的色彩較濃。

在佛教勸善詩中,有一些專門勸誡殺生食肉,自成一類。本來佛教小乘戒律並不一律禁止食肉,而是允許食用"浄肉"的,如《十誦律》卷三七:"我聽噉三種浄肉。何等三?不見、不聞、不疑。不見者,不自眼見爲我故殺是畜生。不聞者,不從可信人聞爲汝故殺是畜生。不疑者,是中有屠兒,是人慈心,不能奪畜生命。我聽噉如是三種浄肉。"又有五種、七種"浄肉"之説。但佛教大乘戒律則一切禁斷,《涅槃經》就説"夫食肉者斷大慈種"。我國僧徒早期曾奉行"浄肉"可食的小乘戒律,自從梁武帝嚴禁一切僧徒食肉,我國僧徒便改奉大乘戒律。梁武帝的《斷酒肉文》(載《廣弘明集》卷二六),便是最早的一篇誡殺生食肉文。敦煌遺書中的誡殺生食肉文,就是承襲了梁武帝以來的傳統。下面迻録北京皇字七六號所載的《勸善文》:

三十三天佛最尊，萬物終（中）貴不過人。一世眼看何足度，努力相勸入善門。只恐衆生造諸惡，經律法教遣修身。食肉衆生短命報，諸佛慈悲勸諫君。莫道煞生无人見，善惡童子每知聞。好事惡事皆抄録，未肯臨時放一分。造罪人多修福少，所以衆生長受貧。天堂快樂無人去，地獄苦處競來奔。不是閻羅王唤君入，亦不是諸佛没慈心，總緣慳貪難勸諫，百劫千生自陷身。第一當觀（官）莫誑（枉）法，倚侍（恃）刑勢乃欺貧。蠢動衆生皆借（惜）命，負（附）骨萌芽（埋身）不放君。力弱不加遭狂横，法外陵持不敢嗔。枉取一錢徵萬倍，命終地獄受艱辛。富貴前生多施得，貧是慳貪宿業因。世人無慈好酒肉，百味調和勸六親。但看豬羊被宰煞，苦痛之聲上帝聞。眼光早已隨刀落，四脚高懸就血盆。將諸（知）食肉害他命，地獄怨讎不可論。累年不曾得一頓，終日虚需喫肉人。死王猶來諮生處，若個不看（覓）命長存。終須一度无常去，阿那甘心入死門。死門且向總須知，一死不還再生時。飛鷹走苟（狗）屠他命，黄泉地下悔難期。煞命始得他肉喫，思量阿莽有慈恩。鈹針刺着由（猶）疼痛，何向（問）將刀身上剢（剺）。輪迴六道受諸苦，改頭换面不相知。雖取衆生血肉喫，誰知父母及妻兒。相勸莫食衆生肉，豬羊借（惜）命叫聲悲。口中横骨語不得，眼見刀光恨不飛。命斷專心相追逐，寸步元來不相離。將命倍（賠）還償他命，亦無門户囑曹司。緣業力劣受諸苦，百劫千生不改移。苦勸衆生修萬行，今逢法教莫生疑。善惡皆從業鏡照，寸步驅將入阿鼻。決定至心聞妙法，當來必得佛來迎。

勸善文讚一本。

此篇前題《勸善文》，後題《勸善文讚一本》，可見“文”和“讚”本屬同一類文體。斯二九八五亦載此篇，前題作“道安法師《念佛讚文》”，内容比北京本缺少“終須一度無常去”至“改頭换面不相知”等十二句。按道安是東晋名僧，時代遠在梁武帝之前，這篇讚文顯然不可能出自道安之手，而是後人嫁名的，所以北京本没有這個署名。

斯二一六五號載有一篇青峰山杔《誡肉偈》，“杔”字是“和上”二字的合體簡字，同“和尚”。現迻録於下：

類稟萬般形，咸同一妙靈。爲迷靈作境，法界混虚名。約此興違順，由斯增（憎）愛生。愛極名骨肉，迷極繫冤情。遂使逢緣昧，觀涉觸事盲。不量（諒）他痛苦，只務我歡榮。解射惟思中，能彈豈慮驚。犬鷹誇駿捷，布網陸津横。闌圈甘拘繫，哀音痛認（忍）聽。剸截誰見愍，臠割任分零。食者貪今味，追尋後豈惺。互來相惱亂，何日是休停。曩昔冤須解，延齡勿損生。勝事難逢遇，逕黎（犂）動劫烹。誡令勿噉肉，免試互相諍。

北京海字五一號也載有一篇誡食肉文，下面是陳祚龍校録本（引自《敦煌學海探珠》一七一～一七二頁）：

上皇勸善斷酒肉文　　佚名

稟氣雖千種，貪生共一般。從頭皆覓活，若箇不求安。趁急緣防箭，高飛恐被彈。詎堪鷹犬逐，更被網羅纏。猪羊哀離圈，羊牽惡出欄。持刀因下割，將肉口中餐。苦痛知何説，荒迷爾許難。寄言食肉者，自割始嘗看。

楚按，本篇内容祇言斷肉，未及斷酒，原卷題署“上皇勸善斷肉文”，陳本標題中的“酒”字應删去。第五句“趁”下陳注：“原本作洦。”按此字應是“怕”字形誤，“怕急緣防箭”是説畜生爲躲避獵人弓箭而極驚恐。第九句的“豬羊”和第十句“羊牽”字面重出，其中有一個“羊”字是誤字。第十一句的“持刀因下割”的“因”字，應是“咽”字之誤。第十三句“苦痛知何説”的“知”字，應是“如”字形誤，此句言畜生不會言語，殺生之痛無法訴説。最後一句的“始”字是“試”字音誤，“寄言食肉者，自割試嘗看"是説,食肉者祇要試着割取自身的肉來食噉,便知道殺生食肉的罪孽是何等深重了。宋王日休《龍舒增廣浄土文》卷四《修持法門》八也説:"凡欲殺生者,但將自己看,自身不可殺,物命無兩般。"説的正是這個意思。

本篇題署"上皇",按有唐一代的太上皇共有四位,這裏不能確指。但這並不重要,因爲這個"上皇"顯然是僞託的,故陳本於題下增署"佚名",是有道理的。北京日字二三號《佛説七階禮佛名經》中,還夾抄了另外兩篇託名帝王所作的讚文,考其内容,也都屬於一般性的佛教勸善詩。下面是陳祚龍校録本(引自《敦煌學海探珠》一三八頁):

太上皇帝讚　　　　佚名

今身菓是前身種。未來菓是今身修。今身聞强不種菓。薗中菓熟定難求。急急修道莫悠悠。薗中果熟正堪收。□□無明花晚發。未及薗滿即逢秋。普勸共同佛性因。□□□道莫辭貧。縱使無衣披白衲。不見貧僧拜貴人。□□乘車駕駟馬。不久終成一叢塵。但看陽春桃李樹。□開能得幾時新。

楚按,標題原卷作"太上皇帝讚文",陳本漏録"文"字。第十一句"衲"下陳注:"原本作納。"按"納"與"衲"通用,不煩改。第十四句"叢"下陳注:"原本作聚。"按原本"聚"字是,"一聚塵"即一堆塵土,伯二八三三號王梵志詩亦有"身影百年外,相看一聚塵"之語。

開元皇帝讚　　　　佚名

朕自比來恒落託。將此閻浮爲快樂。年歲栖遑不辭勞。地獄因緣没頭作。近始迴心自懺悔。不覺愁淚千行落。今將結意學無爲。世間萬事休貪著。竊見衆生世間人。黷將富貴自榮身。積聚錢財以爲寶。誰知練身是其珍。身强不種祇薗菓。阿耨池中誰共親。石火流星飛陽焰。三春柳色暫時新。

楚按,標題原卷作“開元皇帝讚文”,陳本漏録“文”字。第七句“將”字,原卷實作“時”字。“開元皇帝”當然是唐玄宗李隆基,第一句“朕自比來”云云,儼然是帝王口吻。上一首《太上皇帝讚文》書寫在此首之前,則“太上皇帝”很可能是指玄宗的父親睿宗李旦,他在延和元年(七一二)禪位給玄宗,稱太上皇。不過這兩篇讚文都應該是不知名作者託名帝王之作,所以陳本都加上“佚名”二字。北京海字五一號載有四句詩偈:“努力修道莫由由(悠悠),薗中菓熟正勘(堪)收。只爲無明花晚發,未及薗滿早逢秋。”這四句就是《太上皇帝讚文》中的第五至第八句,“只爲”二字可補“讚文”的缺文。這證明這類詩偈在敦煌民間是廣爲傳頌的,所以也有從中抽出幾句的節本流行。

三、佛教寓言詩

敦煌詩歌中的佛教寓言詩,又可分爲兩類,一類是根據佛經故事改寫而成的,一類是中國僧徒自行創作的。根據佛經故事改編的寓言詩,有斯一四四一的《鹿兒讚文》,下面是引自劉銘恕《斯坦因劫經録》的録文:

> 昔有一賢士,住在流水邊,百鳥同一窠,相看如兄弟,有一旁河人,失腳墮流泉,手把無根樹,口稱觀世音,鹿兒聞此語,逃(跳)入水中心,語汝上鹿背,將汝往(旁注一出字)彼岸,趙人出彼岸,與鹿作奴僕。鹿是草間蟲,飢來食百草,渴即飲流泉,不用作奴僕,有人伺此鹿,莫道在此間。有一國王長大患,夜夢九色鹿,誰知九色鹿,分國償千金。趙人聞此語,叉手向王前,臣知九色鹿,常在流水邊。國王聞此語,處分九飛龍,將兵百萬衆,違遶(圍繞)四山林,有一慈鳥樹上叫,鹿是樹下眠。國王張弓擬射鹿,聽鹿説一言,大王是伽葉,鹿是如來身,凡夫不昔(惜?)賢,莫作聖人怨,國王聞此語,便即寫(卸)了弦,弓作蓮花樹,箭作蓮花枝,翅作蓮作葉,忍辱頗思議,無人知鹿處,只是大患兒,報道黑頭蟲,世世莫如(知?)恩。

楚按，本篇原卷無標題，《鹿兒讚文》的標題是劉氏擬加的。“有人伺此鹿”的“伺”，原卷作“問”。“有一慈鳥樹上叫”的“鳥”字，應是“烏”字之誤。“便即卸了弦”的“了”字，原卷實是“弓”。“翅作蓮作葉”句，第四字原卷實寫“花”字。“忍辱頗思議”的“頗”字通作“叵”，即“不可”之合音字。斯一九七三卷背面也有此篇，文字不盡相同，字迹太潦草。此篇歌詠的是一則佛本生故事，見於吴支謙譯《佛説九色鹿經》。在故事結束之後，經文説：“佛言：爾時九色鹿者，我身是也。爾時烏者，今阿難是。時國王者，今悦頭檀是。時王夫人者，今先陀利是。時溺人者，今調達是。調達世世與我有怨，我雖有善意向之，而故欲害我。阿難有至意，得成無上道。”可見它的主題，是要説明經文所説“菩薩行羼提波羅蜜，忍辱如是”。按“羼提”是“忍辱”的音譯，爲佛教“六波羅蜜”（六度）之一，“羼提波羅蜜”指忍辱之行。不過九色鹿故事本身告訴人們的，是對忘恩負義的譴責。這是一般民衆的道德觀念，並不具有宗教色彩。所以九色鹿故事在民間流傳頗廣，主要並不是因爲它的宗教含義，而是因爲它所包含的道德教訓，與中國民間的道德觀念息息相通。除了敦煌遺書中有兩種《鹿兒讚文》寫本外，莫高窟二五七窟北壁也有九色鹿故事壁畫。《斯坦因劫經録》一四四一號下有説明：“銘恕向只謂此文係演繹吴支謙佛説九色鹿經之文，而不知作者，後承王重民先生示知，此係法照淨土五會念佛略法事儀讚中之鹿兒讚文。”今按《大正藏》四七卷載有“南岳沙門法照於上都章敬寺淨土院述《淨土五會念佛略法事儀讚》”，其末卷有《鹿兒讚》，與敦煌本大同小異。按法照是淨土宗名僧，創立並大力推廣淨土五會念佛儀式，《淨土五會念佛略法事儀讚》就收入了在這種儀式上唱念的大量讚文，《鹿兒讚文》便是其中之一。持與敦煌本相較，除了字句的某些差異之外，其顯著不同處，在於念佛儀式所用本篇前數句每句下有“沙（楚按當作娑）羅林”的和聲詞，結束時有兩句：“普勸道場諸衆生，努力各發菩提心。”顯然是爲了適合集體儀式需要而添加的，這些是敦煌本所没有的。按《淨土五會念佛略法事儀讚》題署法照“述”，則並非全都出於法照個人創作,九色鹿寓言詩當是先在民間流傳,然後被法照採入《法事儀讚》,並加上適應法事儀式的和聲等。法照爲中唐時人,活動在大曆前後,見《宋高僧傳》卷二〇《唐五臺山竹林寺法照傳》。民間九色鹿寓言詩的產生,當更早於此也。

另一首源自佛經的寓言詩,是伯二一二九所載的神龜詩:

> 海中有神龜,雨(兩)鳥共想(相)隨。遊於世間故,老衆人不知。道鳥銜牛糞,口稱我且歸。不能謹口舌,雹殺老死屍。
>
> 敢上《神龜》一首。

這首詩也是佛經寓言故事的改寫。據周一良考證①,這則故事見於三國康僧會譯《舊雜譬喻經》下、劉宋佛陀什、竺道生譯《彌沙塞部和醯伍分律》第二五第五分初破僧法一段中,以及唐義浄譯《根本説一切有部毗奈耶》卷二八違惱言教學處第一三。三種佛典情節大同小異,詳略不等。第一種和第三種的主角都譯作“鼈”,衹有第二種譯作“龜”。但第三種描述最詳盡,現引録於下:

> 世尊告曰:此之闡陀,非但今日惱諸苾芻,違善友語。於過去時,亦由言故,惱亂善友,自受辛苦。汝等當聽。乃往過去,於一陂池,有衆鵝群,及以諸鼈,同共居止。中有一鼈,共彼二鵝,而結親友,甚相憐愛。後於異時,遇天大旱,陂水將竭。時彼二鵝,俱至鼈所,報言:“知識,汝可安隱居此泥中,我向餘方,更求池水。”鼈告鵝曰:“與汝久居,情義相得。將遭厄難,棄我他行,斯誠未可!”鵝曰:“其欲如何?”鼈曰:“汝等當可將我共去。”鵝曰:“若爲將去?”鼈曰:“汝等共銜一杖,我齩中央。共至清池,豈非善事?”

① 見周一良《跋敦煌寫本海中有神龜》,原載《現代佛學》第一卷第五期,收入《魏晉南北朝史論集》,中華書局一九六三年十二月第一版。

> 鵝曰："我亦無辭共相攜帶，然汝立性好爲言説，不能護口，必當棄杖，墜落空中。我等見斯，更益憂苦。"鼈曰："我當護口，銜杖不言。"鵝曰："斯爲善計。"即便覓杖，各銜一頭，鼈齩中央，騰空飛去。遂至一城，市上而過。時彼諸人，於虛空中，見鵝持鼈，各生驚怪，共相告曰："仁等觀彼二鵝，共偷一鼈。"鼈聞此聲，默忍無語。又到一城，還從市過。時諸男女，同前嗟歎。鼈便自念："我更幾時忍此辛苦，長懸頸項，護口不言？"即便報言："我自欲去，非是偷來！"作是語時，遂便失杖，墮落於地。童子共打，而致命終。二鵝見已，情懷憂恨，飛空而去。於時空中有天，見此事已，而説頌曰："善友利益言，若不能依用，墮落受辛苦，猶如放杖鼈。"汝等苾芻，勿生異念。昔時鼈者即闡陀是，昔時鵝者即難陀鄔波難陀是。

《神龜》詩在情節上又有小的改動，如改"仁者觀彼二鵝共偷一鼈"爲"道鳥銜牛糞"，如此惡詈加身，不容老龜不加辯白，因此開口取禍，墜地雹死。"雹"通作"撲"，如日本遍照金剛《文鏡祕府論》地："嚬眉造態，雹粉佯羞。""雹粉"就是"撲粉"。而《神龜》詩的"撲"則是"摔"的意思，如唐鄭棨《開天傳信記》："忽中夜宣律師捫虱，將投於地，三藏半醉，連聲呼曰：'律師撲死佛子！'""撲死"就是《神龜》詩的"雹煞"。這個故事在佛典中雖自有其宗教意義，但和儒家"慎言"的傳統教訓不謀而合。詩後有"敢上《神龜》一首"的題記，獻詩者意圖，大約是取其"慎言"之義，而不是着眼在宗教意義吧。

敦煌詩歌中僧徒自己創作的寓言詩，主要是寓言故事中穿插的詩歌。這種佛教寓言故事，最著名的是"六禪師七衛士酬答"，周紹良等編《敦煌變文集補編》①收入此篇，校記云：

①周紹良、白化文、李鼎霞編《敦煌變文集補編》，北京大學出版社一九八九年十月第一版。

知見者凡三卷，均無題目，今爲代擬。伯三四〇九，首殘，存九十行。《伯希和劫經録》王有三先生記云："此卷當是記一文字遊戲應予重視記一人在五蔭山中逢六個禪師每禪師先各作一偈又各作一五更轉於是逢者作行路難。"斯五九九六，前後殘闕，存十二行。《斯坦因劫經録》中劉銘恕先生簡記云："五更轉。"斯三〇一七，前後殘闕，存二十三行。《斯坦因劫經録》劉記爲"五更轉　勸諸人偈　行路難"。並有説明："此爲所謂第六禪師某，與修道人衆所作詩文，前二種爲禪師作，後一種爲衆人作，但互相聯繫，未可分割，兹試抄其前部。"下有録文，録其前半。《行路難》四首(第四首只存前二句，下闕)未録。饒宗頤先生《敦煌曲》一書中，將此三卷内《行路難》與《五更轉》諸曲辭作爲《新獲之佛曲及歌詞》中之"兩種"校録。並指出：斯五九九六與三〇一七"兩卷可以綴合，其内容可以伯三四〇九參證"。日本田中良昭《敦煌禪宗文獻の研究》中亦有録文並校證。按，斯五九九六與三〇一七，實爲一個卷子中前後相聯的兩張。聯接處無闕字。此二卷應視爲一個殘卷，即，斯五九九六首殘，尾接斯三〇一七之首，斯三〇一七尾闕。共存三十五行。可與伯三四〇九互校。通觀本文整體，以故事形式貫串僧偈佛曲。雖故事性不强，或者説，故事只是一種手段，但若我們想到，唐代許多傳奇，包括《遊仙窟》等名作，故事也較簡單，而其中串有許多歌詩時，便可恍然於此文是規撫傳奇的雛型作品。若準唐人戲稱俗講爲"和尚教坊"之例，則可稱本文爲"和尚傳奇"矣。

今存此篇殘卷，故事梗概是：有□善府衛士常貴賤等七人，路遇六個禪師回鄉看望父母，因相愛慕，即請住一日一夜，借問山中事意，六禪師各作一偈回答。至夜，並贈《五更轉》，五位禪師各作一"更"，第六禪師無"更"可轉，即作"勸諸人"一偈。接着七衛士各作《行路難》一首。六師捻得，尋思一遍，卻愛慕弟子，即共住修道。總共十三人，尊一箇有德爲師，兩箇親近承事，十箇諸方乞食。和尚即歎《安心難》一首。以上六禪師所作《五更轉》及七衛士所作《行路難》詞，《敦煌歌辭總編》皆已收録。現將故事開始處六禪師各作一偈引録於下（用《敦煌變文集補編》録文，某些俗字改爲通行體）：

> 第一禪師名遠塵，偈云：五蔭山中有一殿，琉璃七寶作四（寺？）院。裹有一佛二菩薩，護法善神榼迊遍。无名行者燒香火，懃心掃灑無人見。

楚按，第二句原文"四"字《補編》疑爲"寺"字之誤，不必。"四院"即"四合院"，這裏指圍繞大殿的四合院舍。第三句《補編》有校記："'榼'字疑爲'合'字之通假。"按所疑是，"迊"字則是"匝"字俗體，"合匝"即"匼匝"，密集貌。

> 第二禪師名離垢，偈云：五陰山中有一堂，裹有一柱帶千梁。安置高座講般若，一法不説空擊楊（激揚）。擊楊（激揚）論議是魔法，將身求解轉被縛。喻若醫師不識病，向他門前漫（謾）行藥。

楚按，末句《補編》校記云："'行藥'疑與'行樂'雙關通假。"這卻没有説準。"行藥"是照應上句"醫師"而説的，因爲佛經中有"應病與藥"（《維摩詰經》）的習語，所以這裏也用了醫師行藥的譬喻，與"行樂"無關。原文"漫"字《補編》校作"謾"，不必，"漫行藥"即胡亂行藥。

> 第三禪師名廣照，偈云：五陰山中有一房，裹有禪師座（坐）繩床。飢餐禪悦食，渴飲般若漿。念念懃精進，无心合道場。道場無憧相，法體无不現。元功无用惃惃用，无行无願本來遍。

楚按，第七句"憧"應作"幢"，敦煌寫本中"憧"、"幢"往往不分，"幢相"

即幡幢等寺院莊嚴之物。第八句"无"原卷實作"元",第九句"元"原卷實作"无",應改正爲"法體元不現"、"无功无用悃悃用"。

> 第四禪師名浄影,偈云:五陰山中有一道,懸崖險峻無人到。裹有金銀如意珠,亦有珊瑚無價寶。若有取得用,珍重莫輕賤。輕賤是愚人,劫道無過嗔。逢人省出語,忍辱成佛因。

楚按,第八句"道"字是"盗"字音誤,"劫盗"指取用上文所説的珍寶。此詩鼓勵世人取用如意珠等珍寶(比喻佛性),故云"劫盗無過嗔"也。

> 第五禪師名智積,偈云:五陰山中有一池,裹金(池裹)金沙無人知。定水澄清取得用,開門大施貧窮人。貧窮人得用總安樂,善知識門前不着脚。念念精進自懃苦,身中無病不用藥。藥病相投須和會,第一慎口浄持戒。你自犯藥病(病藥)不差(瘥),不得怨師作闡提解。彼此相損不利益,汝病歷劫亦不差(瘥)。我若貪嗔癡病除,誓願歷劫常同會。

楚按,第二句原文"裹金"《補編》校作"池裹",非是。原文"裹"字不誤,"金"當作"有",涉下"金"字而誤。前四偈有"裹有一佛二菩薩"、"裹有一柱帶千梁"、"裹有禪師坐繩床"、"裹有金銀如意珠"等語,皆與此處"裹有金沙無人知"句式相同,可爲證也。又校"差"作"瘥",亦不必,"差"即病愈之義。

> 第六禪師名圓明,偈云:五陰山中有一燈,白日盡夜明滕滕(騰騰)。无心(芯)无油燈即滅,第一將護須避風。

楚按,第三句《補編》校"心"作"芯",不必。"燈心"就是"燈芯",此處"无心"雙關無燈芯義與佛教"無心"之義,若改作"芯",反而不易見"無心”之義了。

這一組詩偈，充滿了雙關隱喻的含義。六位禪師的名字都具有宗教的意義。每偈皆以“五陰山中”發端，“五陰”即色陰、受陰、想陰、行陰、識陰，色陰指軀體，餘四陰是心之作用。佛教認爲人身是由五陰集合而成，如《百喻經》卷三《五人買婢共使喻》：“五陰亦爾，煩惱因緣，合成此身。”因此各首的“五陰山”，其實是暗喻人身。禪宗主張即身即佛，不假外求。這一組詩偈的主旨，總的説來，就是向自身覓佛的意思。

斯二六七二載有另一則佛教寓言故事“禪師與少女問答”，其中穿插了一些佛教詩歌：

> 有一禪師，尋山入寂，遇至石穴，見一婦人，可年十二三，顔容甚媚麗，床卧爿(榻)席，宛若凡居，經書在床，筆硯俱有，因而怪之，以詩問曰：床頭安紙筆，欲擬樂追尋？壁上懸明鏡，那能不照心？
>
> 女子答曰：紙筆題般若，將爲答人書；時觀鏡裏像，萬色悉歸虚。
>
> 禪師又答曰：般若無文字，何須紙筆題？離縛還被縛，除迷却被迷。
>
> 女子答曰：文字本解脱，無非是般若。心外見迷人，知君是迷者。
>
> 禪師無詞，退而歸路。女子從後贈曰：行路難，路難心中本無物，只爲無物得心安。

下面還有一段文字，没有引録。除了女子所贈《行路難》是曲詞外，前面的問答都是詩體。北京海字五一號也載有這四首問答詩，而叙述文字更爲簡略，僅“有一女人，壁懸明鏡，床置文書，時有一僧，遘會見之，以爲詩曰”幾句。可見這類寓言故事，其實是以詩爲主，簡單的情節衹起串聯詩歌的作用,故事性很薄弱。本篇寫禪師誤解少女而以詩相問,以及少女的辯白答詩,宣傳了佛教“一切皆空”的般若學説,可以看出少女的宗教悟解實比禪師更勝一籌。

敦煌佛教詩歌中還有一類,所詠之人物事蹟雖爲實有,但由於加入了許多想象成分,帶有神異色彩,已非信史,而入於寓言之域了。如伯二七〇四佚名《贊梵本多心經》,前爲序文,後爲詩贊,逐録於下:

贊梵本多心經

此經實謂文深莫測,義廣難明。貫六百卷之幽言,顯千萬重之奥理。故疏云:若曆(歷)事備陳,言過二十萬頌;撮其樞要,理盡一十四行。此是大唐三藏當離東土,欲往西天,沿路忽□。朝遇犲狼,夜逢龍鬼。或即口中焰出,或乃頭上煙生。有時笑似前頭,或即吟俄(哦)後面。跳擲自在,變化多般。一行行髮似朱沙,一隊隊身如藍電(靛)。三藏覩之而莫測,一心憶念此經。聞題目而羅刹皈降,誦真言而鬼神自退。遂得聲傳化土,喻(譽)遍支那。使千山無限礙之程,得萬水没難達之路。皆因經力,盡自聖言。聞之者罪滅河沙,聽之者福臻雲霧。

般若題名觀自在,聖力威神无比對。危難之心諷念時,龍鬼妖精尋自退。往西天,别東土,不倦駈駈與辛苦。朝看狼虎罕逢人,夜聽猿啼此伴侣。遶經(徑)盤山,尋溪澗水,路僻人希,憑何所止。降邪魔,伏妖魅,憶想如來情不異。爲重多心一卷經,諷念幽深清浄理。佛讚此經世所希,於中樞要甚珍奇。聽聞必使添新福,諷念終交離苦危。惡獸夜叉皆敬仰,毒龍蚖蝮盡收威。當時三藏憑經力,取得如來聖教歸。行深般若狀雲雷,五藴皆空義似排。色即是空空莫喻,空即是色色難裁。心無罣礙常安樂,意□無明定没災。真實不虚經裏説,能除罪障佉三災。

詩讚中“遶徑盤山尋溪水,路僻人希憑何止”二句,原文作“遶經盤山尋溪澗水路檞人希憑何所止”,據文義校理如上。按《多心經》即《般若波羅密多心經》,簡稱《心經》,亦稱《多心經》。該經闡發的般若學説雖然深奥,但因爲篇幅非常短小,所以民間流行甚廣。後附梵語真言,亦往往被民間當作咒語使用。《心經》今存七種譯本,其中玄奘翻譯的一種較爲著名,由此又附會出有關玄奘的神異故事。例如本篇,極力渲染《多心經》佑護玄奘西天取經的無邊法力。儘管取經路上充滿了鬼神夜叉,惡獸毒蛇,但是三藏(玄奘)“一心憶念此經,聞題目而羅刹皈降,誦真言而鬼神自退”,終於戰勝艱難險阻,“當時三藏憑經力,取得如來聖教歸”。這個神異故事,當時在民間一定流傳甚廣,《太平廣記》卷九二《玄奘》(出《獨異志》及《唐新語》)云:

> 沙門玄奘姓陳,偃師縣人也。幼聰慧,有操行。唐武德初,往西域取經,行至罽賓國,道險,虎豹不可過。奘不知爲計,乃鏁房門而坐。至夕開門,見一老僧,頭面瘡痍,身體膿血,牀上獨坐,莫知來由。奘乃禮拜勤求,僧口授《多心經》一卷,令奘誦之。遂得山川平易,道路開闢,虎豹藏形,魔鬼潛跡。遂至佛國,取經六百餘部而歸。其《多心經》至今誦之。

這個傳説大約在玄奘生前即已流傳,《大慈恩寺三藏法師傳》卷一就有記載。《贊梵本多心經》寫的就是這個傳説,而又更多渲染。後來《西遊記》唐僧取經故事,最初顯然就是導源於這類故事,而又繼續經過長期的豐富創造而形成的。

四、禪宗歌偈

禪宗是披着佛教外衣的玄學,是中國化的佛教。相傳禪宗是由南天竺僧菩提達磨在梁普通年中傳入中土。實際上,中國佛教的禪宗是由慧能(六三八~七一三)創始的,他主張不立文字,明心見性,頓悟成佛。不過禪宗從一開始就離不開文字,不但有各種各樣的語録陸續出現，而且禪僧還有喜歡寫作歌偈的傳統，以慧能的弟子爲例，希遷著有《参同契》、《草庵歌》，神會著有《五更轉》兩種，玄覺著有《證道歌》。以後這種歌偈便越來越多，《景德傳燈録》卷二九、三〇兩卷，便選輯了其中許多廣泛流傳的作品。不過歷代的人們從來都不把這些歌偈看作是文學作品，所以《全唐詩》中連一首也没有收入。其實，這些歌偈中固然有很大一部分帶有濃厚的玄言詩的色彩，但也有很多禪宗歌偈是富有文學趣味的，形式上具有歌行體流轉駿快的特點，一般都帶有白話詩的傾向，内容上歌唱"妙悟"的領會或"禪悦"的心情，也都能運用各種手段去感染讀者，應該看作是唐詩中的一大門類。

敦煌遺書中保存的禪宗歌偈爲數不少，大體上可分爲兩類，一類是在敦煌遺書以外也有流傳的現存作品，另一類是久已亡佚而全靠敦煌遺書保存至今的作品。

第一類作品中，多數都是禪宗詩偈中的名篇，如玄覺《證道歌》、洞山和尚《神劍歌》、丹霞和尚《翫珠吟》、龍興寺香嚴和尚《嗟世三傷吟》等，它們都具有珍貴的校勘與考據價值。伯三五九一載丹遐和尚《翫珠吟》，"遐"應作"霞"，丹霞和尚即鄧州丹霞山天然禪師，乃石頭希遷禪師法嗣，他早年曾習舉業，後來棄選官之路而走選佛之路，曾焚燒木佛取暖，又曾聲言"佛之一字，永不願聞"，堪稱禪林怪傑，事蹟見《景德傳燈録》卷一四，又卷三〇載有他的《翫珠吟》二首，第二首就是伯三五九一的《翫珠吟》。敦煌卷子出於手抄，自然免不了魯魚豕亥的錯誤，有時甚至錯得十分嚴重，即如敦煌本《翫珠吟》，持與《傳燈録》本相較，可謂訛別滿紙，中間還漏脱了四句，這些錯誤一目瞭然，不難發現。但是敦煌本也有一二佳處，可以糾正《傳燈録》本之誤，這卻是一字千金，如果没有敦煌本，那是很難發現的。下面就將敦煌本《翫珠吟》引録於下，將據《景德傳燈録》（四部叢刊本）校正的文字用括號注出，其可兩通者，如敦煌本的"真氣濁還清"和《傳燈録》的"真氣觸還生"等等，照原文録出，不再注出異文。

丹遐(霞)和尚翫珠吟

識得衣中寶,无明酒自醒。百骸俱悔盡(潰散),一物鎮長靈。智劍非揮(渾非)體,神珠不見形。悟即三身佛,迷疑萬卷經。在心心豈測,居耳耳難聽。罔像光(先)天地,懸(玄)泉出杳名(冥)。本鋼非断(鍛)鍊,元浄莫登亭(澄渟)。盤泊轉朝日,鈴鑵映曉星。瑞光流不滅,真氣濁還清。鑒照空洞寂,勞籠法界明。在凡功不狹,超聖果非盈。龍女心親獻,蛇王口自程(呈)。護鵝人却活,黄雀義猶輕。解語非關舌,能言不是聲。[絶邊彌汗漫,無際等空平。演教非爲説,聞名不認名。]兩邊俱不守,中道不須行。見月休看紙(指),知家罷問逞(程)。識心心即佛,何佛更堪聽。

這樣看來,敦煌本的文字可説是一塌糊塗了。可是四部叢刊本《傳燈録》本也有一些錯誤,可據敦煌本糾正。下面舉出三例:一、《傳燈録》本"在心心可測,歷耳耳難聽",上句"可"字敦煌本作"豈"字,文義適相反,顯然作"豈"於義爲長,"豈測"與下句"難聽"都是渲染神珠(佛性之喻)的玄妙莫測。然則《傳燈録》本的"可"字應是"叵"字的形訛,"叵"是"不可"的合音字,與"豈"、"難"的意義相同。二、《傳燈録》本"閻王口自呈",敦煌本作"蛇王口自從","呈"字當從《傳燈録》本,而"蛇"字卻應從敦煌本。此首自"龍女"以下四句,皆用内典與外書中有關"珠"的典故,"蛇王"句用隋侯珠事,《搜神記》卷二〇:"隋侯出行,見大蛇被傷中斷,疑其靈異,使人以藥封之。……歲餘,蛇銜明珠報之。"三、《傳燈録》本"解語非關古","古"字敦煌本作"舌",顯然敦煌本是正確的。

伯三五九一還寫有洞山和尚《神劍歌》。洞山和尚即洞山良价禪師,是禪宗曹洞宗的初祖。此歌亦載於南唐招慶寺静、筠二禪德所編的《祖堂集》卷九,和敦煌本比較,除文字有正誤之外,二者還有兩大差異。第一個差異是兩者的署名不同,《祖堂集》作澧州樂普元安。對此陳祚龍曾作考辨説:"由於①祖堂集'成'書的年代,什九殆在上述敦煌古抄完'成'之年代以後,②祖堂集内容的文字,嘗見存有'張冠李戴'

之差錯，③這種古抄至爲明白確切地標題此‘歌’之作者爲良价，而非元安，所以我才決計依從古抄，謹將此‘歌’之作者，仍定爲良价。”①陳氏的判斷可以依從。第二個差異是敦煌本較之《祖堂集》所載此歌，最後用小字補寫了以下一段文字（陳祚龍録文）：

此劍還与人否？和尚答曰：吾有寶劍常時説，口是金銅不是鐵。生了不許石上磨，復乃□□霜似雪。也不短，又不長，也能柔軟復能剛。萬兩黄金不賣与，一錢不取任君將。

其中“此劍還與人否？和尚答曰”兩句顯然是插入語，並非《歌》的正文。“口是金銅不是鐵”一句費解，“口”字應是“只”字誤書，“銅”字則是“鋼”字誤書，“鋼”通“剛”，此句作“只是金剛不是鐵”，則句意豁然矣。“金剛”即鑽石，此句極言神劍之堅利。下文“也能柔軟復能剛”的“剛”，原卷作“鋼”，也通作“剛”。敦煌本多出的這一段文字，顯然是後來添加的。良价最初創作《神劍歌》時，並没有這段文字，後來因爲門徒詢問，又補作了這幾句。與《祖堂集》本比較，敦煌本可稱爲“足本”了。

斯五五五八號載龍興寺香嚴和尚《嗟世三傷吟》，按此篇亦見於五代後蜀何光遠《鑒戒録》卷一〇《高僧喻》，作者作伏牛上人，詩題作《三傷頌》，實際上是組詩，包括三篇詩歌，起句分别爲“傷嗟壘㠯燕”，“傷嗟鶵刀鳥”，“傷嗟造蜜蜂”。敦煌本不但作者署名不同，而且内容也衹有兩首，次序爲先寫“傷嗟鶵刀鳥”，接寫“傷嗟壘巢燕”。不過篇題既曰《嗟世三傷吟》，則按理應有三首，其《傷嗟造蜜蜂》一首當是被書手省略未書。現將敦煌本此二首迻録於下：

傷嗟鶵刀鳥，夜夜啼天曉。墜翼脚攀枝，垂頭血霑草。身隨

① 見陳祚龍《新校重訂敦煌古鈔釋良价的詩歌與偈子》，收入《敦煌學海探珠》，八六～八七頁。

露葉低，影逐風枝裊。一種情想（相）生，尓何獨枯栲（槁）。驅驅飲啄稀，役役飛騰少。不是官所差，直緣業力造。亦似世間人，貪生不覺老。喫着能幾多，强自營煩惱。悲哉無眠人，織絡何時了。只緣一六迷，遂成十二倒。鵶刀鵶刀林裏啼，山僧山僧床上笑。有人會意解推尋，不歷僧祇便成道。

傷嗟壘巢燕，雖巧無深見。修榮（營）一个窠，往復幾千轉。雙飛碧水頭，對語虹梁伴（畔）。身緣覓食疲，口為銜泥[爛]。驅驅九夏初，方有窠中卵。停騰怕飢渴，候養知寒暖。憐惜過於人，銜蟲餵皆遍。父為理毛衣，母來將食餡。一旦翅關便（翼成），分飛不相管。世有少智人，懇力優（憂）家眷。男女未長成，容顔已衰變。燕子燕子聽吾語，隨時且過休辛苦。縱使窠中千个兒，秋風纔起皆飛去。世人世人不要忙，此言是藥審思量。饒泥（你）平生男女多，三塗惡業自須當。

按《鑒戒録》卷一〇《高僧喻》云：

伏牛上人，一鉢和尚，皆悟達之士也。一居巖岫，永離囂塵。著述《三傷》，指論《一鉢》。廣開法廟，大扇迷徒。聾瞽聞之，往往解悟。王蜀乾德初，有小軍使陳（失名）妻高氏，即高駢相公諸院之孫，先於法門寺受持不殺戒。二十餘年後屆蜀，因與男娶婦，親族勸令屠宰，高亦從之。旬日之間，得疾頗異，不録人事，口但荒言。既而三宿還魂，備述幽適之事。初遇黑衣使者追入岐府城隍廟，神峨冠大袖，與一金甲武士對坐。使者領高見神，武士言語紛紜，訴高破戒，仍扼腕駡高曰：吾護戒鬼將也，爲汝二十餘年，食不受美，寢不遑安，豈期一起殺心，頓隳戒行，命雖未盡，罪亦頗深，須送冥司懲其潛犯。城隍神迴問高曰：汝更修何善，贖此過尤？高平生常念《上生經》，至此蔑然遺忘，只記得《三傷頌》、《一鉢歌》，合掌向神，厲聲而念。神與武士聳爾立聽，顔色漸怡，誦至了終，悉皆涕淚，謂高曰：且歸人世，宜復善心。高氏拜辭未終，颯然起立。乃知大善知識所著句義，與佛齊功。

據《鑒戒録》所云，《三傷頌》等不但可以解悟迷徒，而且大有靈驗，竟至"與佛齊功"。不過照我們看來，《三傷頌》其實是很好的禽鳥寓言詩，雖寓有戒勗警世的含義，但佛教的色彩並不濃厚。至於它的作者，《鑒戒録》作伏牛上人，即洛京伏牛山釋自在，《宋高僧傳》卷一一有傳，稱其"所著《三傷歌》，辭理俱美，警發迷蒙，有益於代"。並叙高氏入冥事，語句多同《鑒戒録》，蓋即取材於《鑒戒録》，並非另有根據，不足爲伏牛上人撰著《三傷頌》之傍證。敦煌本作龍興寺香嚴和尚，應即鄧州香嚴山智閑禪師，死後賜謚襲燈大師，事跡見《景德傳燈録》卷一一，《五燈會元》卷九，《宋高僧傳》卷一三。香嚴以善作偈頌著稱，《會元》説他"有偈頌二百餘篇，隨緣對機，不拘聲律，諸方盛行"。《傳燈録》卷二九載有香嚴襲燈大師頌十九首。香嚴既是偈頌大師，則《三傷頌》乃他所著的可能性很大，敦煌本的署名是不容忽視的。

敦煌禪宗歌偈中的另一大類，是久已失傳的亡佚作品，它們的發現大大地豐富了禪宗歌偈的寶庫，輯佚和研究價值自不待言。其中重要的作品有《山僧歌》、《念珠歌》、《心海集》等等。

斯五六九二《山僧歌》没有作者署名，原卷篇幅很長，結構也很複雜，除了有三、七言的歌行體段落外，還夾雜一些四言詩偈和五言詩偈的段落，不像是一篇有嚴謹結構的單篇作品，更像一些相對有獨立性的詩偈的組合。這裏不能全部照録，姑且援引陳祚龍校録的三首詩偈在下面（引自《敦煌學海探珠》一四四～一四五頁）：

山僧歌

問曰居山何似好。起時日高睡時早。山中軟草以爲衣，齋餐松柏隨時飽。卧崖龕。石枕腦。一抱亂草爲衣襖。面前若有狼藉生。一陣清風自掃了。獨隱山。實暢道。更無諸事亂相撓。

只向喦前取性遊。每看飛鳥作忙鬧。念佛鳥。分明叫。啾啾唧唧撩人笑。豹鹿獐兒作隊行。猿猴石上打觔斗。林中鳥。種種有。更有提壺沽美酒。寒嘷常聞受凍聲。山鷄攀折起花枝。貪看山。石撅倒。不能却起睡到曉。時人唤我作痴憨。自作清閑無煩惱。粮木子。衣結草。鹵莽賊來無可盜。行住坐卧纖毫無。影逐隨身移轉了。悟真如。没生老。人人盡有菩提道。只爲貪愛逞無明。曠劫輪迴受鞭拷。鑊湯煎。并碓擣。受罪人人見閻老。假饒地獄歷多年。只爲波逃不肯了。勸世人。莫草草。須將智慧内外照。廣求財物爲他人。死後三塗獨自受。業者多。無業少。所以佛説三乘教。道僧誘眩迷中人。却是自家真正道。最上乘。無可造。不施工力自然了。識心見性又知時,無心便是釋迦老。

楚按,“豹鹿獐兒作隊行”句陳注:“豹,原本作麅。”按原本實作“狍”,同“麅”。“麅”、鹿、獐兒是同類的動物,所以連在一起造句。又“石撅倒”句當作“石蹶倒”,謂被石頭絆倒。又“只爲波逃不肯了”句陳注:“逃,原本作吒。”按原本作“吒”是,“波吒”本是地獄中的受苦之聲,引申爲地獄受苦之義。《法苑珠林》卷一一《地獄部》引《三法度論經》:“三名阿吒吒地獄,由脣不得動,唯舌得動,故作此聲。四名阿波波地獄,由舌不得動,唯脣得動,故作此聲。”敦煌本《目連緣起》:“放捨娘生浄土,莫叫業道受波吒。”又“道僧誘眩迷中人”句陳注:“眩,原本作該。”按原本“該”字是,以言語引誘爲“該”,如敦煌本《降魔變文》:“門徒盡被該將,遣我不存活路。”《敦煌曲子詞集》卷中《傾盃樂》:“又被良媒,苦出言詞相誘該。”

禪宗歌偈中有一類叫“樂道歌”,《山僧歌》就屬於這一類,它極力渲染山僧山居修禪生活的樂趣。所謂“修禪生活”,其實衹是做一個尋常無事自在人,也就是做一個與世無争,無所事事的懶漢。然而禪宗中人卻覺得這種懶散生活中充滿了極大的樂趣,無往而不感受到“禪悦”之味，以至自認爲這就是“成佛”了，所以最後點出了主題：“識心見性又知時，無心便是釋迦老。”

又一偈　　佚名

要得離三塗。先須認本殊。自來無體面。莫遣使驅驅。遇我憑君煞。逢山但併除。記取山僧語。只此是真如。

又一偈　　佚名

非佛非三塗。非假亦非殊。本來無體性。何所有驅驅。有我隨他煞。無人亦不除。山僧若留語。却自忘真如。

這兩首偈自成一組，第二首實際上是對第一首的否定，兩首各句互相呼應。明白了這一點，就不難糾正其中的錯字了。第一首第三句“自來無體面”是與第二首第三句“本來無體性”相呼應的，“體面”亦應作“體性”，“面”爲“性”字之誤。第一首第六句“逢山但併除”是與第二首第六句“無人亦不除”相呼應的，“山”字應是“人”字之誤。蓋第一首云“逢人但併除”，第二首否定此義，故云“無人亦不除”也。其實第一首通篇也是闡發佛教真如之理，不過領悟尚未透徹，處處仍落在“有”中，所以第二首加以進一步否定，使處處歸之於“無”，斯爲大徹大悟矣。

斯四二四三《念珠歌》，原無標題署名，《念珠歌》題目是擬加的。下面是陳祚龍校録本（引自《敦煌學海探珠》一七八頁）：

念珠歌　　佚名

念珠出自王宫宅，曠劫年來人不識。有人識得難凡夫，隱在中山舍衛國。無相珠，方丈覓，能青能黄能赤白。瑪瑙珊瑚撮合成，慧線穿連無間隔。悟人收，智人識，常思念念無休息。念過恒河處處明，始知無量神通力。智慧珠，明皎潔，上下通□四維徹。念念常思無相珠，須臾滅盡恒沙業。奉勸緣人勤念珠，念珠非有亦非無。非空非實非來去，來去中間一物無。亦非有，亦非無，常思持念白毫珠。本無即有能空相，離有能無法界居。朝也念，夕也持，將行坐卧不曾離。爲得如來真四句，不南不北不東西。常持念，不曾言，不忙不急不曾閑。性透河沙三千外，共你衆生絶往還。智爲珠，慧爲線，穿連悟常縱横遍。遮莫三千及大千，總在如來第一念。悟人見，心歡喜，識得菩提真妙理。念中真念鎮長言，如意寶珠無常體。無罣礙，更無比，恒河諸佛從心起。有人持念無相珠，即此便是如來體。

楚按，"有人識得難凡夫"句，"難"字原卷作"離"，應據改。"離凡夫"謂超脱凡夫，而入於聖域。又"念過恒河處處明"句，"河"當作"沙"，"恒沙"即恒河沙，是佛經中表示極多、乃至無限大的數詞，"念過恒沙"是説念佛次數極多，乃至超過恒河沙數。又"上下通□四維徹"句，原卷無闕字，應作"上下通，四維徹"三言二句，謂上下四方皆通徹也。又"穿連悟常縱横遍"句，"悟"當作"無"，"無常"這裏即指寶珠，下文有"如意寶珠無常體"之語，故以"無常"稱寶珠也。又"恒河諸佛從心起"的"河"也應作"沙"。

"念珠"是佛教信徒所用的串珠，掐珠以計算念佛次數。《佛説木槵子經》："若欲滅煩惱報障者，當貫木槵子一百八，以常自隨。若行若坐若卧，恒當至心無分散意，稱佛陀、達磨、僧伽名號，乃過一木槵子。如是漸次度木槵子，若十若二十，若百若千，乃至百千萬。若能滿二十萬遍，身心不亂，無諸諂曲者，捨命得生第三焰天，衣食自然，常安樂行。若復能滿一百萬遍者，當得斷除百八結業，始名背生死流，永斷煩惱根，獲無上果。"這本是浄土宗的修持方法。至念珠之質地，或用諸寶等種種貴重之物制作。此首云"無相珠"、"智慧珠"，則已離絶色相，而爲真如、佛性之譬喻，已非浄土信仰所能範圍矣。

伯二二七九載命禪師《定後吟》，但斯二九四四亦載此篇，作者卻是融禪師，融禪師即牛頭宗初祖法融。伯卷有林聰明校録本（見《敦煌俗文學研究》二四〇頁），今引於下，並以斯卷校正之。

定後吟

入定觀空有,出定空有吟。還將出入意,返觀空有心。離有還歸縛,行空復被侵。秖教一念裏,迴跨兩邊心。兩邊心既離,一心無由寄。縱横法性闊,森羅萬像被。萬像本無端,法性若爲安。欲了心源浄,但自熟看。思覺不相違,病盡藥還非。捨滅去何去,無生歸不歸。既窮色性了,方知入芥微。莫捨滅,不無生;越聖意,越凡情。放曠隨低舉,蕭散任縱横。縱横無處起,虚空法界裏。法界無爲界,虚空不住空。真如寂不異,妙理混然同。同異本無縱,真妙今何似。水月聊爲喻,夢幻猶非擬。恍如失,窈如歸;見逾近,取逾非。何以故,世人不達迷心路。此中無物,空欲求之,不息終難悟。鏡裏像,夢中心;無定質,絶言音。徒勞遠借問,不同苦,推追尋,推尋終不見,借問何由遍。愚夫不肯行,智者方應練。且停筆,停筆棄古今,嗚嗟人代士,誰復肯知音。

楚按,“但自熟看”句缺一字,斯卷作“但自熟思看”,是。又“越聖意”句與下句“越凡情”字面犯複,斯卷作“超聖意”,是。又“同異本無縱”的“縱”,應據斯卷作“蹤”。又“此中無物,空欲求之,不息終難悟”三句,當據斯卷作“此中無物空欲求,求之不息終難悟”七言二句,伯卷誤脱“求”字,蓋敦煌寫本重文下字或以點代之,遂易脱去也。又“不同苦,推追尋”二句,斯卷“同”作“用”,無“追”字,作“不用苦推尋”五言一句,是。此句與下句“推尋終不見”爲修辭上的“頂真格”,因此伯卷的“追”字確爲衍文。

《定後吟》是描寫“入定”後的境界。“定”即“三昧”,《廣弘明集》卷三〇上載慧遠《念佛三昧詩集序》描寫“三昧”的境界説:“夫稱三昧者何? 專思寂想之謂也。思專則志一不分,想寂則氣虚神朗,氣虚則智恬其照,神朗則無幽不徹,斯二者是自然之玄符,會一而致用也。”而本篇所寫的定後境界,更加玄妙幽微,非空非有,無去無歸,難以譬喻,不可推尋,自非凡夫俗子所能體會,故作者最後發出“誰復肯知音”的感歎了。結尾的“人代士”即“人世士”，書“世”作“代”，可知確爲唐人寫卷。

敦煌遺書斯二一六五中有兩首《辭親偈》，即洞山良价《辭親偈》和青峰和尚《辭親偈》，前一首今存，後一首是佚詩，這裏一併介紹。有陳祚龍校録本（洞山偈見《敦煌學海探珠》八九頁，青峰偈見同書一七九頁），今引於下：

辭親偈

不好浮榮不好儒，願樂空門捨俗徒。煩惱盡時愁火滅，恩情斷處愛河枯。六道戒定香曳引，一念無生慧力扶。爲報北堂休悵惘，譬如身死譬如無。

楚按，此首原卷署名“先洞山和上”。第三句“愁”字應是“慾”字之誤，“慾火”與下句“愛河”爲對。第五句陳注：“道，原本作通。”按原本“通”字是，“六通”是佛教聖者所獲之六種神通，若改作“六道”，指天、人、阿修羅、地獄、畜生、餓鬼等六種生死輪迴之途，與原意適相反矣。又“曳”字當作“風”，“香風”與下句“慧力”對舉。第七句陳注：“惘，原本作望。”按原本實寫“忘”，通作“望”，改作“惘”字非是。“悵望”之語如《文選》卷二〇謝脁《新亭渚别范零陵》：“停驂我悵望，輟棹子夷猶。”

辭親偈　　先青峰和尚

愚夫迷亂鎮隨妖，渴受纏心不肯抛。恰似群猪戀糞厠，亦如衆鳥遇稀膠。爲營資産爲親眷，罪累須當獨自招。欲得不嘗無知苦，速須出離得逍遥。

楚按，第二句“受”原卷作“愛”，應據改。“渴愛”形容貪戀五欲，《維摩詰經・方便品》：“是身如炎，從渴愛生。”第二句“糞”字原卷實寫“青”，應據改。“青”即“圊”字，溷厠也。字亦作“清”，《説文》：“厠，清也。”段

注:“清圕古今字。”第五句兩“爲”字犯複,上“爲”字原卷實寫“廣”字,應據改。第七句“嚐”字原卷實寫“償”,應據改。

洞山和尚即是洞山良价禪師,他是禪宗曹洞宗始祖。他出家後曾寫有《辭親書》和《後書》,表示斬斷情緣、永别親人的決心。他的母親也寫有《回書》,一併收入宋釋如祐録《禪門諸祖師偈頌》卷四,至今讀來仍感人至深。《辭親書》附頌兩首,《後書》亦附頌一首,即是敦煌本《辭親偈》。青峰和尚應即青峰傳楚禪師,事跡見《景德傳燈録》卷六。這兩首《辭親偈》是他們出家後訣别親人所作,兼以明志。雖然都寫得不錯,我認爲洞山之作更爲感人。青峰偈云:“廣營資産爲親眷,罪累須當獨自招。”似乎他是不願爲親眷廣營資産而造惡業,因此逃避出家,動機在於追求自我解脱,立論終非甚高。洞山偈則不但充滿了純净的悟性和執著的追求,也更富有人情味。“爲報北堂休悵望,譬如身死譬如無。”以此作爲訣别時開解母親的話語,可見他依戀不捨而又斬絶不回的心情。後來蘇軾遠謫惠州,曾經説過:“譬如元是惠州秀才,累舉不第,有何不可!”用的是同樣自我寬慰的方法,但在蘇軾則祇覺其豁達,在洞山則倍感其沉痛。

敦煌禪宗詩偈中,篇幅最爲浩繁的首推《心海集》,據斯三〇一六殘卷標目統計,有《執迷篇》(每首七言四句)七首,《解悟篇(每首七言四句)五十一首,《勤苦篇》(每首七言四句)七首,《至道篇》(每首七言四句)十一首,《菩提篇》(每首五言四句)四十二首,合計一百一十八首,實存一百首,另斯二二九五亦殘存五四首。《敦煌歌辭總編》卷四曾據《解悟篇》收録九首,擬題《易易歌》,今引於下以見一斑。

解悟成佛易易歌。不勞持誦外求他。若能揚簸貪嗔卻。高升彼岸出泥河。

解悟成佛易易歌。輕賤自身貴重他。恭敬一切常行是。諮陳含識捨娑婆。

解悟成佛易易歌。無爲無諍任從他。調心行是常爲好。見聞歡喜若彌陀。

解悟成佛易易歌。不行寸步出娑婆。觀身自見心中佛。明知極樂没彌陀。

解悟成佛易易歌。是心是佛没彌陀。是心作佛無别佛。明知極樂是娑婆。

解悟成佛易易歌。不勞辛苦漫多羅。銷鎔煩惱爲船筏。還將運渡死生河。

解悟成佛易易歌。不行極樂厭娑婆。一念無依百種足。何須浄土覓彌陀。

解悟成佛易易歌。調心理念語温和。出言中煞皆合道。見聞迴向順伏他。

解悟成佛易易歌。雕鏤貪嗔作釋伽。莊嚴一切周圓足。見聞歸命受教訶。

《總編》校記稱“右辭九首見初唐僧所著《心海集》”，時代判斷恐不準確。歌中“不勞持誦外求他”及“何須浄土覓彌陀”等語，顯然是批判浄土宗的修持方法。“觀身自見心中佛”、“是心是佛没彌陀”等語，顯然是發揮禪宗“即心即佛”之義。至於“易易歌”者，“易易”語出《禮記·鄉飲酒義》：“孔子曰：吾觀於鄉，而知王道之易易也。”孔穎達疏：“不直云易，而云易易者，取其簡易之義，故重言易易。”是故“解悟成佛易易歌”者，謂成佛並不難，一旦解悟，立地成佛，此即禪宗頓悟成佛之義。所以《心海集》作者雖不知爲誰何，但一定是禪宗大行之後，即盛唐以後之人。

斯六六三一有《四威儀》詩四首，分别題作《行威儀》、《住威儀》、《坐威儀》、《卧威儀》。亦見於斯五八〇九，僅存三首，題作《坐禪師讚》、《卧禪師讚》、《行禪師讚》。後者有陳祚龍校録本（見《敦煌學海探珠》一四六、一四七頁），但錯訛太甚，兹據斯六六三一迻録《四威儀》於下：

行威儀

行步徐徐牛顧視,高觀下盼不移神。縱使觸目繞(饒)諸境,了了知心不受塵。無塵莫未(來)執爲宗,心境雙亡不住空。任運安庠到處所,行與(去)行來豈異同。不記山河是南北,誰知途路向西東。

住威儀

住立端然絶思慮,寂寂不慮亦不緣。縱使風塵千遍度,六入無聞玄更玄。諸塵所以不來前,良由静慮覺心源。□□念念無依著,究竟真門當自詮。

坐威儀

坐等須彌不傾動,事緒縱横心拒(詎)生。閉目自知心不起,開眼觀塵與理平。平與無平支(不)可住,於中皎潔息無明。明與無明俱不起,貪欲之心自不住(生)。

卧威儀

高卧清虚住法印,外示乖慵内精進。傍眠側卧不隨塵,展脚横腰絶戲論。心中惠劍利如霜,相皃(貌)觀瞻欲似鈍。破納搭肚守真如,曲肘袛(低)頭看漏盡。

按行住坐卧四威儀者,是佛教之儀則,《菩薩戒經》卷五:"威儀苦者,名身四威儀。一者行,二者住,三者坐,四者卧。菩薩若行若坐,晝夜長調惡業之心,忍行坐苦,非時不卧,非時不住,所住内外若牀若地若草若葉,於是四處常念供養佛法僧寶。"這雖是僧徒動止的儀則,不過早期禪宗中人以破除清規戒律、追求任性恣意相標榜,豈能如此作繭自縛?斯五八〇九題作《坐禪師》等等,並不符合禪宗的旨趣。

五、僧徒篇詠

敦煌詩歌中的僧徒篇詠,在詩歌形式上和文人篇詠是相同的,祇不過作者是僧徒,内容多半與佛教有關罷了。其中一部分是署名詩歌,作者中有不少是唐五代名僧;另一部分則不知作者名氏了。

斯三七三載署名"大唐三藏"的詩五首,按"唐三藏"即名震中印的著名高僧玄奘。今據原卷迻録於下:

題西天捨眼塔

帝釋傾心崇二塔,爲憐捨眼滿千生。不因行苦過人表,豈得光流法界明。

楚按,玄奘《大唐西域記》卷二《健馱邏國》記"捨眼塔"事云:"伽藍側有窣堵波,高數百尺,無憂王之所建也。彫木文石,頗異人工。是釋迦佛昔爲國王,修菩薩行,從衆生欲,惠施不倦,喪身若遺,於此國土千生爲王,即斯勝地千生捨眼。"故事詳見《彌勒菩薩所問本願經》。

題尼蓮河七言

尼蓮河水正東流,曾浴金人體得柔。自此更誰登彼岸,西看佛樹幾千秋。

楚按,《大唐西域記》卷八《摩揭陁國上》:"憍陳如等住處東南,有窣堵波,菩薩入尼連禪那河沐浴之處。"即此詩所詠,詳見《佛本行集經》等。

題半偈捨身山

忽聞八字超詩境,不惜(惜)丹軀捨此山。偈句篇留方石上,樂音時奏半空間。

楚按,《大唐西域記》卷三《烏仗那國》:"瞢揭釐城南四百餘里至醯羅山,谷水西派,逆流東上。雜花異果,被澗緣崖。峰巖危險,谿谷盤紆,或聞諠語之聲,或聞音樂之響。方石如榻,宛若工成,連延相屬,接布崖谷。是如來在昔爲聞半頌之法,於此捨身命焉。"按"半頌"即"半偈”，指“生滅滅已，寂滅爲樂”八字。故事詳見北本《涅槃經》卷一四。

題童子寺五言

西登童子寺，東望晉陽城。金川千點緑，汾水一條清。

題中嶽山七言

孤峰絶頂萬餘嶒(層)，策杖攀蘿漸漸登。行到目(日)邊天上寺，白雲相伴兩三僧。

劉銘恕《斯坦因劫經録》稱“此顯係後人所作，僞託玄奘”。今按，這五首中，前三首詠天竺佛跡，後兩首詠中土佛寺。前三首佛跡皆見於《大唐西域記》，似乎與玄奘行跡符合，不過《西域記》“窣堵波”，詩作“塔”；《西域記》“尼連禪那河”或“尼連河”，詩作“尼蓮河”，譯名並不一致。味其“西看佛樹幾千秋”之句，作者殆遥詠西國佛跡，並未身踐其地，劉説是可信的。

伯三五三二慧超《往五天竺國傳》殘卷，是敦煌發現的佛史重要文獻，其中穿插有慧超遠遊天竺(印度)時所作五言詩五首，今據《大正新脩大藏經》所收《往五天竺國傳》引録於下：

得達摩訶菩提寺，稱其本願，非常歡喜，略題述其愚志五言

不慮菩提遠，焉將鹿苑遥。只愁懸路險，非意業風飄。八塔難誠見，參著經劫燒。何其人願滿，目睹在今朝。

楚按，第五句“難誠”當乙作“誠難”，第六句“著”字應是“差”字形誤。

於時在南天路爲言曰五言

月夜□□路，浮雲颯颯歸。減書參去便，風急不聽迴。我國天岸北，他邦地角西。日南無有雁，誰爲向林飛？

楚按,第二句"減"字應是"緘"字形誤。

山中有一寺,名那揭羅馱娜,有一漢僧於此寺身亡。彼大德説:從中天來,明閑三藏聖教,將欲還鄉,忽然違和,便即化矣。于時聞説,莫不傷心,便題四韻,以悲冥路五言

故里燈無主,他方寶樹摧。神靈去何處,玉貌已成灰。憶想哀情切,悲君願不隨。孰知鄉國路,空見白雲歸。

於吐火羅國逢漢使入蕃,略題四韻取辭五言

君恨西蕃遠,余嗟東路長。道荒宏雪嶺,險澗賊途倡。鳥飛驚峭嶷,人去□偏樑。平生不捫淚,今日灑千行。

楚按,第七句原作"雖平生不捫淚","雖"字顯然是衍文。

冬日在吐火羅逢雪述懷五言

冷雪牽冰合,寒風擘地烈。巨海凍墁壇,江河凌崖囓。龍門絶瀑布,井口盤蛇結。伴火上胲歌,焉能度播蜜。

楚按,第三句"墁壇"通作"漫澶",即"澶漫"之倒文,廣闊之貌。《舊五代史·田頵傳》:"百川不朝於海,雖狂奔猛注,澶漫遐邇,終爲涸土,不若恬然順流,淼茫無窮也。"

慧超本是新羅國(朝鮮)人,幼年來到中國,後航海至天竺,遍禮佛跡,然後取陸路返回中國,時爲開元十五年(七二七)。上述五詩皆爲遊歷實録,作於返回唐之前。從中可以看到古代高僧爲宗教信仰而矢志不移的志向、堅韌不拔的精神,以及他們悼亡、懷鄉的種種情感。

斯四〇三七和伯二一〇四寫有禪月大師《讚念法華經僧》,下面是陳祚龍校録本(引自《敦煌學海探珠》一八七頁):

讚念法華經僧　　　　禪月大師

空王門下有真子，堪以空王爲了事。常持菡萏白蓮經，屈指無人得相似。長松下，深窗裏，歷歷清音韻宮徵。短偈長行主客分，不使閑聲掛牙齒。外人聞，聳雙耳，香風襲鼻寒毛起。只見天花落座前，空中必定有神鬼。吾師吾師須努力，年深已是成功績。桑田變海骨爲塵，□根長似紅蓮色。

楚按，斯卷第二句末字寫“使”，作“堪以空王爲了使”，是。“以”通“與”，“空王”即佛，“了使”猶云幹僕，此句言所詠之念《法華經》僧乃是佛的虔誠僕使。倒數第三句斯卷“成”作“戒”，“績”作“積”，“年深已是戒功積”謂此僧持戒年深日久，功德積累，必有效果可觀也。末句缺字應是“舌”字，“舌根長似紅蓮色”者，佛教相傳信徒誦念《妙法蓮華經》極其虔誠勤苦者，命終之後舌根不化，色如紅蓮，長不腐朽。如《續高僧傳》卷二九《志湛傳》：“齊武成世，并州東看山側有人掘地，見一處土，其色黄白，與傍有異，尋見一物，狀如兩脣，其中有舌，鮮紅赤色，以事聞奏。帝問諸道人，無能知者。沙門大統法上奏曰：‘此持《法華》者六根不壞報也耳，誦滿千遍，其徵驗乎？’乃勑中書舍人高珍曰：‘卿是信向之人，自往看之，必有靈異。宜遷置浄所，設齋供養。’珍奉勑至彼，集諸持《法華》沙門，執爐潔齋，遶旋而咒曰：‘菩薩涅槃，年代已遠，像法流行，幸無謬者，請現感應。’纔始發聲，此之脣舌一時鼓動，雖無響聲，而相似讀誦，諸同見者莫不毛豎。”張讀《宣室志》卷七：“唐貞觀中，有玉潤山悟真寺僧，夜於藍溪，忽聞有讀《法華經》者，其聲纖遠。時星月迥臨，四望數十里，闃然無睹，其僧慘然有懼。及至寺，具白其事於群僧。明夕，俱於藍溪聽之，果聞經聲自地中發，於是以標表其所。明日窮表下，得一顱骨在積壤中，其骨槁然，獨唇吻鮮而且潤。遂持歸寺，乃以石函致於千佛殿西軒下。自是每夕有讀《法華經》聲在石函内，長安士女觀者千數。”白居易《遊悟真寺詩》云：“經成號聖僧，弟子名楊難，誦此《蓮花》偈，數滿百億千。身壞舌不壞，舌根如紅蓮。顱骨今不見，石函尚存焉。"所詠即是《宣室志》所載悟真寺僧事。白詩的"舌根如紅蓮"，即是本詩的"舌根長似紅蓮色"也。

"禪月大師"是晚唐五代著名詩僧貫休的封號。此詩不見於貫休《禪月集》。按曇域《禪月集後序》説："尋檢藁草及暗記誦者約一千首，乃雕刻板印，題號《禪月集》。"此詩乃曇域網羅未及者。《敦煌歌辭總編》將此詩作爲"失調名"歌辭收入卷三，不辨此詩乃七古也。

敦煌僧徒篇詠的另一位重要作者是五代名僧雲辯，賜號圓鑒大師，卒於廣順元年（九五一）。他的作品《全唐詩》不載，全賴敦煌遺書保存。主要詩作有：一、伯二六〇三《讚普滿偈》十首，實際是連章七律，讚頌重修普滿塔之盛舉，末題"開運二年（九四五）正月□日，相國寺上座賜紫弘演正言，當講佐（左）街僧録圓鑑"，圓鑒應是這一組詩歌的作者。有任半塘校録本（見《敦煌歌辭總編》卷三《十偈辭》）及陳祚龍校録本（見《敦煌資料考屑》五二～五五頁）。二、斯四四七二載雲辯撰《修建寺殿募捐疏頭歌辭十首》，仍是連章七律，仍是爲募捐修葺普滿塔而作，有任半塘校録本（見《敦煌歌辭總編》卷三《十偈辭》附）及陳祚龍校録本（見《敦煌學海探珠》九一～九四頁）。三、斯四四七二載雲辯《十慈悲偈》，仍是七律十首，每首各有兩字標目。兹引陳祚龍校録本（見《敦煌學海探珠》九四～九七頁）於下：

十慈悲偈

左街僧録圓鑒大師雲辯進

君　王

君王若也起慈悲。恩及三邊及四夷。每念千官如骨肉。三軍上將比親兒。慈心既得宫中喜。□□□□□□□。撫育黎民没高低。惡殺好生王道正。

楚按，此首後半韻讀、文義全都亂了套。原詩缺句應是末句，陳氏誤爲第五句，遂致不可收拾。現將後四句重新整理如下："慈心既得宫中喜，撫育黎民没高低。惡殺好生王道正，□□□□□□□。”

爲　宰

為宰若也起慈悲。憂國憂家道不虧。匡贊一人行聖德。亭騰四海總和毗。既能奏諫當三殿。又且清通閏百司。若勸君王能化治。無征無戰勝堯時。

楚按，第七句“化治”旁有乙轉符號“√”，應録作“治化”。

公　案

公案若也起慈悲。不合規謀不合爲。每看公案驚心碎。擬斷危人痛淚垂。又與屈人能洗雪。事當不差與平持。如此用心常不退。子孫昌盛更何疑。

楚按，第六句“不差”原卷寫作“灭若”，讀作“滅苦”，應據改。

師　僧

師僧若也起慈悲。道德馨香遠近知。密絹濾泉恐傷命。薄羅籠燭怕蛾知。儀容淡静無喧雜。言語柔和無改移。憐念衆生心不退。方便忍辱出家兒。

楚按，第四句陳注：“知，原本作癡。”按原本是，飛蛾撲火，非癡而何？第五句陳注：“静，原本作浄。”按原本“浄”字是“泞”字形誤，“淡泞”同“淡佇”，形容風神淡雅，儀態恬静。如伯二二九二《維摩詰經講經文》：“纖手舉而淡泞風光，玉步移而威儀庠序。”第五句“無喧雜”與第六句“無改移”字複，第六句應是“不改移”。

道　流

道流若也起慈悲。仙鶴靈龜處處隨。末省和合傷命藥。不曾吟詠諷人詩。書符專覓邪魔救。鍊藥常尋病士醫。一行好心無退改。因茲滿國號天師。

楚按,第三句"末"字爲"未"字形誤,"未省"即未曾,如白居易《尋春題諸家園林》:"平生身得所,未省似而今。"

山　人

山人若也起慈悲。長日長時念困危。殺重病人由出藥。至貧窮者也來醫。令知病本教將息。説與年災教保持。如此用心招吉慶。不勞香火祀神祇。

楚按,第三句"殺"原卷作"㬠"。"㬠"亦寫作"煞"、"曬"、"晒"等,極甚之義。如伯三二九二《維摩詰經講經文》:"初出塵,絶離染,習種根性㬠浮淺。""㬠浮淺"謂極浮淺。此處"㬠重病人"即病危之人。又"由"通"猶"。末句"祀"原本作"祝",應據改。

豪　家

豪家若也起慈悲。悲憐貧寒行好施。計上用計何要學。利中生利不須連。親情久闕恩憐取。奴婢辛勸體恤伊。處處用心除我慢。人生能得幾多時。

楚按,第二句"悲憐"原卷作"憐念",應據改。第三句兩"計"字下皆有陳注:"計,原本作機。"按原本是,"機上作機"即用盡心機之意。第四句"連"原卷作"違",應據改。第六句陳注:"恤,原本作息。"按原卷實寫"悉","體悉"即體諒。如《北史·薛聰傳》:"帝欲進以名位,輒苦讓不受,帝亦雅相體悉。"

當　官

當官若也起慈悲。得勢恩波正好施。變急爲寬因諫勸。轉深或淺自會犁。祇施公道行陰德。莫向官中獻巧計。常日只能行此行。是何災禍敢相欺。

楚按,第四句"或"字原卷寫"成",應據改。又陳注:"會,原本作曾。"按原本是。此句作"轉深成淺自曾犁",言當官者曾身自犁田,知悉農作辛苦,故"轉深成淺",不苛求農民深犁也。第六句陳注:"計,原本作機。"按改"計"平仄不合,原本"機"字是,"巧機"這裏是指搜刮壓榨百姓的計謀。

軍　伍

軍伍若也起慈悲。爲國輸忠志不移。難裏人家堪撫恤。煩中方便好施持。遇逢財寶依稀取。怕佈衆生總睨伊。如此用心常不退。便如親禮釋迦師。

楚按,第四句陳注:"煩,原本作范。"按原本寫"危","危中方便好施持"是説在危難中設法護持。第六句"佈"爲"怖"字形誤,又陳注:"總睨,原本作聰睆。"按陳校"總"字是,下字則應是"脱"字,"怕怖衆生總脱伊"是説對於怕怖的民衆,悉數放過他們。

關　令

關令若也起慈悲。小小經商潤惜伊。力出身中血作汗。擔磨肩上肉生胝。覓些宜利寧辭苦。趁大程途力盡疲。不用重重苦要勒。從伊覓利養妻兒。

楚按,第一句"令"字原卷塗去,改"人",按作"令"平仄不合,改"人"是。第七句"要"原卷作"邀","邀勒"與"要勒"同。

《十慈悲偈》寫了十種人普行慈悲的方式，用意在減輕民衆的苦難。所寫雖多世俗之事，卻體現了大乘佛教“利樂衆生”的精神。雲辯除了上述三組七言律詩（每組十首）之外，還有一篇《二十四孝押座文》和一篇《長興四年中興殿應聖節講經文》，分別收入《敦煌變文集》卷五和卷七。從這些作品看來，雲辯真不愧是以佛教通俗文學作品化俗的大師了。

敦煌名僧悟真的《百歲詩》，見於斯九三〇、伯三八二一、伯二八四七。斯卷有小序，伯三八二一題《百歲詩拾首》，伯二八四七題《國師唐和尚百歲書》。按“唐和尚”即悟真，“唐”乃俗姓。“百歲書”即“百歲詩”，敦煌方音“書”、“詩”同音。下面據《敦煌歌辭總編》卷五援引任半塘校録本（任本改題《百歲篇》）：

百歲篇　　　　釋悟真

河西都僧統賜紫沙門悟真。年逾七十。風疾相兼。動静往來。半身不遂。思憶一生所作。有爲實事。難竟寸陰。無爲理中。竊行缺少。獨被習氣。繫在輪迴。自責身心。裁詩十首。維非佳妙。狂簡斐然。散慮攄懷。暫時解悶。鑑識君子。矜勿誚焉。

楚按，以上是本篇小序，其中“難竟寸陰”之“竟”當作“競”，《吴越春秋》卷七《勾踐入臣外傳》：“夫君子争寸陰而棄珠玉。”“競寸陰”即“争寸陰”，謂珍惜光陰。“竊行缺少”之“竊”當作“功”，“功行”謂修行之功，蓋“功”字先以形誤作“切”，再以音誤作“竊”也。“維非佳妙”的“維”當作“雖”。

幼齡割愛願投真。未報慈顔乳哺恩。子欲養而親不待。孝虧終始一生身。

楚按，第一句“願”原卷作“預”，應據正。

從師陶染向空門。惟忻温故樂知新。冰謹專行人正路。猶恐辜負一生身。

楚按,第三句"人"字應作"八","八正路"亦曰"八正道",《文選》卷五九王簡棲《頭陀寺碑文》"開八正之門",李善注:"《維摩經》曰:'雖行八正道,而樂行無量佛道,是菩薩行。'僧肇《論》曰:'啓八正之平路,坦衆聖之夷塗。'《大品經》説'八正'曰:正見、正思惟、正語、正業、正命、正精進、正念、正定。"

盛年躭讀騁風雲。披檢車書要略文。學綴五言題四句。務存篇叶一生身。

楚按,第四句任校:"'篇叶'原寫'遍計'。"按原寫"遍"即"遍"字,"遍計"是佛教唯識宗所説的虚妄認識。《成唯識論》卷八:"由彼彼遍計,遍計種種物,此遍計所執,自性無所有。……論曰:周遍計度,故名遍計。品類衆多,説爲彼彼。謂能遍計虚妄分别,即由彼彼虚妄分别遍計種種所遍計物。"又:"遍計所執,隨名横計,體非實有,假立義名。"敦煌本傅大士《金剛經頌》:"遍計虚分别,由來假立名,若了依他起,無别有圓成。"本首"務存遍計一生身",是説盛年耽迷讀書綴文之事,皆屬遍計妄心,徒勞無益。這是作者晚年自我反省的話。任本改作"篇叶",則似矜誇讀書綴文了,正和作者原意相反。

豐衣足食苦辭貧。得千望萬費心神。徒勞蓄積爲他有。孤嗟役計一生身。

男兒特達建功勳。萬里崎嶇遠赴秦。對策聖明天子喜。承恩至立一生身。

□情往往顯名聞。奢心數數往來親。衣著綺羅貪錦繡。矜裝環器一生身。

楚按，第四句任校：“（乙本）‘環’寫‘坯’。”按乙本是，“坯”同“坏”，“坏器”即未經燒制的陶器土坏。《四分律行事鈔資持記》中一下：“陶家謂土作家，輪即範土爲坯器之車。”由於“坏器”窳陋不堅，佛教因以“坏器”比喻危脆不久之人身。如北本《涅槃經》卷二：“當觀是身，猶如芭蕉、熱時之炎、水泡幻化、乾達婆城、坏器電光。”又卷三八：“善男子，譬如坏器，即易破壞，衆生受身亦復如是。”《大寶積經》卷八一：“壽命不久停，如坏器易壞，假借世不久，此亦無常定。”本首“矜裝坏器一生身”，正以“坏器”比喻危脆不浄之人身，任本改作“環器”，又與作者原意適相反矣。

迷情顛倒氣貪嗔。還曾自讚毀他人。口過閒談輕小罪。如今追悔一生身。

紹繼傳燈轉法輪。三車引喻炫迷津。智海常流功德水。些須浮泛一生身。

楚按，第二句“炫”原卷作“詃”，應據正。

圓明正覺學無塵。罪根福性人齊均。森羅動植皆非相。無過返照一生身。

楚按，第三句任校：“（乙本）‘森’寫‘參’。”按“參”字不誤，不煩改字。敦煌本《壇經》：“忽遇惠風吹散，卷盡雲霧，萬像參羅，一時皆現。”浄覺《楞伽師資記序》：“參羅及萬像，一法之所印。”《酉陽雜俎續集》卷六《寺塔記》：“衆像參羅，瞰瞰田田。”《汾陽無德禪師語録》卷下《南行述牧童歌》：“參羅及萬象，日月星辰界。”

歲有榮枯秋復春。千般老病苦相奔。從兹更莫回顧戀。好去千萬一生身。

悟真曾任敦煌地區最高僧官“都僧統”達三十年之久（八六五～八九五），這組《百歲詩》就是他晚年自省平生所作，是他一生的自我總結。據敦煌莫高窟出土的《賜河西都僧統攝沙州僧政法律三學教主洪䛒告身及敕文》碑，張義潮於大中二年（八四八）收復瓜州後，曾派使者至長安獻上瓜沙等十一州圖籍歸唐，當時任敦煌地區都僧統的洪䛒也派悟真隨同入唐，本詩第五首“對策聖明天子喜”所寫的就是這件事。當悟真由長安返回敦煌時，長安的名僧大德紛紛寫詩送别，成爲一時盛事。這些贈詩見於斯四六五四和伯三七二〇兩殘卷。據斯卷殘存的内容，有右街千福寺沙門子言，報聖寺賜紫僧建初，報聖寺内供奉沙門太岑，京薦福寺内供奉大德栖白，内供奉文章應制大德有孚，内供奉可□，左街保壽寺内供奉講論大德景孚，京城臨壇大德報聖寺道鈞等等。下面就選録幾首以見一斑。

又立贈河西悟真法師

内供奉文章應制大德有孚

沙徼虜塵清，天親入帝京。詞華推耀（翹）穎，經論許終（縱）横。幸喜乾坤養（泰），忻逢日月明。還鄉報連帥，相率賀昇平。

又同贈真法師　　内供奉可□上

明王大啓無私化，萬里塵清世界通。遠國觀光來佛使，邊庭貢籍入王宫。翩翩一鶴沖天闕，歷歷雙眸欽帝風。却到燉煌傳聖道，常思日月與師同。

又贈沙州悟真上人兼送師

左街保壽寺内供奉講論大德景孚

河湟舊邑新通後，天外名僧漢地來。經講三乘鶖子辯，詩吟五字惠休才。登山夜振穿雲錫，渡水還浮逆浪杯。明日玉皆（階）辭聖主，恩光西邁送書迴。

又同贈沐(沙)州都法師悟真上人

京城臨壇大德報聖寺道鈞

河西舊地清塵虜,獻款真僧入貢來。譚論妙閑金粟教,詩情風雅逸篇才。邊廷望迴平沙月,出塞逢河幾泛杯。丹闕禮儀新奏對,恩深未放使臣迴。

又贈沙州僧法和悟真輒成韻句　佚名

燉煌昔日舊時人,虜醜隔絶不復親。明王感化四夷静,不動干戈萬里新。春景氛氤(氳)乾坤泰,□煌披縷兼獻陳。禮則菀(宛)然無改處,藝業德傳化塞鄰。嗟(羌)□路長思東望,蕃渾自息不動塵。迢迢遠至歸帝闕,□□□教好傳聞。莫辭往返來數日,得觀京華荷聖君。

悟真入京是當時長安佛教生活中的一件大事,由於悟真出色地完成了赴京獻款親善的使命,所以當他離京返回時,長安的名僧大德們悉數送行贈詩,不但高度讚揚了悟真本人的德業藝行,更表達了長安僧衆對瓜沙十一州重返唐朝版圖的喜悦心情,以及中原人士和西陲邊民共同的統一意識。這些贈詩也在敦煌本地流傳,受到敦煌民衆的喜愛。例如上引最後一首佚名贈悟真詩的前四句:"燉煌昔日舊時人,虜醜隔絶不復親。明王感化四夷静,不動干戈萬里新。"就被敦煌民間藝人採入歌頌張義潮的唱文中,見伯三六一五,《敦煌變文集》收入作爲《張義潮變文》的附録二。

敦煌僧徒篇詠中有一些無名氏佚詩,根據内容可以判斷爲僧徒所作,下面就以王重民輯録、劉修業整理的斯五五五八佚題詩及伯三四四五《謁法門寺真身》爲例①:

① 見王重民輯録、劉修業整理《〈補全唐詩〉拾遺》卷二,收入王重民《敦煌遺書論文集》四六～四八頁,中華書局一九八四年四月第一版。

無題(斯五五五八)一首

池臺樓觀非吾宅,百年還同一宿客;無常忽至即分籬(離),各自東西如路陌。唯有寃家不相放,罪福前途相執當;冥官依業斷形(刑)名,遮莫王公及宰相。生闘英雄死論福,貴販(賤)更無別地獄。天堂不是選家門,但使回心修作福。君不見閻浮流轉暫時間,何須苦欲求名利;徒勞積業自緓(挾)身,隨陷三途覓富貴。過去王侯數百千,若個久住得長年;良賤有生皆有死,一朝命盡總虚然。空來空去皈本體,直爲迷情不開解。貪多畏小不知休,總是阿鼻地獄債。切見愚癡世上人,金(今)生不惜未來身;朝朝暮暮多愁苦,積寶如山猶許(訴)貧。唯富唯悕(悋)轉更貪,子細尋思幾許堪;多求積貯蒙遼(繚)亂,死去只得一錢含。一去冥冥百不知,忽然與世即分離;萬物怨(宛)然無一分,唯有善惡並相隨。一切恩情今隔斷,何得哭泣相呼喚!生死異路當頭行,各自歸家更覓伴。

楚按,“徒勞積業自緓身”的“緓”字,應是“殃”字形誤。下句“隨陷三途覓富貴”的“隨”字,應是“墮”字。“多求積貯蒙遼亂”的“蒙”字,應是“夢”字。此首的主旨在於以佛教的生死無常、善惡報應觀念,破除世人的貪欲,屬於警世化俗的一類。

謁法門寺真身五十韻(伯三四四五)一首

瞻禮喜成悲,傷着(嗟)不遇師。曠因修曩劫,火寂掩俱尼(尸)。神光分皎皎,雁塔起巍巍。弘願無偏儻,從後請不疑。人天重敬禮,神鬼悉交馳。入海人難覩,騰波世莫窺。供僧添聖福,稱象等毫釐。鐵網牽沙岸,金甌出水湄。輪王欣却得,將帥盡忘疲。震旦國絶大,岐陽地不卑。累朝曾出現,近代盛修持。萬遍磨不磷,千回涅不緇。任從將火試,幾見陷金錘。皓色豈能并,晶光盡總虧。真身無點𤸷(黶),珪璧有瑕雌(疵)。安福樓前現,天涯海畔知。懿宗親禮處,軍(君)主見同時。截舌還能語,剜精復舊肥。石光呈瑞質，木有寶燈儀。塔主重修建，檀那各捨資。才興運人力，早已感神祇。一夜風雷吼，五更砂石吹。不勞人力置，自有聖賢爲。海得龍王護，藥叉將主司。聖燈瞻處有，光相應心祈。鼓樂喧天地，幡花海路歧。秦王偏敬仰，皇后重心慈。禮佛躬親到，齋僧偏極綏。教坊呈御製，内外奏宫詞。馬壯金鞍促，人輕玉勒移。到來心躍躍，回首意遲遲。睿旨遥瞻禮，皇情雅合規。只凴香火力，消得國家危。禱祝風(烽)煙息，猶希稼穡滋。金經雕豈易，寶偈顯難思。工匠勞心力，宸聰亦手胝。衆緣沾士庶，萬卷放僧尼。芝草生高壠，醴泉清滿池。紅霓呈瑞色，白鶴唳嘉奇。真相非生滅，凡情每自欺。茫茫迷旨趣，劫劫擬何之。達即全無體，玄微只在兹。縱饒心稍轉，又被業追隨。願智應難滿，勝絶寧每期。不言同哽虎，罕遇須(類)盲龜。像法承衣蔭，聲光以漸衰。盛筵難際會，逢善莫推辭。學寡漸黄絹，才荒誤色絲。感恩頻灑淚，泣諷五言詩。

楚按，“禱祝風(烽)煙息”句，原文“風”字不必改，高適《信安王幕府》：“四郊增氣象，萬里絶風煙。”倒數第四句“學寡漸黄絹”，“漸”當作“慚”。此詩忠實地記録了唐懿宗咸通十四年(八七三)迎謁法門寺佛骨時舉國若狂的場面。這件事在《舊唐書・懿宗紀上》、《新唐書・李蔚傳》、《劇談録》、《杜陽雜編》卷下、《闕史》卷下、《佛祖統紀》卷二等都有詳細記載。如蘇鶚《杜陽雜編》卷下：

(咸通)十四年春，詔大德僧數十輩於鳳翔法門寺迎佛骨，百官上疏諫。有言憲宗故事者，上曰：“但生得見，歿而無恨也。”遂以金銀爲寶刹，以珠玉爲寶帳，香舁仍用孔雀氄毛飾。其寶刹小者高一丈，大者二丈，刻香檀爲飛簾花檻瓦木階砌之類，其上遍以金銀覆之。舁一刹則用夫數百。其寶帳香舁，不可勝紀。工巧輝煌，與日争麗。又悉珊瑚馬腦真珠瑟瑟，綴以幡幢，計用珍寶不啻百斛。其剪綵爲幡幢，約爲萬隊。四月八日，佛骨入長安，自開遠門至安福樓,夾道佛聲振地,士女瞻禮,僧徒道從。上御安福樓親自頂禮,泣下霑臆。即召兩街供奉僧,賜金帛各有差。仍京師耆老元和迎真體者,悉賜銀椀錦綵。長安豪家競飾車服,駕肩彌路,四方挈老扶幼來觀者,莫不蔬素以待恩福。時有軍卒斷左臂於佛前,以手執之,一步一禮,血流滿地。至於肘行膝步齧指截髮,不可算數。又有僧以艾覆頂上,謂之煉頂,火發痛作,即掉其首呼叫,坊市少年擒之,不令動摇,而痛不可忍,乃號哭卧於道上,頭頂焦爛,舉止蒼迫,凡見者無不大哂焉。上迎佛骨入内道場,即設金花帳,温清床,龍麟之席,鳳毛之褥,焚玉髓之香,薦瓊膏之乳,皆九年訶陵國所貢獻也。初迎佛骨,有詔令京城及畿甸,於路傍壘土爲香刹,或高一二丈,迨八九尺,悉以金翠飾之,京城之内,約及萬數。是時妖言香刹動摇,有佛光慶雲現路衢,説者迭相爲異。又坊市豪家,相爲無遮齋大會,通衢間結綵爲樓閣臺殿,或水銀以爲池,金玉以爲樹,競聚僧徒,廣設佛像,吹螺擊鈸,燈燭相繼。又令小兒玉帶金額白脚,呵唱於其間,恣爲嬉戲。又結錦繡爲小車輿,以載歌舞。如是充於輦轂之下,而延壽里推爲繁華之最。是歲秋七月,天子晏駕,公主薨而上崩,同昌之號明矣。

這段記載寓批判於敘述之中,使讀者猶如親眼目覩了一場禍國殃身、規模空前的瘋狂鬧劇。《謁法門寺真身》詩同樣寫出了這種近似瘋狂的心態,可是作者卻充滿了虔誠的感情,可見佛教思想控制一部分人的心靈達到何等的地步。

第二節　道教詩歌

敦煌詩歌中的道教詩歌,數量雖遠比佛教詩歌爲少,但也有兩組很重要的作品，即《老子化胡經・玄歌》和李翔《涉道詩》。

《老子化胡經》相傳是西晉道士王浮所撰，自元代被禁毁以後，久已失傳。幸而敦煌藏經洞還保存了幾種唐人寫本，有卷一、卷二、卷八、卷一〇等。其中伯二〇〇四《老子化胡經玄歌卷第十》，内容全係五言詩，計有《化胡歌》八首，《尹喜哀歎》五首，《太上皇老君哀歌》七首，《老君十六變詞》十八首，共計三十八首。這些詩歌卻並非王浮所作，而是北魏人附麗的。逯欽立編《先秦漢魏晉南北朝詩》將這三十八首詩悉數收入《北魏詩》卷四，並有精闢的時代考證，其説曰：

敦煌唐寫本老子化胡經共十卷。一至九卷爲文。十卷爲玄歌。計化胡歌七首。尹喜哀歎五首。太上皇老君哀歌七首。老君十六變詞十八首。都爲三十七首。約八千言。逯按。出三藏記集。老子化胡經作於西晉王浮。以之攻擊佛教。又北山録云。化胡經。晉時王浮道士所撰。一卷。後漸添成十一卷。據此化胡經一書後世續有增益。正類其他道書也。而此卷玄歌按其所涉史實。知爲北魏時代之作。化胡歌第二首云。致令天氣怒。太上踏地瞋。寺廟崩倒澌。龍王舐經文。八萬四千弟子。一時受大緣。老君十六變詞第十三首云。不翫道法貪治生。搦心不堅還俗經。八萬四千受罪緣。破塔毁廟誅道人。打數銅像削取金。所言毁寺焚經誅戮沙門。實指北魏太武帝太平真君七年滅佛一事。前此無史實也。證此卷玄歌之出在太武帝毁法之後。又按。老君十六變詞第一首云。合口誦經聲璅璅。眼中淚出珠子碟。北齊顔之推顔氏家訓已引之。化胡歌之二。我在舍衛時至太上踏地瞋等句。北周甄鸞笑道論已引之。俱證此卷玄歌保存齊、周以前原貌也。又魏書釋老志於叙述太武滅佛之後。言文成帝嗣位。詔復佛法。天下承風。朝不及夕。往時所毁佛寺仍還修矣。佛像經論皆復得顯。此其叙録與老君十六變詞所謂未容幾時還造新。雖得存立帝恐心亦合。可見玄歌之問世去文成帝時代並不久。

逯氏之説,可爲定論。不過所云“化胡歌七首”,實爲八首;“約八千言”,實爲五千言左右,不知何以計算如此差誤。《玄歌》原文亦以逯氏校録本爲精確。今以文繁不能盡録,僅引逯本《化胡歌七首》於下,並加補校。

化胡歌七首原缺題。據廣弘明集周甄鸞笑道論補。

我往化胡時。頭載通天威。金紫照虚空。皝皝有光暉。胡王心憹戾。不尊我爲師。吾作變通力。要之出神威。麾月使東走。須彌而西頹。足蹹乹巛橋。日月左右迴。天地晝闇昏。星辰㸦差馳。衆災競地起。良醫絶不知。胡王心怖怕。叉手向吾啼。作大慈悲教。化之漸微微。落簪去一食。右肩不著衣。男曰憂婆塞。女曰憂婆夷。化胡今賓服。遊神於紫微。○老子化胡經十。

詩題“七首”應作“八首”。第二句的“載”應作“戴”。第十一句的“蹹”同“蹋”,“乹巛”同“乾坤”。第十四句的“㸦”同“互”。

我在舍衛時。約勑瞿曇身。汝共摩訶薩。賫經教廣弘明集作來。東秦。歷落廣弘明集作洛。神州界。迫至東海間。廣宣至廣弘明集作世。尊法。教授聾俗人。與子威神法。化道滿千年。年終廣弘明集作滿。時當還。慎莫戀中秦。致廣弘明集作無。令天氣廣弘明集作帝。怒。太上踏地瞋。寺廟崩倒澌。龍王舐經文。八萬四千弟子。一時受大緣。輪轉五道頭。萬元一昇仙。吾子三天上。愍子淚流連。念子出行道。不能卻死緣。不能陵虚空。束身入黄泉。天門地户塞。一去不能還。雖得存裡嗣。使子常塞心。逆天違地理。災考加子身。神能易生死。由子行不真。三十六天道。

終卒歸無形。○老子化胡經十。又廣弘明集九周甄鸞笑道論引身、秦、間、人、年、秦、瞋七韻。

“萬元一昇仙”的“元”字應是“无”，“輪轉五道頭，萬无一昇仙”是説八萬四千弟子悉皆輪迴五道之中，没有一人得以昇仙。下句“吾子三天上”，“子”原卷實寫“在”，應據改。

我身西化時。登上華嶽山。舉目看崑崙。須彌了乚懸。矯翼履清虚。倏忽到西天。但見西王母。嚴駕欲東旋。玉女數萬千。姿容甚麗妍。天姿絶端嚴。齊執皇靈書。誦讀仙聖經。養我同時姝。將我入天庭。皇老東向坐。身體皦然明。授我仙聖道。接度天下賢。○老子化胡經十。

第六句“倏忽到西天”，原卷寫“天西”，“西”似乎不押韻，但《玄歌》後面《太上皇老君哀歌七首》之一，有“暮到於天西”之句，“西”字亦與“旋”、“天”、“間”等同爲韻腳，則本首“天西”似未便不加説明地徑改爲“西天”。

我昔西化時。登上華嶽山。北向視玄冥。秦川蕩然平。漢少雜類多，不信至真言。吾後千餘年。白骨如丘山。屍骸路草野。流血成洪淵。不忍見子苦。故作大秦吟。哀歎廿頭。此句缺一字。以示通中賢。見機降時世。不值苦以辛。○同上

“屍骸路草野”的“路”當作“露”。“哀歎廿頭”，逯注“此句缺一字”，其實原文“廿”即是“二十”，並無缺字，其費解的原因，在於“頭”是“頌”字形誤，此句作“哀歎二十頌”，蓋承上句“故作大秦吟”而下，謂所作《大秦吟》，共有二十首頌詞，頌即偈頌也。又下句“以示通中賢”，倘與第七首“三界里中賢”對照，則此首“通”字或亦應是“里”字。

我昔化胡時。西登太白山。脩身巖石里。四向集諸仙。玉女檐漿酪。仙人歌玉文。天龍翼從後。白虎口馳剮。玄武負鍾鼓。朱雀持幢幡。化胡成佛道。丈六金剛身。時與決口教。後當存經文。吾昇九天後。尅木作吾身。○同上

第五句"檐"原卷實作"擔"。第六句"仙人歌玉文"與上句的"玉女"字複,原卷實寫"經文"。第八句末字應是"齗"字,露齒貌。

我昔離周時。西化向罽賓。路由函關去。會見尹喜身。尹喜通窈冥。候天見紫雲。知吾當西過。沐浴齋戒身。日夜立香火。約勑守門人。執簡迎謁請。延我入皇庭。叩搏亦無數。求欲從我身。道取人誠信。三日口不言。吾知喜心至。遺喜五千文。欲得求長生。讀之易精神。將喜入西域。遷喜爲真人。○同上

我西化胡時。涉天靡不遥。牽天覆六合。艱難身盡嬰。胡人不識法。放火燒我身。身亦不缺損。乃復沉深瀏。龍王折水脈。復流不復行。愚人皆哀歎。枉此賢人身。吾作騰波炁。起立上著天。日月頭上暾。光照億萬千。胡王心方悟。知我是聖人。叩頭求悔過。今欲奉侍君。伏願降靈氣。怒當作恕。活國土人。吾視怨家如赤子。不顧仇以嫌。化命一世士。坐卧誦經文。身無榮華餝。後畢得昇天。

"乃復沉深瀏"句,"瀏"字原卷實寫"渕",乃"淵"字別體,《增訂碑別字》卷二,《唐李扶墓志銘》"淵"字即作如此書。下句"龍王折水脈","折"原卷作"析"。再下句"復流不復行",上"復"字疑應作"澓","澓流",漩流也。"不顧仇以嫌"句,"以"通作"與"。"後畢得昇天"句,"畢"當作"必"。

吾告時世人。三界里中賢。欲求長生道。莫愛千金身。出身著死地。返更得生緣。火中生蓮花。爾乃是至真。莫有生煞想。得道昇清天。未負即真信。啞子千金身。○同上

我昔學道時。登崖歷長松。盤屈幽谷里。求覓仙聖公。食服泥洹散。漸得不死蹤。九重室中得見不死童。身體絶華麗。二儀中無雙。遺我元氣藥。忽然天聖聰。○同上

“九重室中得見不死童”以九字爲句,與《化胡歌》八首通例不合,“中”字下應脱一字,作五言二句:“九重室中□,得見不死童。”

從《化胡歌》八首看來,《玄歌》雖是宗教作品,但並非通篇抽象術語,而是有一定的情節和文采,如果我們將《玄歌》和魏晉之際的玄言詩相比較,便會覺得《玄歌》更有詩味。逯氏將它們作爲文學作品,悉數收入《北魏詩》,是有見地的。

敦煌詩歌中的另一組道教詩歌,是伯三八六六李翔《涉道詩》詩集,共有七言律詩二十八首。按内容可分爲三類:一、遊覽道教勝蹟者,有《看縉雲山圖》、《百步橋》、《投龍池》、《頂湖》、《石鶴》、《謝公石罇》、《童子山》、《許真君鐵柱》、《題麻姑山廟》、《軍山前馬退石》、《登臨川仙臺觀南亭》、《寄題尋真觀》、《宿西山凌雲觀》、《秋日過龍興觀墨池》、《舞鳳石》等,共十五首。二、吟詠道教神話者,有《馬明生遇王婉羅》、《魏夫人歸大霍山》、《馮雙禮珠彈雲璈以答歌》、《魏夫人受大洞真經》、《衛叔卿不賓漢武帝》、《小有王君别西域總真》、《題金泉山謝自然傳後》等,共七首。三、道友贈答唱和者,有《嚴尚書重浚横泉井》、《謝梁尊師見訪不遇》、《獻龍虎山張天師》、《寄麻姑山喻供奉》、《覽鍊師張殷儒詩》、《西林寺與樵鍊師賦得階下泉》等,共六首。下面選録兩首爲例,用林聰明校録本①。

①見林聰明《敦煌本李翔涉道詩考釋》,載《敦煌學》第七輯。

許真君鉄柱

恐老蛟重作患深，獨埋鉄柱至如今。根牢直下蟠江底，勢壯長留鎮郡心。神鬼每聞趍夜後，風雷不敢犯塘陰。無因更走横泉窟，壓斷祁精氣永沈。

楚按，第一句原文顯然有誤，故王重民輯録、劉修業整理之《〈補全唐詩〉拾遺》有注云："首句有誤，疑當作'深恐老蛟重作患'。"今按，《涉道詩》其餘二十七首，首句皆入韻，此首不應獨異，故我懷疑應作"重恐老蛟作患深"，"深"與"今"、"心"、"陰"、"沈"爲韻。此首詠許真君鎮蛟事，與上首《嚴尚書重浚横泉井》同用許真君典故。許真君即許遜，西晉著名道士，《雲笈七籤》卷一一七《道教靈驗記·嚴譔掘洪州鐵柱驗》：

洪州鐵柱，神仙許真君所鑄也。晉朝豫章有巨蛟長蛇水獸肆害於人，許君與其師吴君得正一斬邪三五飛步之術，制禦萬精，自潭州井中奮劍逐蛟，出於此井。君出謂吴君曰："此井之下，蛟螭所穴，若不鎮之，每三百年一度爲民之害，後來復何人制之！"役鬼神運鐵數百萬斤，鑄於井中，溢於井外數尺，屹若柱焉。於井之下，布巨索八條，以鏁地脈。自是鍾陵之境無妖惑之事，無墊溺之災。誓之曰："後人壞我柱者，城池湴没，江波泛溢！"人皆知之，固不敢犯。或有漁人敲柱上鐵，用墜其網，所損頗甚，近亦官中禁之。嚴譔節制江西，信誹毁之詞，使人掘鐵柱，將欲碎之，迅霆大擊，江波遽溢，掘未二三尺，城池震動，内外驚懼，譔方信之，焚香告謝而止。柱側道院爲其所毁，近亦再修矣。

此首末句的"祁精"，指淮渦水神"無支祁"，這裏比喻蛟精。《太平廣記》卷四六七《李湯》（出《戎幕閑談》）：

(李)公佐訪古東吴,從太守元公錫泛洞庭,登包山,宿道者周焦君廬。入靈洞,探仙書,石穴間得古《岳瀆經》第八卷,文字古奇,編次蠹毁,不能解。公佐與焦君共詳讀之。禹理水,三至桐栢山,驚風走雷,石號木鳴,五伯擁川,天老肅兵,不能興。禹怒,召集百靈,搜命夔龍,桐栢千君長稽首請命。禹因囚鴻蒙氏、章商氏、兜盧氏、犂婁氏,乃獲淮渦水神,名無支祁,善應對言語,辨江淮之淺深,原隰之遠近。形若猿猴,縮鼻高額,青軀白首,金目雪牙,頸伸百尺,力踰九象,搏擊騰踔,疾奔輕利,倏忽聞視不可久。禹授之章律,不能制;授之烏木,由(猶)不能制;授之庚辰,能制。鴟脾桓木魅水靈山妖石怪,奔號聚遶以數千載,庚辰以戰逐去。頸鏁大索,鼻穿金鈴,徙淮陰之龜山之足下,俾淮水永安流注海也。庚辰之後,皆圖此形者,免淮濤風雨之難。即李湯之見與楊衡之説,與《岳瀆經》符矣。

按此篇本文,應是李公佐撰。公佐乃白居易友人,以撰傳奇小説著稱,尚有《南柯太守傳》、《謝小娥傳》、《廬江馮媪傳》傳世。《岳瀆經》今已失傳,或云並無其書,乃公佐虚構,小説家言也。李翔此詩用了"祁精"典故,自然寫在公佐之文廣泛流傳之後也。

題金泉山謝自然傳後

蹔謫歸天固有程,虚皇還召赴三清。簫歌近向峰頭合,羽駕低臨洞口迎。自换玉衣朝上帝,豈關金格注生名。門人未得隨師去,雲外空聞好住聲。

楚按,韓愈有《謝自然詩》,題下原注:"果州謝真人上昇在金泉山,貞元十年十一月十二日白晝輕舉。郡守李堅以聞,有詔褒諭。"詩云:

果州南充縣,寒女謝自然。童騃無所識,但聞有神仙。輕生學其術，乃在金泉山。繁華榮慕絶，父母慈愛捐。凝心感魑魅，慌惚難具言。一朝坐空室，雲霧生其間。如聆笙竽韻，來自冥冥天。白日變幽晦，蕭蕭風景寒。簷楹暫明滅，五色光屬聯。觀者徒傾駭，躑躅詎敢前。須臾自輕舉，飄若風中煙。茫茫八紘大，影響無由緣。里胥上其事，郡守驚且歎。驅車領官吏，甿俗争相先。入門無所見，冠履同蜕蟬。皆云神仙事，灼灼信可傳。余聞古夏后，象物知神姦。山林民可入，魍魎莫逢旃。逶迤不復振，後世恣欺謾。幽明紛雜亂，人鬼更相殘。秦皇雖篤好，漢武洪其源。自從二主來，此禍竟連連。木石生怪變，狐狸騁妖患。莫能盡性命，安得更長延。人生處萬類，知識最爲賢。奈何不自信，反欲從物遷。往者不可悔，孤魂抱深冤。來者猶可誡，余言豈空文。人生有常理，男女各有倫。寒衣及飢食，在紡績耕耘。下以保子孫，上以奉君親。苟異於此道，皆爲棄其身。噫乎彼寒女，永託異物群。感傷遂成詩，昧者宜書紳。

韓愈碩儒，以攘斥佛老爲己任，故議論如此。然而亦可見謝自然白日上昇事，上達朝廷，盛傳一時。《太平廣記》卷六六《謝自然》（出《集仙録》）載此事極詳。此詩云題謝自然傳後，或即指《集仙録》所載之自然傳歟？

《涉道詩》是《全唐詩》不載的佚詩，作者李翔亦非知名之士。據吴其昱考證，很可能是《新唐書・宗室世系表》所載之李涉，懿宗咸通（八六〇～八七二）中或已六十餘歲，曾官福建莆田尉①。果否如此，仍是有待繼續研究的問題。

敦煌遺書中的單篇道教詩歌數量不多，下面是林聰明據斯五六四八校録的《小遊仙詩》（引自《敦煌俗文學研究》二四一頁）：

①説見吴其昱《李翔及其涉道詩》，載《道教研究》第一册，東京昭森社一九六五年十二月出版。

瀧動□□門半開，青重留客不教迴。東峯一道白雲起，且座先生則到來。

第一句的“瀧動”疑即“龍鍾”。第二句的“重”爲“童”字形誤。末句“座”通“坐”。這首詩雖以“遊仙”爲題，其實是寫人間之事。作者去山上拜訪一位道友，恰逢道士外出，祇有道童守門，勸客人小坐稍候，先生不久即歸也。如此平凡之事，卻寫得飄飄然有煙雲氣，難怪以“遊仙”爲題也。

附：景教詩頌

這裏附帶提到，敦煌藏經洞發現的宗教文獻，除了佛教和道教經籍外，還有景教和摩尼教經書，其中也有詩體頌詞，如伯三八四七景教《三威蒙度讚》：

無上諸天深敬歎，大地重念普安和。人元真性蒙依止，三才慈父阿羅訶。一切善衆至誠礼，一切慧性稱讚歌。一切含真盡歸仰，蒙聖慈光救離魔。難尋無及正真常，慈父明子浄風王。於諸帝中為師帝，於諸世尊為法皇。常居妙明無畔界，光威盡察有界疆。自始無人嘗得見，復以色見不可相。惟獨純凝清浄德，惟獨神威無等力。惟獨不轉儼然存，衆善根本復無極。我今一切念慈恩，歎彼妙樂照此國。彌訶普尊大聖子，廣度苦界救無億。常活命王慈喜羔，大普耽苦不辭勞。願捨群生積重罪，善護真性得無繇。聖子端任父右座，其座復超無㠭(頂)高。大師願彼乞衆請，降栰使免火江漂。大師是我等慈父，大師是我等聖主，大師是我等法王，大師能為普救度。大師慧力助諸羸，諸目瞻仰不蹔移。復與枯燋降甘露，所有蒙潤善根滋。大聖普尊彌施訶，我歎慈父海藏慈。大聖謙及浄風性，清凝法耳(身)不思議。

景教是基督教的一派，由叙利亞教士聶斯脱里創立。唐太宗貞觀九年（六三五），叙利亞教士阿羅本來到長安傳教，太宗派宰相房玄齡出西郊迎接，從此景教流入中國。下面是馬克萊主教對上述《三威蒙度讚》的譯文的漢譯①：

榮耀歸於至高無上的神，願大地平安，美好之盼望歸於人。我們崇拜您，頌揚您、贊美您。聖父、聖子、聖靈、諸王之王、諸帝之帝，您來自永恒，隱真性而無法測度。您居榮光之中，無人得見，也不能見。惟獨您最神聖、神威浩瀚、亘古常在。我們通過我們的耶穌基督、彌賽亞、世界之救主和上帝之子向您懺悔。噢！真主的羔羊，願您憐憫我們，帶走世間罪。您端坐聖父之右，請接受我們的要求。因爲您是我們的上帝、您是我們的主、您是我們的王、您是我們的救主。願您饒恕我們的罪惡。世人都仰望您。耶穌基督，榮耀永遠歸於慈父上帝、歸於您、歸於聖靈。阿門！

①引自中華書局一九八四年十一月版《一五五〇年前的中國基督教史》六四～六五頁，[英]阿·克·穆爾著，郝鎮華譯。

第三章　民間詩歌

敦煌詩歌中有大量民間詩歌,它們的作者是生活在民間的知識分子,或者就是民衆自己。它們通常是採用民衆喜聞樂見的形式,用接近口語的通俗語言創作,用來向民衆普及教育,傳播知識,表現民衆的情感,娱樂民衆的生活。這些作品基本上都是不見於《全唐詩》的佚詩,全賴敦煌藏經洞的保存而重現於世。實際上,在我國古代的民間,一直是流行著許多通俗詩歌的,衹是由於種種原因,在漫長的歷史淘汰中,這些民間詩歌首當其衝,絶大部分失傳了。敦煌藏經洞封閉在將近千年以前,時間不再能够衝刷其中的古代遺書,因此藏經洞一旦打開,我們有緣看到千年前流傳在敦煌民間的詩歌,感受到當時民衆的生活氣氛和思想情緒,這是十分幸運的。下面就分爲詠經典、詠史事、節令詩、家訓詩、禮俗詩、學郎詩、雜體詩、歌謡、其他等幾類,加以介紹。

第一節　詠經典

詠經典是將經典的内容,用通俗的詩句加以演繹,以使一般民衆都能接受,潛移默化,達到“化俗”的目的。因此,這是一種通俗的思想教育方式。敦煌遺書中保存的這類詩歌,既有演繹儒家經典《孝經》的,也有演繹佛教經典《金剛經》的。發動這場通俗的思想教育運動的人,是唐玄宗,在這以前,從來没有過以通俗詩歌櫽括經典内容的先例。唐玄宗提倡三教並重,爲此特地"御注"了《孝經》、《老子》、《金剛經》,頒行天下。正是在最高統治者的倡導下,在民間纔出現了以通俗詩歌演繹《孝經》、《金剛經》的化俗運動(吟詠《老子》的通俗詩歌雖未發現,想來當時也是有的)。伯二七二一《新集孝經十八章》(皇帝感)說:"新歌舊曲遍州鄉,未聞典籍入歌場,新合孝經皇帝感,聊談聖德奉賢良。"可見這是亘古未有之局。又說:"歷代已來無此帝,三教内外總宣揚,先注孝經教天下,又注老子及金剛。"揭示了這類歌詩産生的背景。

吟詠《金剛經》的通俗詩歌《金剛經讚文》有伯三六四五、伯二七二一(題作《開元皇帝讚金剛經》)、伯二〇九四(題作《開元皇帝讚金剛經功德》)、斯五四六四(存前八句)。下面是陳祚龍據伯二〇九四及伯二七二一的校録本(引自《敦煌學海探珠》一六三～一六九頁):

開元皇帝讚金剛經

金剛一卷重須彌。所以我皇偏受持。八萬法門皆了達。慧眼他心踰得知。比日談歌是舊曲。聽取金剛般若詞。開元皇帝親自註(陳按:一作注)。至心頂禮莫生疑。此經能除一切苦。發心天眼預觀知。莫被無明六賊引。昏昏終日執愚癡。世尊涅槃無量劫。過去百億阿僧祇。國王大臣傳聖教。我皇敬信世間稀。每月十齋斷宰殺。廣修善業度僧尼。胎生卵生懃念佛。勇猛精進大慈悲。厭見宫中五欲樂。了知身相是虚危。一國帝王猶覺悟。何況凡俗不思惟。昔日提婆是國主。爲求妙法捨嬪妃。苦行精懃大乘教。身爲奴僕事阿私。今帝聖明超萬國。舉心動念預觀知。文武聖威遍天下。萬姓安寧定四夷。自注金剛深妙義。蠢動含靈皆受持。護法神傳善當應。諸天讚歎不隨宜。白馬馳來敬壽寺。寶車幡蓋數重圍。名僧手持香花引。仙人駕鶴滿空飛。八難廻生極樂國。五濁翻成七寶池。開元永定恒沙劫。魔王外道總降依。萬歲千秋傳聖教。猶如劫石拂天衣。只是衆生多有福。得逢諸佛重器時。金剛妙理實難詮。一切經中我總懸。佛布黄金遍地滿。擬買祇陀太子園。八部鬼神隨從佛。雁塔龍宫滿化天。祇樹引枝承鳥語。下有金砂洗足泉。食時持鉢舍衛國。廣引衆生作福田。世尊爾時無我相。須菩提瞻仰受斯言。四果六通爲上品。龍宫受樂是生天。轉輪聖王處仙位。神武皇帝亦如然。又説昔爲歌利王。割截身肉得生天。尸毘捨身救鳩鴿。阿羅漢聖果及三千。閻浮衆生戀火宅。我皇引出遣生天。一切有情如赤子。但是百姓悉皆怜。既得阿耨多羅果。又共諸佛結因緣。百劫千生不退轉。功德無量亦無邊。非但兩京諸寺觀。十方世界亦如然。總是金剛深妙義。弟子豈敢謾虚傳。

楚按,以上録文中,"護法神傳善當應"句陳注:"自神至應,原本一作神專善當應,一作善神專肋衛。"今按此句應作"護法善神專脇衛",原本"肋"爲"脇"字形誤,"脇衛"謂侍立在兩傍護衛。又"白馬馳來敬壽寺"句陳注:"馳,原本一作馱經。"今按"馳"字應據一本"馱"即"馱","白馬馱經"乃佛教史上的著名傳説。據《洛陽伽藍記》卷四,東漢明帝遣使西域求佛法及佛經,時白馬負經而來,是爲佛經傳入中國之始。

這篇讚文提出:"開元皇帝親自注,至心頂禮莫生疑。"可見是宣傳玄宗御注《金剛經》的。不過《金剛經》雖然是一部流行很廣的經典,但是它的思想是不容易被一般民衆理解的。因爲《金剛經》是屬於"般若"一系的經典,它闡發的是"一切皆空"的思想,對於終日爲謀求衣食而勞碌的民衆來説,它的那一套理論實在太玄虚了,所以讚文也感歎"金剛妙理實難詮"。因此,《金剛經讚文》的一個突出特點,是它基本上放棄了對深奥的《金剛經》經義的闡發,而用一些容易被民衆理解的其他佛教事理來代替。文中"食時持鉢舍衛國,廣引衆生作福田,世尊爾時無我相,須菩提瞻仰受斯言"幾句,是演繹《金剛經》的内容,但祇是虚晃一槍,點到而已。其他佛教故事,多非出自《金剛經》者。如"昔日提婆是國主，爲求妙法捨嬪妃，苦行精懃大乘教，身爲奴僕事阿私”，本是《妙法蓮華經・提婆達多品》的故事，因爲民衆習聞熟知（伯二三〇五《妙法蓮華經講經文》即鋪演此事），所以被援引來充數。此外如“布金買園”、“割截身肉”、“捨身救鴿”等佛經故事，也都是流傳民間，深入人心，所以也一一被作者順手拈來，借花獻佛。至於“每月十齋斷宰殺，廣修善業度僧尼”等，並不是《金剛經》的思想。在讚文的最後，作者自稱“總是金剛深妙義，弟子豈敢謾虚傳”，實在是自我吹嘘的話。

演繹《孝經》的通俗作品現存兩種。一種是“皇帝感”詞：伯二七二一，題作“新集孝經十八章”，殘存十二首。伯三九一〇，前題《新合孝經皇帝感辭一十一首》，後題《新合孝經一卷》，辭僅五首。斯〇二八九、斯五七八〇，雖題爲《千文皇帝感》，其中有六首實是演繹《孝經》之文。任半塘綜合以上四本校理爲《皇帝感》（新集孝經十八章）辭共十八首，收入《敦煌歌辭總編》卷三。另一種演繹《孝經》的通俗詩是楊滿山《詠孝經壹拾捌章五言》，有伯二六三三、伯三三八六、伯三五八二、伯三九一〇等寫本，其中第二、三種實爲一卷，斷裂爲兩段。下面是陳祚龍據上述四本整理的校録本（引自《敦煌學海探珠》五一～五七頁）：

詠孝經壹拾捌章五言

楊滿山一名滿川撰

開宗明義章第一

欲得成人子。先須讀孝經。義章恩最重。莫著髮膚輕。和睦爲宗祖。温柔是弟兄。立身於此道。於後乃揚名。

天子章第二

聖主憂黎庶。偏念本二親。一心思愛敬。不許慢於人。百姓蒙恩教。刑於四海賓。天子乃感應。賴及萬方均。

諸侯章第三

在上君臣令。諸侯盡不驕。滿而專怕溢。富貴自然超。國泰何忤舜。人安更勝堯。兢兢扶社稷。如履薄冰銷。

第一句,“令”當作“合”。第五句陳注:“忓,‘甲本’作忏。”楚按甲本是,“何忏”即何干,亦即何關。“國泰”二句言倘若遵行《孝經》之教,自能國泰民安,不待堯舜也(第六句“人安”即“民安”,避太宗諱也)。“忏”通“干”,如白居易《傷宅》:“洞房温且清,寒暑不能忏。”

卿大夫章第四

相國三臺輔。官連九寺卿。大夫依法服。非道不曾行。行滿無怨惡。言規有典刑。事君仍匪懈。夙夜在和羹。

士章第五

事父兼之母。資君愛敬同。早晨長侍省。夜寐念祇供。竭力於家孝。傾心向國忠。如斯行孝道。實乃好門風。

庶人章第六

若用天之道。何愁地不隨。謹身風雨順。尅儉感神祇。分利供甘脆。寒温又製衣。孝無終始事。永報衆人知。

三才章第七

混沌初分了。從兹曆蒙開。天經通地義。萬物屬三才。行孝人爲本。於身最善哉。道之成禮樂。風景就門來。

孝治章第八

昔者明王化。無爲海更深。八方歸順美。萬國盡歡心。愛敬雖然寬。和平善友宗。高傳行孝治。上下此心同。

第四句陳注:“心,‘甲本’、‘乙本’並作欽。”按兩本作“欽”自可通,不必定改爲“心”。第五句陳注:“寬,‘甲本’作寡。”按此字應是仄聲字,甲本作“寡”是。“愛敬雖然寡”是倒裝句法,言雖然是鰥寡,猶愛敬之,即《孝經》本章所云“治國者不敢侮於鰥寡”之意。末句陳注:“此,‘甲本’、‘乙本’並作自。”按兩本皆作“自”,是,“自心同”謂自然同心也。

聖治章第九

聖德高難問。明王以配天。周公安社稷。孝義乃爲先。宇宙人爲貴。君親最嚴焉。從來邦有道。不及大中年。

紀孝行章第十

父母專承事。方知莫遠遊。安居存致敬。疾病則懷憂。五者須圓備。三牲不要修。若能學董永。萬代是風流。

五刑章第十一

五刑根原重。三千罪不輕。無親極大亂。非法更加刑。背父輕慈母。憐兒侵弟兄。鄉川存此輩。終是惡人形。

廣要道章第十二

要道如何廣。須知禮義宗。父慈傳子孝。兄友弟須恭。鰥寡非輕侮。歡心萬里同。子游能易俗。實是好門風。

第六句陳校:"心,原本作欽。"按原本作"欽"是,不必改字。

廣至德章第十三

至德先王禮。非家日見之。親能行孝敬。不使孝有虧。禮樂流今古。寒温世代稀。此天風化遠。率土盡皆歸。

第五句陳校:"流,原本作留。"按原本"留"字不必改。

廣揚名第十四

莫悜揚名廣。貪弘禮性寬。可移於敬裹。兄悌莫爲難。治理居家長。人而善事官。行成於此内。方見子孫安。

標目"名"字下脱"章"字。第一句陳注:"悜揚,原本作悋楊。"楚按原本"悋"字是"恠"字形誤,同"怪",此句作"莫怪揚名廣"。第二句"貪"字應是"含"字形誤,"含弘"謂器量寬厚,如嵇康《幽憤詩》:"大人含弘，藏垢懷恥。”又原文“禮”字應是“體”字形誤，“體性”即性情，如《文選》卷四七袁宏《三國名臣序贊》：“子瑜都長，體性純懿。”此句作“含弘體性寬”。第三句陳注：“敬，原本作故。”按原本“故”字不誤，但下字“裏”應作“里”，“故里”即故鄉、鄉里，此句作“可移於故里”。第四句陳注：“悌，原本作弟。”按原本“弟”字不誤，“兄弟莫爲難”即兄弟和順之意。

諫諍章第十五

曾子偏慈愛。論中第一人。則闡揚名易。恭敬自安親。父過脱由子。君非諫在臣。世間何事貴。忠孝是名珍。

第三句費解，“闡”字原卷實作“聞”，應改正。

感應章第十六

孝義通天地。情深感應彰。嚴冰泉滿出。魚躍爲王祥。義重如荆茂。終於四海光。鬼神先著矣。生死共稱揚。

第三句“滿”字原卷作“涌”，應改正。第五句陳注：“如，原文作二。”按原本“二”字乃“三”字之誤，並非“如”字。“三荆”與下句“四海”爲對，用田真兄弟事，見《太平御覽》卷四二一引《續齊諧記》：“田真兄弟三人，家巨富而殊不睦。忽共議分財，金銀珍物，各以斛量，田業生貲，平均如一。唯堂前一株紫荆樹，花葉美茂，共議欲破爲三，人各一分，待明就截之。爾夕樹即枯死，狀火燃，葉萎枝摧，根莖燋悴。真至攜門（鋸）而往之，大驚，謂語弟曰：樹本同株，聞當分析，所以燋悴，是人不如樹木也。因悲不自勝，便不復解樹。樹應聲遂更青翠，華色繁美。兄弟相感，更合財産，遂成純孝之門。真以漢成帝時爲太中大夫。”

事君章第十七

君子皆懷德。謙謙備紀綱。進思於上下。竭力奉明王。將順和爲美。忠心萬物藏。報恩何日忘。匡救是尋常。

喪親章第十八

先天尋常事。喪儀禮法多。哀哉移晦朔。攀慕自喘哦。祭祀安宗厝。春秋痛奈何。賣身學董永。孝道不如他。

第一句"先"字是"失"字形誤,"失天"即喪親,《詩·鄘風·柏舟》"母也天只",毛傳:"天,父也。"第五句"喘哦"原卷作"遄娥",倹校。第五句"厝"字爲"庿"字形誤,同"廟"。《孝經》本章正有"爲之宗廟,以鬼享之"之語。

本篇共十八首,分别演繹《孝經》十八章大意。作者楊滿山應是下層文士,本非名人,故不見記載。陳氏於作者署名"楊滿山一名滿川撰",注曰:"'甲本'只作'楊滿山'三字。'乙本'但作'楊滿川'、'一名滿山'七字。'丁本'唯存'楊滿山'、'一名滿'六字。"可見作者名氏在當時已成問題了。據《聖治章第九》所云"從來邦有道,不及大中年",知此篇作於唐宣宗大中年中(八四七～八六〇),較之前述《皇帝感》(新集孝經十八章)之作於開元天寶年間,晚了大約一個世紀。在前述《皇帝感》的斯二八九和斯五七八〇兩卷,標題原皆作"新合千文皇帝感辭",内容則將檃括《千字文》的歌辭和檃括《孝經》的歌辭混寫在一起,可見在當時民間,人們將這類吟詠經典的作品和吟詠《千字文》的作品看作是性質相同的,即都是生動通俗的啓蒙教材。

第二節 詠史事

敦煌民間流傳着一首吟詠史事的長篇詩歌《古賢集》,有斯二〇四

九、斯六二〇八，伯二七四八、伯三一一三、伯三一七四、伯三九二九、伯三九六〇、伯四九七二，以及彼得堡所藏二八七二等九種寫本。下面是林聰明校録本(引自《敦煌俗文學研究》一九二～二〇四頁)：

秦皇無道枉誅人，選士投坑總被墳。范睢折肋人疑死，誰言重得相於秦。相如盜入胡安學，好讀經書人不聞。孔丘雖然有聖德，終歸不免厄於陳。匡衡鑿壁偷光學，專錐刺股有蘇秦。孫景懸頭猶恐睡，姜肱翫業不憂貧。車胤聚螢而映雪，桓榮得貴賣金銀。造賦題篇曹子建，羅含吞鳥日才新。甯戚馳車秦國相，朱買貧窮被棄身。晏子身微懷智計，雙桃方便煞三臣。許由洗耳潁川渠，巢父牽牛澗上驅。夷齊餓首陽山下，遊巖養性樂閑居。荆軻入秦身未達，不解琴吟反自誅。蘇武落蕃思漢帝，身憑雁足與傳書。燕王被囚烏救難，干將造劍喪其軀。爲父報讎眉間尺，直諫忠臣午子胥。結草酬恩魏武子，萬代傳名亦不虚。靈輒一食扶輪報，隨侯賜藥獲神珠。太公少年身不遇，八十屠鈎(釣)自釣魚；有幸得逢今帝主，文王當喚召同車。江妃淚染湘川竹，韓朋守死嘆貞夫。蜀地救火有樂巴，發使騰星檢不賒。東方入海求珍寶，船頭迴面笑官家。董仲書符去百惡，孫賓善卜辟妖邪。張騫奉使尋河路，王母乘龍載寶花。歎念閻浮漢武帝，賫粮奉命度流沙。誰見牽牛别織女，唯聞海客鎮乘查。延陵留劍掛松枝，墳下亡人具(詎)得知。伯桃併粮身受死，參辰無義競妻兒。庭樹三荆恨分别，恒山四鳥嘆分離。割袖分桃漢武帝，楊朱歧路起慈(愁)悲。曾參至孝存終始，一日三省普天知。王寄三牲猶不孝，慈母懷愁鎮抱飢。孟宗冬笋供不闕，郭巨夫妻生葬兒。董永賣身葬父母，感得天女助機絲。高柴泣血傷脾骨，蔡順哀號火散離。思思可念護(復)思思，孝順無過尹伯奇。文王得勝忘朋友，放火燒山覓子推。子夏賢良能易色，顔淵孔子是明師。〔集合古賢作聚韻，故令千代使人知。〕

楚按,詩中"王母乘龍載寶花","載"應作"戴"。《敦煌變文集》卷二《前漢劉家太子傳》:"西王母頭戴七盆花,駕雲母之車,來在殿上。"蔣禮鴻《敦煌變文集校記録略》云:"'盆'丙卷作'笙',是對的。宋陳元靚《歲時廣記》卷二八引《漢武帝故事》:'王母乘雲車而至,玉女馭,母戴七勝。''七笙'即'七勝'。"此詩之"戴寶花",即指戴七勝花也。又"思思可念護(復)思思"句,當作"思之可念復思之",蓋"之"字形似重文記號,"思之"遂誤作"思思"也。又全詩最後兩句"集合古賢作聚韻,故令千代使人知",不知何故被林本遺漏,前面已經補上。這兩句是全詩的總結,詩題《古賢集》,就是"集合古賢作聚韻"的意思,亦即集合古代賢人的事蹟加以歌詠。它的作用是普及歷史知識,好比是通俗的歷史教科書。從内容看,有兩點值得注意。一是其中有不少人物故事,並不載於正史,或見於稗官小説,或者是流行於民間的傳説故事,如云"江妃淚染湘川竹,韓朋守死嘆貞夫",如云"董仲書符去百惡,孫賓善卜辟妖邪",如云"誰見牽牛别織女,唯聞海客鎮乘查",如云"董永賣身葬父母,感得天女助機絲",等等,其中有些人物故事是敦煌通俗文學作品描寫的題材,這説明了《古賢集》的通俗性質,它的對象是一般下層民衆,主要是民間學童。二是其中集中寫了一些古人勸學的故事,如"匡衡鑿壁偷光學,專錐刺股有蘇秦。孫景懸頭猶恐睡,姜肱翫業不憂貧。車胤聚螢而映雪,桓榮得貴賣金銀",這不是偶然的,因爲《古賢集》具有蒙書的性質,所以用這些古人勸學的故事來激勵學童勤奮求學。和官方的史書不同,《古賢集》並没有從三皇五帝、堯舜禹湯説起,既不羅列改朝换代的過程,也不重視帝王將相的作用。它所歌詠的"古賢"十分龐雜,包括了三教九流、各色人等,乃至神話傳説中的人物。然而在這些人物身上,卻寄託了下層民衆的是非觀念、道德標準。所以《古賢集》是一部體現普通民衆思想意識的通俗歷史教科書。其中"孫景懸頭猶恐睡"事,據《藝文類聚》卷五五引《後漢書》曰:"孫敬,字文質,好學,閉户讀書,不堪其睡,乃以繩懸之屋梁,人曰閉户先生。"《古賢集》書"敬"作"景"者,避諱故也。按後晉高祖名石敬瑭,又宋太祖趙匡胤祖父名敬,故知《古賢集》各種抄本,書寫時代不得早於五代。至於《古賢集》的創作時代,則很可能是在蒙書盛行的中晚唐時期。

第三節　節令詩

敦煌民間詩歌中的節令詩,主要有《詠九九詩》和《詠二十四氣詩》兩種。前者見伯四〇一七號卷子,下面是陳祚龍校録本(引自《敦煌學海探珠》一四二～一四四頁):

詠九九詩一首　　佚名

一九冰頭萬葉枯。北天鴻雁過南湖。霜結草頭敷翠玉。露凝條上撒珍珠。二九嚴凌切骨寒。探人鄉友覺衣單。群鳥夜投高樹宿。鯉魚深向水中攢。三九飈流寒正交。朔風如箭雪難消。南坡東地周荒壖。往來人使過水橋。四九寒風不掩心。鳥棲猶自選高林。參没未知過半夜。平明辰在中天心。五九殘冬日稍長。金烏□映漸近堂。惟報學生須在意。每人添誦兩三行。六九衣單敢出門。朝風慶賀得陽春。南坡未有蓂蓂動。犬來先向北陰存。七九黄河已半冰。鯉魚驚散堂頭行。喜鵲銜柴巢欲壘。去年秋雁却來聲。八九蓂蓂應日生。陽氣如雲遍地青。鳥向林間催種穀。人於南畝已深耕。九九凍蒿自合興。農家在此樂轟轟。樓中透下黄金秤。平原隴上玉苗生。

楚按,下面是幾點補校意見。一、“霜結草頭敷翠玉”句,陳注:“頭敷翠,原本作投敫碎。”按所校前二字皆是,第三字原寫“碎”字不誤,改爲“翠”字,反失事理,枯草結霜,豈有翠绿之色? 二、“探人鄉友覺衣單”句,“鄉”通作“嚮”、“向”,“嚮友”即訪友。三、“三九飈流寒正交”句,陳

注:“颼,原本作搜。”按“流”字亦應作“飀”,“颼飀”乃風聲。四、“往來人使過水橋”句,“水”字應是“氷”字之誤,同“冰”。此句言三九時河水凍透,往來人使可以履冰而過,安穩猶如過橋也。五、“惟報學生須在意”句,“惟”當作“爲”。六、“南坡未有蓂蕛動”句,陳注:“蓂蕛,原本作寞弟。”按此二字本篇兩次出現,仍俟再校。七、“七九黄河已半冰”句,“半”當作“泮”。冰化爲“泮”,《詩·邶風·匏有苦葉》:“士如歸妻,迨冰未泮。”毛傳:“泮,散也。”八、“鯉魚驚散堂頭行”句,“堂”當作“當”,“當頭”猶云“分頭”,伯三四一八王梵志詩:“欲似鳥作群,驚即當頭散。”九、“九九凍蒿自合興”句,陳注:“蒿,原本作高。”按原本“高”字乃“皋”字音誤,上字“凍”則應作“東”,“東皋”泛稱田野,陶淵明《歸去來兮辭》:“登東皋以舒嘯,臨清流而賦詩。”此句言九九之日,東皋自應興起農事。十、“樓中透下黄金稈”句,陳注:“稈,原本作粺。”按此字應是“籽”字。又此句首字“樓”當作“耬”,即耬車,《農政全書》卷二一《農器》:“耬車,其制兩柄上彎,高可三尺,兩足中虚,闊合一壟,横桄四匝,中置耬斗,其所盛種粒,各下通足竅。仍旁挾兩轅,可容一牛,用一人牽傍,一人執耬,且行且搖,種乃自下。”此句“耬中透下黄金籽”,即是以耬車播種的情形。

我國古代有“數九”的説法,從冬至日的次日起數,每九天爲一個階段,數至九九八十一日止。直到現在,各地仍流行着許多“九九”諺語,形象地描寫由漸冷至最冷至轉暖的物候變化過程。由於我國幅員遼闊,氣候不同,所以各地流行的“九九”諺語也很不一致,甚至在一個地區就流行着多種“九九歌”,如内蒙古地區就至少流行着七種“九九歌”①。“九九”的説法至遲在唐代已經流行,薛能《漢廟祈雨回陽春亭有懷》:“九九已從南至盡,芊芊初傍北籬新。”《説郛》(宛委山堂本)卷二〇宋周遵道《豹隱紀談》:“石湖居士(范成大)戲用鄉語云:土俗以二至後九日爲寒燠之候,故諺有‘夏至未來莫道熱,冬至未來莫道寒’之

①見《内蒙古農諺選》上輯三四頁,内蒙古人民出版社一九六五年出版。

語。……冬至後云：一九二九，相唤不出手。三九二十七，籬頭吹篳篥。四九三十六，夜眠如路宿。五九四十五，太陽開門户。六九五十四，貧兒尋意氣。七九六十三，布衲兩瓜瓞。八九七十二，猫兒尋陰地。九九八十一，犁爬（耙）一齊出。范公吴人，不免用鄉語。”敦煌本《詠九九詩》每“九”以七言四句吟詠，是“九九”諺語中最詳盡的一種。

《詠二十四氣詩》存伯二六二四和斯三八八〇兩卷。伯卷原題“盧相公詠二十四氣詩”，依照十二月的順序吟詠每月的節氣和中氣。斯卷先集中詠中氣，再集中詠節氣，中氣缺前五首。卷末題記：“甲辰年夏月上旬寫記，元相公撰，李慶君書。”唐代的“相公”是對宰相的稱呼，兩卷作者署名或作“盧相公”，或作“元相公”，其實都是託名，這組詩應看作是佚名詩。

我國農曆將一年十二個月分爲二十四個節氣，稱爲“二十四氣”。每月有兩氣，月初的叫節氣，月中以後的叫中氣。《周禮·春官·大史》賈公彦疏：“一年之内，有二十四氣：正月立春節，啓蟄中；二月雨水節，春分中；三月清明節，穀雨中；四月立夏節，小滿中；五月芒種節，夏至中；六月小暑節，大暑中；七月立秋節，處暑中；八月白露節，秋分中；九月寒露節，霜降中；十月立冬節，小雪中；十一月大雪節，冬至中；十二月小寒節，大寒中。皆節氣在前，中氣在後。”敦煌本《詠二十四氣詩》的節氣名目與賈疏大致相同，唯一的差别是賈疏“啓蟄”在“雨水”前，詩詠則相反，“雨水”在“驚蟄”前。據阮元《十三經注疏校勘記》曰：“‘正月立春節，啓蟄中；二月雨水節’，閩本同；監、毛本‘啓蟄’、‘雨水’互改，非。按古麻‘啓蟄’在‘雨水’前，不得以後世法改之。”可見敦煌本《詠二十四氣詩》是按照“後世法”，亦即唐代實際曆法寫作的。下面引林聰明校録本正月的二首爲例（引自《敦煌俗文學研究》二三二頁）：

詠立春正月節

春冬移律吕，天地换星霜。冰泮遊魚躍，和風待柳芳。早梅迎雨水，殘雪怯朝陽。萬物含新意，同歡聖日長。

詠雨水正月中

雨水洗春容，平田已見龍。祭魚盈浦嶼，歸雁□山峰。雲色輕還重，風光淡又濃。向看入二月，花色影重重。

《詠二十四氣詩》的文學價值或許不大，它的價值是在普及曆法氣候知識方面，其中有豐富的物候學描寫。中國自古就是重農的國家，自從《詩・豳風・七月》、《禮記・月令》以來，我國古代人民早就有仔細觀察和記録不同季節物象的傳統，這是爲了農業生産服務的，《詠二十四氣詩》正是這一優良傳統的延續。

第四節　家訓詩

中唐以後我國民間蒙學十分發達，蒙書品類繁多，内容多樣。僅敦煌遺書中發現的民間蒙書，數量就很可觀。其中屬於待人處世一類的詩體讀物，當首推《王梵志詩一卷》爲集大成，可與《太公家教》比美，後面將另章介紹。此外還有家訓詩《新集嚴父教》、《崔氏夫人訓女文》和《夫子勸世詞》等。

《新集嚴父教》有斯四三〇七、斯四九〇一、伯三七九七等三種寫本，現綜合校理如下：

新集嚴父教一本

家中所生男，常依嚴父教。養子切須教，逢人先作笑。禮則大須學，尋思也大好。

遣子避醉客，但依嚴父教。路上逢醉人，抽身以下道。過後卻來歸，尋思也大好。

忽逢鬭打處，但依嚴父教。饒取自然作，叉手卻陪笑。忍取最爲精，尋思也大好。

不用争人我，但依嚴父教。能得寄(幾)時活，不久相看老。罵詈佯不聞，尋思也大好。

家中學侍用，孝順伯親老。處分莫相違，但依嚴父教。枷杖免及身，尋思也大好。

市頭學經紀，但依嚴父教。㪷秤莫崎嶇，二人相交道。買賣事須平，尋思也大好。

欲擬出門前，但依嚴父教。無事莫夜行，免交人説道。日在即來歸，尋思也大好。

我勸世間人，但依嚴父教。君子有困窮，小人貧竊盜。三乞勝一偷，尋思也大好。

酒後觸悮人，不知有親老。過後却來歸，好箇煞之奥。記取嚴父言，尋思也大好。

題名《新集嚴父教》，可見是重新編定的，本非出自一人之手。内容採用嚴父訓子的方式，大旨則是教子忍辱退讓，遠離是非，遵循禮則，規矩做人，很能體現我國封建社會處世哲學的特點。

《崔氏夫人訓女文》有斯四一二九、伯二六三三兩卷，現校理如下：

崔氏夫人訓女文一本

香車寶馬競争輝，少女堂前哭正悲。吾今勸汝不須哭，三日拜堂還得歸。教汝前頭行婦禮，但依吾語莫相違。好事惡事如不見，莫作本意在家時。在家作女慣嬌憐，今作他婦信前緣。欲語三思然後出，第一少語莫多言。路上逢人須斂手，尊卑迴避莫湯前。外言莫向家中説，家語莫向外人傳。姑章共語低聲應，小郎共語亦如然。早朝堂上起居了，諸房叔伯並通傳。妯娌相看若魚水，男女彼此共恩怜。上和下睦同欽敬，莫作二意有憎偏。夫婿醉來含笑向，迎前扶侍送安眠。莫向人前相罵辱，醒後定是不和顔。若能一一依吾語,何得翁婆不愛怜。故留此法相教示,千古万秋共流傳。

按"崔氏夫人"也是託名,本篇作者是不知名的民間人士。託名爲"崔氏夫人"的緣故,是因爲崔姓是唐代有名的大家望族,《宋朝事實類苑》卷五八《氏族》論唐人重族望云:"其後遷易紛争,莫能堅定,遂取前世仕籍,定以博陵崔、范陽盧、隴西李、滎陽鄭,爲甲族。"而崔氏爲甲族之首。四姓女子爲士大夫婚姻競相追求的對象,四姓亦以門風儀範自高。《北史・崔㥄傳》:"㥄一門婚嫁,皆衣冠美族,吉凶儀範,爲當時所稱。婁太后爲博陵王納㥄妹爲妃,敕其使曰:'好作法用,勿令崔家笑人。'"故敦煌本《王梵志詩一卷》亦云:"有兒欲娶婦,須擇大家兒。縱使無姿首,終成有禮儀。"可知訓女文託名"崔氏夫人",實有自增身價的作用。至於訓女文的内容,則崔氏夫人在女兒出嫁登車之時,諄諄教導女兒到婆家後,待人接物應對的態度,從中可以窺見封建社會對於爲人婦者立身行事的要求。可以想象,當時民間的許多女子在出嫁以前,都是學習了這一堂必修課的。伯卷最後還有一段"白侍郎讚":

崔氏善女,萬古傳名。細而察之,實亦周備。養育之法,方擬事人。若乏禮儀,過在父母。

"白侍郎"應指白居易,這當然更是託名了。

《夫子勸世詞》祇存伯四〇九四殘卷一種,全文是:

資財誰不愛,富貴是人羡。先業自如斯,争肯依人願。生死天曹注,衣食冥司判。禍福不由人,並是神官斷。有禄端然受,無緣虚使唤。只合喫粗飡,莫相(想)重羅麵。希見世間人,不解審思歎。自是蝦蟆身,擬學天邊雁。飛者愽(搏)青天,走者泥中爨。飛走各(下缺)

這篇勸世詞的突出特點，是充滿了宿命論的觀點。試比較“生死天曹注”四句和伯三八三三王梵志詩卷中的一首：

> 差著即須行，遣去莫求住。名字石函裹，官職天曹注。錢財鬼料量，衣食明分付。進退不由我，何須滿（漫）憂懼。

它們的思想是完全一致的，可見這種宿命論觀點在唐代民間也是十分流行的。

第五節　禮俗詩

這裏説的禮俗詩，主要是婚禮儀式詩。我國封建社會的婚禮儀式，有一定的程式，如所謂“六禮”。不過因爲時代和地域的不同，又有許多變化。即使是同一時代和地域，也會因爲婚禮當事人的身份地位，貴賤貧富不同，而有很大的差異。敦煌遺書中保存的張敖《新集吉凶書儀》（有伯二五五六等六種寫本），其中有一段便詳細記載了晚唐敦煌地區婚禮儀式的詳細過程。《敦煌變文集》卷三所載《下女夫詞》，就是敦煌婚禮中迎親階段的禮贊文書。其中有男女儐相們互相盤詰嬉戲之詞，也有在每一過程中所吟詠的詩歌，僅標明題目者就有《論女家大門詞》、《至中門詠》、《至堆詩》、《至堂基詩》、《逢鏁詩》、《至堂門詠》、《論開撒帳合詩》、《去童男童女去行座幛詩》、《去扇詩》、《詠同牢盤》、《去帽惑詩》、《去花詩》、《脱衣詩》、《合髮詩》、《疏頭詩》、《繫指頭詩》、《詠繫去離心人去情詩》、《詠下簾詩》等等。幾乎每走一步都要詠詩，如果没有曹子建七步詩才，簡直寸步難行。其實這些詩詠都是現成的，並非爲某一次婚禮特別創作的，在婚禮過程中，衹需按照事先編排的程式依次念誦就行了。《下女夫詞》已見《敦煌變文集》，不再援引。下面介紹另外幾種婚禮儀式詩集的寫本。

第一種是斯九五〇二、斯一一四一九和斯九五〇一，這三卷本屬一卷，斷爲三段。斯九五〇二殘卷前端九行衹存下部，斯一一四一九係一殘片，存五行，適可補在斯九五〇二前部所殘九行之後五行上部，因此這兩卷可拼合爲一卷。除了卷首“今宵至”、“詩:夜久更□”、“侍娘渾撥卻”不成片段外，以下可校理爲詩六首：

□□(去扇)詩

青春今衣(夜)正芳□(新)，紅蘂開□(時)一朵花。分明寶樹從人看，何勞玉扇更來遮。

此詩亦見《下女夫詞》，誤字缺字就是據《下女夫詞》校補的。

去花釵詩

一花去却一花新，前花是假後花真。假花上有銜花鳥，真花還有採花人。

此詩亦見《下女夫詞》。“假花”指花釵，“真花”喻新娘。

繫指□(頭)詩

繫本從心繫，心真繫亦真。巧將心上繫，付与繫心人。

此詩亦見《下女夫詞》。

箄髮詩

月裏娑羅樹，枝高難可攀。蹔借牙梳子，箄髮却歸還。

此詩亦見《下女夫詞》，題作《疏(梳)頭詩》，可知“箄髮”即是梳頭。

詠同牢盤詩

一雙同牢盤，將來上二官。為言相郎處，繞障（帳）行三旬（巡）。

此詩亦見《下女夫詞》，末句作“繞帳三巡看”，可知此首原文“障”是“帳”字音誤，“旬”是“巡”字音誤。

開薩障（撒帳）合詩

一雙白没鴿，遶障（帳）三五匝。為報相郎道，且開薩障（撒帳）合。

此詩亦見《下女夫詞》，題作《論開撒帳合詩》。但末句作“遶帳行三巡”，既與《詠同牢盤》末句重複，又且失韻。《變文集》校記：“丙卷此句作‘生開撒帳合’。”楚按，《下女夫詞》末句應是“先開撒帳合”。此詩末句原本作“且開薩障栓合”，“栓”是涉下“合”字的衍文，已删；“薩障”則是“撒帳”的音誤。“合”同“盒”。古代婚俗，男女新人入房坐床，婦女散擲金錢果物於帳之四周，謂之“撒帳”。此處“撒帳合”，即盛金錢果物之盒也。

斯九五〇二至此止，下接斯九五〇一。但九五〇一各詩題目墨色很淡，有些詩題已無法辨識了。迻録如下：

失　題

山頭寶經（徑）甚昌揚，□（衫）子肩頭雙鳳凰。襠襠背後雙鶻（鸚）鵡，羅衣輙㾄（摺褋）入衣箱。

此首亦見《下女夫詞》，題作《脱衣詩》，字句微有不同。

失　題

本是楚王宫，今夜得相逢。打破雙娥角，為作一蟠龍。

此首據文義，應是《合髮詩》。古代未嫁少女頭梳雙髻於左右兩側，即此詩之"雙娥角"；既婚之後，則合爲一髻，而盤於頭上，即此詩之"一蟠龍"。《下女夫詞》有《合髮詩》，與此相似："本是楚王宫，今夜得相逢。頭上盤龍結（髻），面上貼花紅。"

帳下去人詩

天交織女渡河津，來向人間只為人。四畔諸人其總去，從他夫婦一團春。

此詩亦見《下女夫詞》，題作《詠縶去離心人去情詩》，當有誤；别本作《去人情詩》。

失　題

佳人玉指白纖纖，娘子恒娥衆里潛。微心欲擬觀容皃（貌），恩釋恒娥卷卻簾。

此詩《下女夫詞》題作《詠下簾詩》，末句作"蹔請傍人與下簾"。

失　題

上林園裏一株梅，千年萬歲未曾開。潘安小年躬躬立，蹔請娘子下車來。

此首據文義，應是《請下車詩》。

詠門詩

上去雙門橝（櫎），下去兩重關。為報主人道，今夜史（使）君還。

首句“橝”字是“櫎”字形誤，同“閂”、“拴”，《集韻》：“櫎，閉門機。”

詠中門

木是南山柏，將來作門格（額）。門格（額）長時在，女是蹔時客。

此詩亦見《下女夫詞》，題作《詠女家大門詞》，别本題作《女婿至大門詠》、《詠大門》、《爲女婿下至大門詠詞》。《下女夫詞》有《至中門詠》，與此詩不同。

□扇□詩

歸去來，歸去來，久住令人賤。天上九重雲，明星難可見。

兒答云

且莫歸，且莫歸，王大□徘徊。明星方便出，九重雲自開。

以上兩首一問一答，答詩第三句費解，俟校。

□被詩

昨夜忽驚眠，論情是惡怜。被從抛那畔，褌又落誰邊。隔是無藏地，從他笑我天。唯將兩箇手，遮後復遮前。

□□答

仏（佛）堂新彯畫，金剛使兩相（廂）。去却雙菩薩，死田正相當。

失 題

脱衣神女立陽臺,夜久更蘭(闌)玉漏摧(催)。欲作綾羅生千造,玉體從君任看來。

又催粧云

還乘妙手作摧(催)粧,心中報道實不知。即合刺史自身造,因何得遣賓郎書。

此下殘缺,尚有殘文"兒答夜昔"四字。以斯九五〇二等三卷與《下女夫詞》所載婚禮詩比較,有很大部分詩作是相同的,另外也各有一些對方不載的詩。因爲這類詩歌本是婚禮通用的套詩,所以相同是難免的。不同婚禮對這類套詩有根據情況選用的一面,所以取捨也會有一些不同。像斯九五〇一的《□被詩》,文字稍涉猥褻,《下女夫詞》没有採用,趣味就較純浄。

另外,伯三二五二也是婚俗詩集,内容和上述三卷及《下女夫詞》全不重複,下面是林聰明校録本(引自《敦煌俗文學研究》二四三頁):

催粧二首

今霄(宵)織女降人間,對鏡匀粧計已□。自有夭桃花菡□,不須脂粉污容顔。

兩心他自早相知,一過遮闌故作遲。更轉只愁奔兔月(月兔),情來不要畫蛾眉。

第一首第二句缺字原卷可辨爲"闌"字,第三句缺字應是"萏"字。第二首第三句原文"兔月"似不必改爲"月兔","兔月"即月,"奔兔月"是説月亮移行很快,即良宵易逝之意。

去 花

神仙本自好容華,多事傍人更插花。天漢坐看星月曉,紛紛只恐入雲霞。

去　扇

閨裏紅顔如蕣花，朝來行裏降人家。自有雲衣五色暎，不須羅扇百重遮。

第二句"裏"原卷實寫"雨"，此句用巫山神女朝爲行雲暮爲行雨事。

去襆頭四首

擎却數牧(枝)花，他心早一家。何須作形迹，更用襆頭遮。
昔日雙蟬鬢，尋常兩髮垂。今霄(宵)來入手，結髮赴佳期。
既見如花面，何須著繡衣。終爲比翼鳥，他日會雙飛。
緑鬟蟬雙入，青眉應二儀。盤龍今夜合，交頷定相宜。

第四首第四句"頷"字應是"領"字。

此外伯二六三三有兩首詠新嫁娘的詩，附載於此(用陳祚龍校録本，引自《敦煌學海探珠》四五頁)：

詩一首

亭亭獨步一枝花，紅臉青娥不是誇。作得喜貌爲愁貌，未慣離家往婿家。

又詩一首

拜別高堂日欲斜，紅巾拭淚貴新花。徒來生處卻爲客，今日隨夫始是家。

第三句的"徒"字是"從"字之誤。

第六節　學郎詩

我們在閱讀敦煌卷子時,常常會看到書寫卷子的學生隨手寫下的天真可愛的詩歌。這些詩歌大多數都寫在中唐以後。敦煌的學校教育,自吐蕃占領時期便轉入了寺院。歸義軍時期又恢復了官學和私學,但寺學仍占有十分重要的地位。在這些學校裏就學的學郎,有兒童、少年和青年,有的兼充書手,有的自身就是沙彌。這些詩歌多數寫在卷後,也有夾寫在卷子中間,或寫在任何空白地方的。這些詩歌並非嘔心瀝血之作,多數衹是學童們信手抒發情感的即興詩,有些則是抄録最能表現學郎當時心境的流行的通俗詩。學郎詩的特點是即興創作,書寫隨便,字跡不工,並没有藏之名山、傳之其人的打算,然而卻坦露了古代學郎們的純真可愛的心靈,有如天籟一般沁人心脾,其價值並不在文人學士們的創作之下。由於敦煌藏經洞的特殊機緣而有幸保存下來的這些學郎詩,是我國古代少年兒童詩歌的一筆寶貴的財富。下面分作學習生活即興、勤學發憤、戲謔嘲諷、情詩、書手詩、格言詩等幾類加以介紹。

一、學習生活即興

學郎生活的主要内容是求學,因此學郎詩中有很多抒發學習生活的各種感歎。伯二六二二《吉凶書儀》卷末有“大中十三年(八五九)四月四日午時寫了”的題記,並附詩五首,其中兩首是:

今照書字筆頭干,誰知明振實箇奸。向前早許則其信,交勑者人不許歡。

“今照”當作“今朝”,“不許歡”當作“不喜歡”,學生郎寫了别字。

竹林青鬱鬱，伯鳥取天飛。今照是我日，且放學生郎歸。

第二句“伯”當作“百”。第三句“今照”當作“今朝”。第四句衍“郎”字。按吐魯番出土唐景龍四年（七一〇）卜天壽寫本有五言詩云：“寫書今日了，先生莫醎池（嫌遲），明朝是賈（假）日，早放學生歸。”後兩句與本詩相似。學生盼望放假的心情，古今不異。

伯三四八六有詩云：

須人讀自書，奉上百疋羅。來人讀不得，迴頭便唱歌。

首句“須”字是“誰”的别字。這是一個學童自鳴得意的詩作，大意是説，願出高價打賭，請人來讀自己的書；别人讀不懂，自己便高興地唱歌而去。以艱深晦澀爲高明，甚至以字跡難以辨識爲高明，這雖是學童的認識水平，卻使人感到稚氣可愛。

斯四六五四卷後有一首學郎詩：

玉兔入西昏迷黑，隻字□□辯（辨）不得。今朝亭罷（停罷）真救生，來晨課述筆自行。

這位學童並不厭學，而是因爲天色確實已晚。

斯三二八七《千字文》卷末題詩：

今日書他智，他來定是嗔。我今歸捨去，將作是何人？

第一句“智”當作“紙”，第三句“捨”當作“舍”。這是一個頑皮的學童偷寫在同學的《千字文》課本上的打油詩。作者認爲自己的惡作劇不會被揭穿，因此流露出沾沾自喜的情緒。

伯三三〇五《論語序》卷後題詩四首，其中兩首是：

今朝悶會會，更將愁來對。好酒沽五升，送愁千里外。

寫書不飲酒，恒日筆頭干。且德（得）隨宜過，有錯没人看。

第一首下有“學生李文段書一卷”的題字。第二首又見於伯二六二一學郎買義題記，因此是一首流行的詩。這位名叫李文段的學生或許年齡稍大，所以有飲酒的愛好，他的滿腹愁緒也和學童的頑皮不同。

伯三三二二卜筮書卷後有題記“庚辰年正月十七日學生張大慶書記之也”，並有詩三首，其中兩首是：

首（手）惡筆若（弱），多有厥（闕）錯。明師見者，即以（與）却□。

書後有淺（殘）紙，不可别將歸。雖然無首（手）筆，伍（衹）作五言書（詩）。

上首亦見於伯三七八〇《秦婦吟》卷末，下首亦見於伯三一九二《論語》卷末，並不是學生張大慶的創作，而是流行在學生中的小詩，然而它們確實表達了學生們努力進步的普遍心情。

二、勤學發憤

學童詩中有很多吐露了勤學發憤、力求成才的志願，則不但可愛，而且令人生敬，如伯二四九八《李陵答蘇武往還書》卷末題記：“天成三年戊子歲正月七日，學郎李幸思書記。”並有詩曰：

幸思比是老生兒，投師習業棄無知。父母偏憐昔（惜）愛子，日諷万幸（行）不滯遲。

這首詩是李幸思自白心跡之作。爲了報答年老父母養育憐愛之恩，他發憤刻苦攻讀，顯得十分老成懂事。

伯二七四六《孝經一卷》有翟飈颩題記:“歲至庚辰,月造季秋,日逮第三,寫詩竟記,後有餘紙,輒造五言拙詩一首。”詩曰:

讀誦須勤苦,成就如似虎。不詞(辭)杖捶體,願賜榮軀路。

斯六一四《兔園策第一》卷末有巳年四月六日學生索廣翼題詩:

高門出貴子,好木不(出)良才(材),男兒不(下缺)

這首詩也是西陲流行的學郎詩,吐魯番出土卜天壽寫卷亦有此詩:“高門出己(驥)子,好木出良才(材)。交□學敏(問)去,三公河(何)處來?”又北京玉字九一號背面載詩:“高門出貴子,存(好)木出良在(才)。丈夫不學聞(問),觀(官)從何處來?”又敦煌本《秋胡變文》殘卷開端:“(前缺)三公何處來?”亦是此詩末句。這些詩歌表明了學郎們“學而優則仕”的志向。

伯二九九五是學郎抄寫的一種姓氏蒙書,附詩一首:

沙彌天生道理多,人名不得那(奈)人何。從頭至尾沒閑姓,忽若學□□□□。□□□字不得者,杅(打)你沙彌頭惱(腦)破。

這位學郎的身份應該是“沙彌”(小和尚),他在所抄姓氏蒙書後面即興作詩,强調學習姓氏蒙書的重要性,並警告自己:如果不能通曉這些姓字,將要毫不留情地挨打受罰。

斯六二〇四也載有學郎薛彦俊詩:

同光貳載,沽(姑)洗之月,冥(蓂)生壹拾貳葉,迷愚小子汝南薛彦俊,殘(淺)水之魚,不得精妙之詞,略詠七言:

童兒學業切慇懃,累習誠聖德(得)人欽。但似如今常尋誦,意智逸出盈金銀。

不樂利閏(潤)願成道,君子煩道不憂貧。數季讀誦向□曉,孝養師父求立身。

第六句"煩"疑當作"憂",此句用《論語·衛靈公》"君子憂道不憂貧"成語。第七句"季"應是"秊",同"年"。

北京玉字九一號背面有沙彌索惠惠寫詩五首,其中一首云:

由由(悠悠)天尚云(上雲),父母生我身。小來學裏坐,金(今)日得成人。

北京玉字二五號背面有詩一首:

清清何邊草,遊如水鳥鳥。男如不學門,如若壹頭驢。

第一句"清清"當作"青青","何"當作"河"。第二句"如"當作"魚"。第三句"如"當作"兒","門"當作"問"。別字連篇,也是出自學童之手。

這類學郎勤學詩中最突出之作,當推翟奉達的作品了。向達《記敦煌石室出晉天福十年寫本壽昌縣地境》①云:

余在敦煌見一石室卷子,一面爲《毛詩詁訓傳》卷十六《大雅文王之什》,背面書《逆刺占》,爲奉達書,末記云:

于時天復貳載歲在壬戌四月丁丑朔七日,河西燉煌郡州學上

①向達《記敦煌石室出晉天福十年寫本壽昌縣地境》,收入《唐代長安與西域文明》,生活·讀書·新知三聯書店一九五七年四月出版,第四三七～四三九頁。

足子弟翟再温記。

姓名旁注曰,“再温字奉達也”。奉達爲曆學世家,其所纂曆今殘存五種,俱題曰奉達,無作再温者,疑其後即以字行也。……《逆刺占》卷末奉達所題年月後,尚有其所爲七言詩及五言詩,今具録如次:

三端俱全大丈夫,六藝堂堂世上無。男兒不學讀詩賦,恰似肥菜根盡枯。

又續前七言:

軀體堂堂六尺餘,走筆横波紙上飛。執筆題篇須意用,後任將身選文知。

又五言:

哽噎卑末手,抑塞多不謬。嵯峨難遥望,恐怕年終朽。

末復題云:

幼年作之,多不當路,今笑,今笑!

已前達走筆題撰之耳。

年廿作,今年邁見此詩,羞煞人! 羞煞人!

天復二年奉達年二十,天福十年年六十三,顯德六年已七十七,尚未棄疇人之業,餘事並及於輿地,亦可謂博學老壽之士矣!

文中所引三首詩是翟奉達二十歲求學時所作。七言詩第一首的後二句,與伯二五六四《十二時》曲文之“男兒不學讀詩書,恰似園中肥地草”相似。翟奉達後來作爲敦煌曆學名家,卓有建樹,是和他少年時代發憤求學的努力分不開的。

三、玩笑戲謔

敦煌的學郎和任何時代、任何地方的學生一樣,活潑而又頑皮,因而也留下了一些玩笑詩。斯七二八《社司轉帖》後有詩:

學郎大歌(哥)張富千,一下趁到《孝經》邊。《太公家教》多不殘,獀玀兒□實鄉偏。

詩後有“李再昌”題字,這首詩就是他挖苦同學張富千的。《孝經》、《太公家教》就是這些學郎們的課本,這首詩就取材於學生的身邊之事。

斯一〇八四卷有嘲沙彌詩一首,下面是林聰明校録本(引自《敦煌俗文學研究》二四三頁):

沙彌清奴實實隴,但見學仕本處誦。不如聞法取城外,打那氈皮爛寵寵。注義師主真心教,是□鈍濁百隴衆。

原卷的字跡很潦草,有些字衹能猜測。末句第二字應是“你”字,最後的“隴衆”或許就是“龍鍾”。第二句的“學仕”是“學仕郎”的簡稱,也即是“學郎”,因知此詩也是學郎詩。

四、情詩

敦煌學郎詩中有一些情詩,大約是年齡稍大的學郎所寫。如伯二六二二《吉凶書儀》卷後附詩:

寸步難相見,同街似隔山。苑(怨)天作河(何)罪,交(教)見不交連(教憐)?

這位學郎愛上了同街的鄰居女子,雖然近在咫尺,猶如遠隔關山,吐而爲詩,宛轉感人。

伯三三〇五《論語序》後題詩:

可連(憐)學生郎,其(騎)馬上天唐(堂)。誰家有好女,嫁以(與)學生郎。

首句的“可憐”是可愛、可羡的意思。前兩句自誇學生郎前程遠大，後兩句則露出了徵婚的真實意圖。

北京玉字五九號背沙彌索惠惠書詩五首，第一首是：

那日□頭見，當初便有心。數度門前過，何曾見一人。

斯一八二四背面也有一首五言詩：

日日常相望，苑(宛)轉不離心。見君行坐處，一似火燒身。

這兩首情詩也和前引第一首情詩一樣，愛慕對象都是近在咫尺，然而可望而不可即，詩中表達了多情少年焦灼、熱烈的相思之苦。

五、書手詩

書手是代人書寫文書以取得報酬的人，許多書手是由學郎兼任的。斯六九二《秦婦吟》卷末題記：“貞明五年(九一九)己卯歲四月十一日燉煌郡金光明寺學仕郎安友盛寫記。”並附詩一首：

今日寫書了，合有五升米。高代不可得，環(還)是自身灾。

寫書合有五升米的報酬，可見學士郎安友盛課餘從事寫書的兼職。從後二句看，書手的報酬往往不能按時得到，處境是艱難的。因此北京宿字九九號也有書手題詩：

寫書今日了，因何不送錢？誰家無賴漢，迴面不相看。

六、格言詩

敦煌學郎詩中還有處世格言詩，如伯二六二二《吉凶書儀》卷末附詩：

遮莫千金與万金，不如人意与人心。黄今（金）將來隨手散，不如人意進長存。

敦煌學郎詩中也有少數是抄寫文人詩作，如與上詩同卷的還有一首：

山頭壹隊録陵雲，白馬紅英（纓）出衆郡（群）。知如（爾）意氣不如次（此），多應者箇侍（待）河（何）人。

此詩亦見伯三六一九唐詩選集，文字小有不同。又伯三三二二學士張大慶書卜筮書末題詩中有一首：

明招（朝）遊上遠（苑），火急報春知。花須連夜發，莫伐（待）曉風吹。

這是武則天詩，見《全唐詩》卷五。

第七節　雜體詩

"雜體詩"帶有文字遊戲性質，多半是從字形、字音、文字排列、文義雙關，或者專寫某一類特殊題材等方面，别出心裁，以巧取勝。雖説難登大雅之堂，然而起源頗早。清王闓運《八代詩選》卷二〇就集中收録了自漢至隋的各種雜體詩。唐代詩人也時有寫作，如劉禹錫集中便有迴文詩、離合詩、雙聲詩、疊韻詩等。皮日休、陸龜蒙則尤留意於此，各有雜體詩一卷。明胡震亨《唐音癸籤》卷三引胡應麟語:"雜詩自孔融離合、鮑照建除、温嶠迴文、傅咸集句而下,字謎、人名、鳥獸、花木,摹倣日煩,不可勝數。至唐人乃有以婢僕詩登第、孩兒詩取禍者。詩文不朽大業,學者雕心刻腎窮晝夜致功,猶懼弗窺奥眇。暇役志及此,皆詩道之下流,學人之大戒也。"所云自屬莊論。不過這類"詩道之下流"者,在民間自有市場,敦煌詩歌中的雜體詩,主要是民間詩人的作品。下面分類介紹。

一、離合詩

斯三八三五載有奇特的詩圖四幅,照録如下:

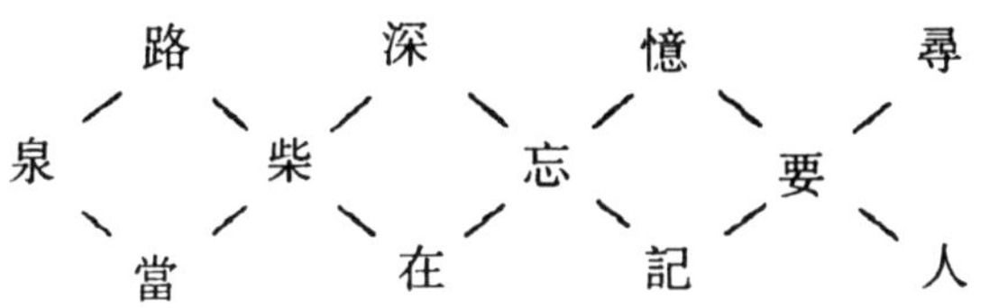

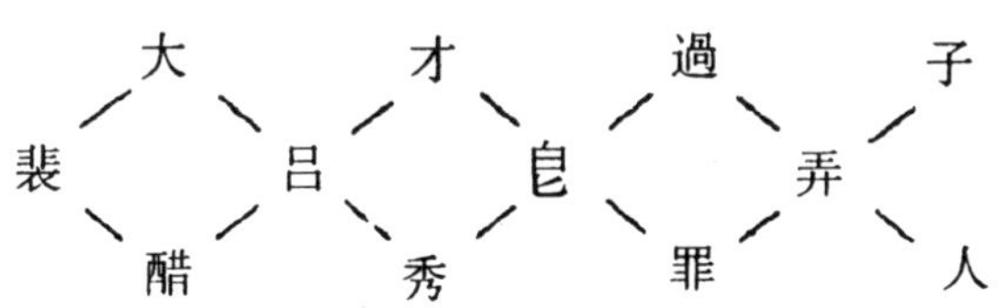

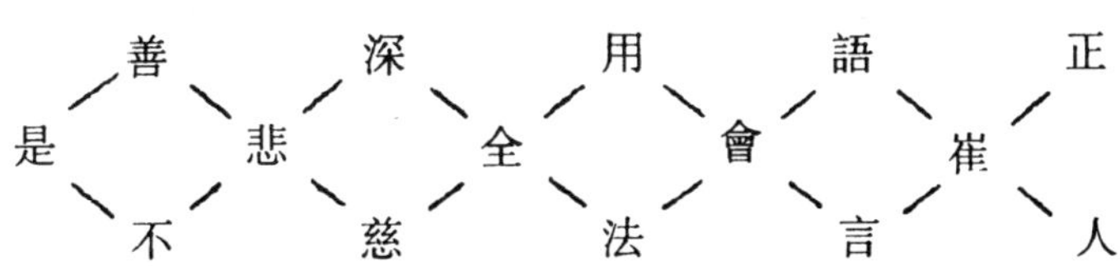

這種詩圖究竟應該怎樣解讀呢?伯三五九七卷子提供了答案,其

中有一首詩云：

日日昌樓望，山山出没雲。田心思遠客，問(門)口問貞人。

這首詩就是第一幅詩圖的前幾句，兩相對照，可知詩圖寫的是離合詩，即一種拆離和拼合字形的詩。詩圖中間一行是每句首字，先離之爲二，再合之爲一。例如“昌”字，先離爲“日日”兩字，再合爲“昌”字，一字三用。據此解讀以上四圖爲：

日日昌(倡)樓望，山山出没雲。田(填)心思遠客，門口問貞(征)人。口之(知)足法用，不見覓之人(原圖衍一“地”字)。

白水泉當路，此木柴在深。亡心忘記憶，而女要人尋。

非衣裴醋大，口口吕秀才。白匕皂(造)罪過，王廾弄人子。

且之(知)是不善，非心悲慈深。人王全法用，人曾會言語。山佳崔人正。

有些句子不甚可解，給人以勉强生硬、生拼硬湊的感覺。因此也有另一種解讀法，即每三字爲一句：

昌(倡)樓望，出没雲。思遠客，問貞(征)人。足法用，覓之人(原圖衍“地”字)。

泉當路，柴在深。忘記憶，要人尋。

裴醋大，吕秀才。皂(造)罪過，弄人子。

是不善，悲慈深。全法用，會言語，崔人正。

此外在北京夜字九八背面也有一首離奇的詩：

吐吓人易老，扌卜水長流。迗迆不書寫，迌迌度三秋。

其中怪字連篇。從第二句看來，是將“水”字離爲“氵”、“⺗”二形，再合爲“水”形，一字三用，屬於離合詩的範圍，不過所離二形實在不知道是何音何義，無法誦讀。其餘三句大概是亂加偏旁，第一句讀作“上下人易老”，前二字加“口”旁。第三句讀作“天也不書寫”，前二字加“辶”旁。第四句讀作“日日度三秋”，前二字也加“辶”旁。雜體詩寫到這個地步，真是走火入魔了。

二、方角詩

斯五六四四寫有方角詩一首：

其讀法是由中心按順時針方向迴環向外發散，依此讀法，可得五言詩一首：

江南遠客跧，翹思未得還。飄起沙場苦，詳取淚如潸。怦直古人志，鏗雅韻峰巒。尯逼那堪説，鯨滅靜陽關。

三、疊字詩

伯三五九七和北京帝字七八號背面寫有同一首疊字詩，玆據伯卷引録於下：

高僧高高高入雲，真僧真真真是人，清水清清清見底，長安長長長有君。

第一句的"僧"字應據北本作"山"字。顧名思義，疊字詩是以使用疊字爲特點，起源頗早。《古詩十九首》中的"青青河畔草"一首，前六句句句用疊字；又"迢迢牽牛星"一首，前四句句句用疊字，都是傳誦的名篇。

與"疊字詩"類似的是"重出字"詩，如伯三五九七所載：

春日春風動，春來春草青。春人飲春酒，春鳥弄春聲。

古人寫詩通常要避免重字，"重出字"詩則故意用"重字"作爲一種修辭手段，來達到某種特殊的效果。傳誦的張若虚《春江花月夜》詩，其實就是一首"重出字"詩。《紅樓夢》第四十五回林黛玉《秋窗風雨夕》詩，便是刻意摹仿《春江花月夜》的"重出字"詩。可見這種雜體詩雖屬"小道"，也有名家寫出名篇的。

此外，敦煌詩歌中的雜體詩，還有"雙聲"詩，如伯三五九七所載白侍郎《蒲桃架詩》，《全唐詩》作姚合詩，本書第一章第二節曾作介紹。另外在敦煌本《伍子胥變文》中還有兩首"藥名詩"，但驗之其文，並非詩體。在斯四五〇八載有曲子詞一首，通篇嵌藥名，屬於"藥名詞"，亦非詩體，玆所不論。

第八節　歌謡

伯二〇〇五、伯二六九五號《沙州圖經》卷子，是沙州的古地志，據周紹良考證，編成於武則天萬歲登封元年（六九六）①。卷末載有長篇《歌謠》一首，四言一百一十二句，不分章。前有小序云："神皇聖氏，生於文王，[文王]之祖也，生於后稷，故詩人所謂生人尊祖也。"後有題記："右唐載初元年（六八九）四月，風俗使於百姓間採得前件歌謠，具狀上訖。"究其内容，全係爲武則天歌功頌德，如開篇即云：

於昭武王，承天剪（翦）商。誰其下武？聖母神皇。穆斯九族，綏彼四方。遵以禮儀，調以陰陽。三農五穀，萬庾千箱。載興文教，載構明堂。八窗四闥，上圓下方。多士濟濟，流水洋洋。

"聖母神皇"是武則天在垂拱四年所加的尊號。《歌謠》凡所叙事，多可證之史書，周紹良考證甚詳。像這樣的内容和文字，絶對不可能是民間歌謠，而是地方官吏所作，假託"風俗使於民間採取"，以此諂諛女主、希圖恩寵而已。在武則天時期，這類作僞的醜聞遍及全國，層出不窮。《朝野僉載》卷三記載："唐同泰於洛水得白石紫文，云'聖母臨水，永昌帝業'，進之，授五品果毅，置永昌縣。乃是白石鑿作字，以紫石末和藥嵌之。後并州文水縣於谷中得一石還如此，有'武興'字，改文水爲武興縣。自是往往作之。後知其僞，不復採用，乃止。"《沙州圖經》的"歌謠"，正是這股席卷全國的作僞諂諛風的産物，我們自然不能把它看作是真正的民間歌謠。

① 見周紹良《讀〈沙州圖經〉卷子》，載《敦煌研究》一九八七年第二期。

伯二五〇〇亦載有一篇“童謡謌”，下面是王重民校録本(引自《敦煌變文集》一一七～一一八頁)：

二月仲春色光輝，萬户謌謡總展眉。太保應時納福祐，夫人百慶無不宜。三光昨來轉精耀，六郡盡道似堯時。田地今年别滋潤，家薗菓樹似□脂。□中現有十磑水，潺潺流溢滿□渠。必定豐熟是物賤，休兵罷甲讀文書。再看太保顔如佛，恰同堯王似重眉。弓硬力强箭又(叉)褐，頭邊蟲鳥不能飛。四面蕃人來跪伏，獻駞納馬没停時。甘州可汗親降使，情願與作阿耶兒。漢路當日無停滯，這迴來往亦無虞。莫怪小男女吺哆語，童謌謡出在小厮兒。乞口承阿郎萬萬歲，夫人等劫石不傾移。阿耶驅來作證見，阿孃也交作保知。優賞但知馬壹疋，錦令乞作個出入衣。

補校：一、“家薗菓樹似□脂”句，缺字原卷作“荼”，即“茶”，同“搽”。二、“□中現有十磑水”句，缺字原卷作“河”。三、“潺潺流溢滿□渠”句，缺字原卷作“百”。四、“弓硬力强箭又(叉)褐”句，原文“又”字不誤，“褐”通作“趨”，這裏是勁疾的意思。五、“乞口承阿郎萬萬歲”句，“乞”即“某乙”，這裏是説唱歌謡的藝人自稱。六、“優償但知馬壹疋”句，“償”當作“賞”；“馬”字原卷實作“與”。下句“錦”字應屬上，此二句作“優賞但知與壹疋錦，令某乙作個出入衣”。

這首歌謡《敦煌變文集》作爲“附録”載於《張義潮變文》之後，認爲“太保”指的是張義潮，誤。鄧文寬考證此篇的“太保”是指張淮深，内容是歌頌張淮深平定甘州回鶻①。“乞口承阿郎萬萬歲”的“阿郎”，就是藝人對張淮深的稱呼。然則這首歌頌張淮深的“童歌謡”，曾經當面向張淮深表演過。

---

①見鄧文寬《張淮深平定甘州回鶻史事鈎沉》，載北京大學學報一九八六年第五期。

第九節　其他

敦煌民間詩歌除了以上幾類以外,還有嘲諷詩、題跋詩、廣告詩、遺書詩等。

一、嘲諷詩

敦煌詩歌中的嘲諷詩,除學郎們的玩笑之作外,還可以看到五首,都是以法師爲嘲諷對象的。其中三首見於斯五八七三:

顧俊偈

法師莫怕大體性,先頭也曾來繼椺連。任你藏□不出來,□□□□邀你言。

原卷字跡潦草,不易辨識。第二句的"椺"字應是"綴"字。第三句缺字疑是"頭"字,"藏頭"就是藏身。

後　偈

法師眼子深楝楝,顧俊忽个日瞰欺弄。破舍裏老鼠連出頭,猫兒訝著便入孔。

第二句"日"字是衍文,蓋本擬寫"瞰"字,衹寫了偏旁,而位置過於居中,因棄而重寫"瞰"字於下。

法師生身本是漢,因何躭雙胡兮眼。不諫油醋量斗著,四流悉過得一滿。

第二句“兮”字應是“奚”的同音字。第三句“諫”當作“揀”，“不揀”就是不分、不論。“量”字原卷旁注“潙”字。

《斯坦因劫經録》著録此卷爲“嘲胡僧詩二首”，蓋指“後偈”二首而言。説明云：“第一首有句云：法師眼子深楝楝，第二首有句云：因何躭（眈？）雙胡兮眼，似嘲胡僧高鼻深目。”此説非是，原詩明云“法師生身本是漢”，可知願俊本是漢人，衹不過長相有點像胡人，便爲輕薄子喻爲老鼠，寫詩恣意嘲弄。

伯四七〇一也載有嘲諷詩兩首：

法師尋常大謀（模）樣，今日小座屈不上。外邊似个獿玀人，莫是懷中没伎量（倆）？

法師適來極口誇，海林將謂曬獿玀。如今想料多没力，何事無端劫麥車？

此詩和上述《願俊法師偈》不同，前三首是就人身加以嘲弄，這兩首則是嘲諷法師的外表獿玀，腹中空虚。

二、題跋詩

斯六二〇四《字寶碎金》卷後附詩四首：

沈侍郎讚碎金

墨寶三千三百餘，展開勝讀兩車書。人間要字應來盡，呼作零金也不虚。

白侍郎同前

㺃頭譾趑人難識，瀖泧婢媔惿家心。寫向篋中甚敬重，要來一字一碏（碎）金。

吏部侍郎王建同前

一軸零書則未多，要來不得那（奈）人何。從頭至尾無閑字，勝看真珠一百螺。

白侍郎寄盧協律

滿卷玲瓏實碎金，展開無不稱人心。曉眉歌得白居易，𩨋𩨋盧郎更敢尋。

按《字寶碎金》是民間流行的一種字書，集録若干俗語詞彙，附以反切注音，在當時自然不登大雅之堂。卷後的四首詩，其實是吹捧此書的廣告，爲擴大影響而僞託名人。白侍郎自然是指白居易，王建即是與張籍齊名的樂府高手，沈侍郎不知是不是指沈亞之，盧協律不知所託何人，我們自然不會相信這些打油詩真是他們所作。即如白詩第一首，衹不過是把《字寶碎金》中的若干怪字提出來炫耀而已，因此歷來没有人把這些打油詩補入他們的文集。

三、廣告詩

上引《字寶碎金》附詩起了廣告宣傳作用，不過更接近廣告詩的文字則見於伯三六四四卷，混夾在一大堆雜寫之中：

某乙鋪上新鋪貨，要者相問不須過。交關市易任平章，賣(買)物之人但且坐。

某乙鋪上且有：橘皮胡桃瓤(穰)，梔子高良薑，陸路訶梨勒，大腹及檳榔。亦有莳蘿蓽撥，蕪荑大黄，油麻椒秫(蒜)，阿苗藕弗香。甜乾棗，醋齒石榴，絹帽子，羅幞頭。白礬皂礬，紫草蘇芳。粆(砂)糖喫時牙齒美，餳糖咬時舌頭甜。

下面接着"市上買取新褉子，街頭易得紫綾衫。闊口袴，斬新鞋，大跨腰帶拾參事"云云，雖然説的也是生意經，卻不像是這同一店鋪的廣告。前引廣告文字的開頭四句介紹自家服務周到，"交關市易任平章"和現時的"言不二價"正好相反，經營態度很靈活。以下介紹自家店鋪貨物品種("某乙鋪上且有"是插入語,不入正文),藥物、食品、衣帽,色色俱全,在當時定是規模較大的百貨店了。

四、遺書詩

斯五三八一載《康大娘遺書一道》:

> 日落西山昏,孤男流(留)一群。剪刀并柳尺,賤接(妾)□隨身。合今殘粧粉,流且(且留)与後人。有情怜男女,無情亦任君。黄錢(泉)無用時,徒勞作微塵。君但努力。康大娘遺書一道:吾聞時光運轉,春秋有生煞之斯(期);人命無常,夭老鬼死亡之路。人之本道,賢遇(愚)(下缺)

其中"康大娘遺書一道"以下,是遺書正文,可惜没有寫完。在遺書正文之前,有詩一首,是康大娘留給丈夫的遺詩。按孟棨《本事詩·徵異》:"開元中,有幽州衙將姓張者,妻孔氏,生五子,不幸去世。復娶妻李氏,悍怒狠戾,虐遇五子,日鞭箠之。五子不堪其苦,哭於其葬。母忽於塚中出,撫其子,悲慟久之。因以白布巾題詩贈張曰:'不忿成故人,掩涕每盈巾。死生今有隔,相見永無因。匣裏殘粧粉,留將與後人。黄泉無用處,恨作塚中塵。有意懷男女,無情亦任君。欲知腸斷處,明月照孤墳。'五子得詩,以呈其父。其父慟哭,訴於連帥。帥上聞,敕李氏杖一百,流嶺南,張停所職。"可知康大娘遺詩,即由此詩化出。蓋康大娘者,本無其人,《康大娘遺書》屬於應用範文之類,是供其他擬寫遺書的婦女參考摹倣用的。當年在敦煌流行着這類應用範文,如斯六五三七《放妻書》,斯四三七四《放良文》等。編寫《康大娘遺書》的人,因就《本事詩》中孔氏遺詩加以改寫,附在《康大娘遺書》之前,蓋亦有示範之意也。

第四章　鄉土詩歌

敦煌遺書既然是在敦煌莫高窟藏經洞發現,其中自然會有不少敦煌鄉土文獻。同樣,敦煌詩歌中也有一些敦煌鄉土詩歌,它們的作者有些是敦煌本地文士,有些是由中原來到敦煌的文士。我們知道,敦煌及其附近地區在唐五代直至宋初的數百年間,在當地民族鬥争中幾易其手,發生了天翻地覆的變化。而這些變化的真相在史書中絶少記載,成了歷史的空白區。藏經洞發現的敦煌鄉土詩歌,提供了這些事件的第一手資料,吐露了敦煌人士在身經這些滄桑變化時的真實感受,也再現了當時敦煌及其附近地區的真實面貌,因此是彌足珍貴的。

第一節　殘詩集兩種

斯六二三四詩集,首尾俱殘,作者名氏不可考知。陳祚龍擬題爲《雜詠》,下面就是陳氏校録本(引自《敦煌學海探珠》一七三～一七五頁)。

雜　詠　　　　　佚名

無　題

□□□□□,□□□□□。□地賓鴈過,帳望杵聲秋。落葉飄寒野,吟風客思愁。長歌明月夜,誰敢恃知州。

楚按,第二句原卷可辨識爲"臨川釣水漚"。第三句缺字原卷作"羡","地"作"他",此句爲"羡他賓鴈過"。第四句"帳"當作"悵"。

因國士求乾脯

幾度韶三月,那聞肉味香。更堪思曝脯,遠示好文章。胡越纔爲友,秋田網未張。爲君出遊獵,舞劍向砂場。

楚按,標題下陳注:"士,原本作十一。"按原本是,"國"是姓氏,"十一"爲排行,"國十一"乃作者的友人,並非"國士"。

問友人疾

未委何時疾,輕微免着床。久須餐促藥,少是飲瓊漿。有闕馳書問,親臨徂路長。寒垣唯委命,無處台醫王。

楚按,第三句"久"原卷作"大","促"原卷作"保"。"大須餐保藥"是勸勉友人服食保養滋補的藥物。第七句"寒"原卷作"塞","塞垣"指邊塞。第八句"台"原卷作"占",即"召"字,此句言無處延請名醫。

酒泉太守

將軍施豹略,仗鉞連龍泉。貌質威霜鏡,彎弧覆陣船。平吴愁范蠡,激水笑張騫。控禦西陲静,封侯賀聖年。

楚按,第二句陳注:"連,原本作匣。"按原本是,"匣龍泉"謂寶劍入鞘。

秋日茂葵

茂葵霜覆逐風斜,落盡紅花與白花。可惜對君無好酒,枉抛顔色弄朝霞。

楚按，詩題及首句的“茂”字，原卷作“茙”。“茙葵”即“戎葵”，《爾雅·釋草》：“葥，戎葵。”郭璞注：“今蜀葵也，似葵，華如木槿華。”

翫　月

玉兔當空雲不遮，雪山西面照長沙。重輪豈是烏孫聖，皎潔分明爲漢家。

西　州

交河雖遠地，風俗揚中華。行樹□雲秀，鳥桑戴□花。□□居獫狁，蘆酒□胡笳。大道歸□國，三年路不賒。

楚按，第二句“揚”原卷作“易”，當作“異”。第三句“行”原卷作“緑”，缺字原卷作“參”。第四句“鳥”原卷作“烏”。以上皆應據原卷或改或補。

酒　泉

建康磧外酒泉城，御史新收佇甲兵。花柳移風含葉□，□鼙休擂絶欃槍。遷渠□□金河水，五字分行玉畔□。□□□□□□□，□□□□□□□。

楚按，第二句“佇”原卷作“貯”。第六句“字”原卷作“牸”。

在本卷前端，還有殘存詩句“高麗曾破收南界，迴鶻猶在□北□。□□□□□□□，傾杯樂醉舞筵中”，陳氏未録。

本卷詩集的作者雖不可考，但據第一首末句“誰敢恃知州”看來，當時正擔任着太守的官職。詩集中有詠酒泉和西州的專篇，酒泉在敦煌以東，西州即今新疆吐魯番一帶，在敦煌以西，都屬於敦煌附近地區。不過作者不會是酒泉太守，因爲詩集中專有題爲《酒泉太守》的贈詩，可見酒泉太守是作者的友人。作者會不會是西州太守呢？無法判斷，不過作者大概曾經在沙州（敦煌）停留。這個卷子是作者的手稿，而不是他人的抄本。何以見得？因爲《酒泉太守》的第一句“將軍施豹略”,右邊有小字改作“少俊復英傑”;第二句“仗鉞匣龍泉”,前三字右邊有小字改作“美藝舞”,筆跡與全卷一致。這自然是作者本人的修改,抄寫人是不會代作者修改原稿的。此卷既然發現在敦煌,合理的解釋是作者自已將詩稿帶到敦煌。倘若作者真的在敦煌居留過,以作者曾任太守的身份,也許就是沙州(敦煌)太守吧?總之,這個詩集的作者以太守的身份描寫了唐代西陲的景況,詩歌中表現出安定太平的氣象,因此可以肯定是安史之亂以前盛唐時期的作品。在敦煌詩歌中保存的描寫這一時期的敦煌的作品很少,因此這個詩集有它特殊珍貴之處。

另一種殘詩集是伯三九六七卷,存詩五首,其中第一首首殘,第五首尾殘。前三首俱無作者名氏,應是同一作者之作,蓋承前不署名也。第四首周卿作,第五首泰法師作。有陳祚龍校録本(引自《敦煌學海探珠》一四一～一四二頁):

詩　　佚名

(上缺)翻陷重圍裹。却遣吾曹泣塞門。覽史多憐兩相伐。披書憤惋吟秋月。曉夕衹望白髦頭。何時再覩黄金鉞。星霜累換意難任。風送笳聲轉苦心。北胡不爲通京國。南鴈猶傳帝里音。振壘狐狸焉自樂。同究無情懼鵰鶚。歸途已被龍蛇閉。心魂夢向麒麟閣。上人青海變霓裳。弱水凌晨且洗腸。莫望逍遥齊物志。終須振鷺到仙鄉。殊俗蓬頭安可居。每啼珠淚灑穹廬。懷書十上皆遺棄。未解提戈空羡魚。危山岩容潛龍虎。流沙忽震如鞞鼓。松竹雖堅不寄生。四時但見愁雲吐。敦煌易主鎮天涯。梅杏逢春舊地花。歸期應限羝羊乳。收取神駒養渥洼。

楚按,“覽史多憐兩相伐”句陳注:“憐,原本作矜。”按原本“矜”字不誤,此句言縱覽史書所載,皆以戰伐相誇。改作“憐”字,已非作者原意矣。“振壘狐狸焉自樂”句,原卷“振”實寫“壞”,應據改。“莫望逍遥齊物志”句,“望”字應是“忘”字音誤。

送令狐師迴駕青海　　佚名

斂袂辭仙府。投冠入正真。廣開方便品。務欲接迷津。袖裹南都□,將呈北府親。往來駟馬請。光照墨池姻。叨謁陪初地。忻情未再陳。惠風摇去蓋。花散路傍春。執錫論虞芮。何時結善鄰。烏啼悲不語。鸎囀怨離秦。玉塞分心苦。金經御寶輪。一朝談相國。誰念失鄉賓。

楚按,“將呈北府親”句,“府”字原卷實作“座”。

初夏登金光明寺鐘樓有懷奉呈　　佚名

律移當仲吕。攀陟届兹樓。邊樹□花開。危山狀似秋。孤城新化理。月殿舊□遊。三教興千古。一乘今獨流。初鐘□萬象。再扣息冥幽。冪冪生鄉思。漣漣淚不休。

楚按,“邊樹□花開”句平仄不合,應是“邊樹花開□”,所缺之字疑是“晚”字。此句言敦煌時至孟夏(仲吕),花猶未開,故下句云“危山狀似秋”也。

同前寺奇樹　　周卿

瓊樹芳幽院。奇形異衆林。花濃春日□。葉茂夏成陰。風止香猶散。煙□绿飆深。四時榮法宇。六部□歸心。

楚按,末句缺字原卷依稀可辨爲“惣”字,同“總”。

題金光(明)寺鐘樓　　　泰法師作

獨立悲鄉思。登臨望遠天。樹濃春色媚。山淺野花鮮。簷下三光滿。牕中萬象懸。鴻鐘吟掌内。樓觀聳祇園。溪水流□□。孤峰戴夕煙。罕陪高□□。□□□□□。

楚按,第四句“淺”字原卷作“净”,應據改。

以上五首詩中,最重要的是第一首。詩題雖然缺失,但大約是贈令狐上人之作,詩中有“上人青海變霓裳”之句,這位“上人”應該就是第二首詩題《送令狐師迴駕青海》的“令狐師”。“令狐”是俗姓,“上人”和“師”都是對僧徒的稱謂。他與作者交情深厚,所以第二首有“何時結善鄰”之句。本詩作者雖不可考,但據第二首末句“誰念失鄉賓”和第三首“幂幂生鄉思”,可知是流寓敦煌的中原人士。據第一首“懷書十上皆遺棄,未解提戈空羡魚”之語,可知作者是一位不得志的文人。這首詩的珍貴價值,在於它記叙了敦煌從被圍到陷蕃的經過。據《新唐書·吐蕃傳》,安史之亂爆發後,哥舒翰悉調河、隴兵東守潼關,河西防務空虚,吐蕃乘虚而入。寶應元年(七六一),吐蕃陷臨洮,取秦、成、渭等州,於是敦煌等地孤懸西陲,與中原阻隔。吐蕃由東向西推進,代宗廣德年間,涼州陷落;永泰二年(七六六),甘州陷落;大曆十一年(七七六),瓜州陷落;德宗建中二年(七八一),沙州(敦煌)終於陷落。在沙州陷落以前,敦煌人民在吐蕃長期圍困中,堅持了十年艱苦卓絶的保衛戰,《新唐書·吐蕃傳》記其事曰:

沙州刺史周鼎爲唐固守,贊普徙帳南山,使尚綺心兒攻之。鼎請救回鶻,踰年不至。議焚城郭,引衆東奔,皆以爲不可。鼎遣都知兵馬使閻朝領壯士行視水草,晨入謁辭行,與鼎親吏周沙奴共射,彀弓揖讓,射沙奴即死,執鼎而縊殺之,自領州事。城守者八年,出綾一端募麥一斗,應者甚衆。朝喜曰:“民且有食,可以死守也。”又二歲,糧械皆竭,登城而譟曰:“苟毋徙佗境,請以城降。”

綺心兒許諾，於是出降。自攻城至是凡十一年。贊普以綺心兒代守。後疑朝謀變，置毒韡中而死。州人皆胡服臣虜，每歲時祀父祖，衣中國之服，號慟而藏之。

敦煌人民十年抗戰的結果，换取了吐蕃"毋徙佗境"的承諾。從吐蕃方面看，則是改變了對攻占漢地的政策，由過去的擄掠驅逐變爲維持當地的安定。因此敦煌陷蕃之後，没有遭到大的破壞，這是值得慶幸的。

伯三九六七詩集第一首殘詩説到"敦煌易主鎮天涯"，顯然是寫在敦煌陷蕃之後。詩中寫出了作者在這一巨變中的感受，"（前缺）翻陷重圍裏，卻遣吾曹泣塞門"，心情是沉痛的。"塞"字原寫"虜"，改注"塞"字於旁邊，或是有所避忌而然。"曉夕袛望白髦頭，何時再覩黄金鉞"，"髦"通"旄"，用了《書·牧誓》"王左杖黄鉞，右秉白旄以麾"的典故，表白對唐王朝的思念。"北胡不爲通京國，南雁猶傳帝里音"，"歸途已被龍蛇閉，心魂夢向麒麟閣"，寫出了敦煌與中原阻隔的處境。尾端"歸期應限羝羊乳"典出《漢書·蘇武傳》："乃徙武北海上無人處，使牧羝，羝乳乃得歸。"顔師古注："羝，牡羊也。羝不當産乳，故設此言，示絶其事，若燕太子丹烏白頭、馬生角之比也。"這句詩表明作者對重返唐朝已經絶望，也隱然以蘇武自比，所以詩中還有"松竹雖堅不寄生"之類堅持民族氣節的話。不過從全詩的氣氛看，敦煌陷蕃後的局勢是安定的，像作者這樣有民族氣節的知識分子並未受到迫害，説明吐蕃任命統治敦煌的尚綺心兒採取的政策是開明的。

這個殘詩集的後三首詩都是寫金光明寺的，應該也是寫於敦煌陷蕃之後。前一首是上述佚名詩人之作，後兩首是周卿、泰法師的同作。金光明寺是唐五代時期的敦煌大寺，從詩中可以看出寺廟的宗教生活並没有因爲陷蕃而受到影響。事實上吐蕃信仰佛教，和敦煌漢民是一樣的，敦煌佛教在吐蕃統治時期甚至有了更大的發展，這種連續性是敦煌陷蕃後保持安定的重要因素，也是莫高窟藝術得以保持和繼續發展的重要因素。

第二節　陷蕃人詩

伯二五五五卷是很重要的唐人詩文選集，我們在本書的第一章中曾加以介紹。這個卷子中有七十多首陷蕃人的詩作，分作兩組，穿插在其他詩文之中，分别在卷子的正面和背面。最早發表這些詩歌全部録文的是陳祚龍，他也按兩組分兩次，分别載入《關於敦煌古鈔某些李唐邊塞詞客之詩歌》和《新校重訂敦煌古鈔李唐詩人陷蕃詩歌初集》兩文中①。對於前一組，陳氏説："上列的這些詩歌，不幸其原抄悉未標明作者姓名，故難斷定究爲何人之作。唯其皆當爲開、天以後，河西相繼陷蕃之詞客（可能衹係一人）所作，則屬勿容置疑。"對於第二組，陳氏説："雖然我至今還不能肯定：其原有的作者殆衹一人，或實爲數人，以及其姓氏名號、行誼貢獻究係怎樣，但我敢説，它們必爲河隴諸州，自從李唐玄宗天寶安、史亂後，相繼陷於吐蕃，直到懿宗咸通年中，次第全經光復期間的'作品'！"在這以前，王重民曾經迻録這些詩歌，後來由舒學整理，把它們分爲"佚名詩五十九首"和"馬雲奇詩十三首"，定名爲《敦煌唐人詩集殘卷》，發表在《文物資料叢刊》（一九七七），並在序中對這七十二首詩的作者（佚名和馬雲奇）以及創作背景作了考釋：

法國人伯希和從敦煌劫走的卷子中，有一個殘卷録有若干詩

①陳祚龍《關於敦煌古鈔某些李唐邊塞詞客之詩歌》，原載《民主潮》第二十六卷第一期（一九七五年一月十六日出版）；《新校重訂敦煌古鈔李唐詞人陷蕃詩歌初集》，原載《夏聲月刊》第一三三期（一九七五年十二月出版）。以上兩文皆收入《敦煌學海探珠》，臺灣商務印書館一九七九年四月初版。

> 篇(編號爲伯二五五五)。其中有唐人詩作七十二首,爲唐朝中期我國國内民族戰争中被吐蕃俘虜的兩個敦煌漢族人所作。這些詩,過去没有見過著録,《全唐詩》也没有收入。這兩個殘詩集的作者:一個(姓名不可考)是唐德宗建中二年(七八一年)吐蕃攻占敦煌後,在此年初秋被押解離開敦煌,經過一年零一、二個月的時間,由墨離海、青海、赤嶺、白水,到達臨蕃。另一個是馬雲奇,大約是公元七八七年吐蕃攻佔安西後,從敦煌出發,經過淡水,被押送到安西。他們的這些詩,按時間先後編排,記録了作者沿途的見聞和感慨。他們所經歷的時間,正是吐蕃的極盛時代。他們所經過的地區,在被吐蕃佔領後便失去記載,在唐代史書上幾乎成爲一個空白。因此,這些詩雖算不得文學上的好作品,内容上也有一些糟粕,但在歷史上是很可寶貴的紀行詩,也是研究這段歷史的有用的參考材料。

其後劉修業也對王重民録文加以整理,同樣分爲"馬雲奇詩十三首"和"佚名殘詩集五十九首",收入《〈補全唐詩〉拾遺》卷一和卷二。王重民生前寫的《敦煌唐人詩集殘卷考釋》也在《中華文史論叢》一九八四年第二輯發表,對上述陷蕃詩集加以考釋。可以看出,將上述陷蕃人詩分爲佚名詩五十九首和馬雲奇詩十三首的看法,最早是由王氏提出的。

差不多同時,柴劍虹和潘重規不約而同地對"馬雲奇詩十三首"的説法提出異議。柴劍虹説:

> 從伯二五五五卷的抄寫情況來看,其正面所抄,顯係一人筆跡。那五十九首佚名詩隔開一行抄在十六首無名氏的詠物詩之後,抄寫格式稍異,即大多數詩題完整,且高出一格抄;詩的數目多,内容又緊密銜接,反映了作者自敦煌出使吐谷渾,途中被吐蕃拘縶,押送至臨蕃的經過。因此,作者自抄的可能性很大。寫卷

背面所抄，署名馬雲奇的衹有《懷素師草書歌》一首，接抄在五首《閨情》詩之後，詩題低兩格抄，署名又和詩題空兩格，且用大字抄寫。《白雲歌》等十二首抄於《懷素師草書歌》之左，並無署名，而且馬上改變了抄寫格式，字體也縮小了一倍，詩題頂格（詳見所附圖片）。《白雲歌》詩題下有作者自序云："予時落殊俗，隨蕃軍望之感此而作。"這十二首詩，從抄寫格式到内容、風格均與馬雲奇《懷素師草書歌》迥異，卻與寫卷正面那五十九首佚名詩連貫一氣。因此，它們很可能也是抄卷人所作。①

潘重規則對馬雲奇《懷素師草書歌》進行了深入的研究，證明了馬雲奇不可能是陷蕃詩的作者。他的結論是：

懷素如生於開元十三年（七二五），到建中二年（七八一）陷蕃時，年已五十有七，作歌相贈稱"懷素纔年三十餘"的馬雲奇，如果年長五歲或十歲，便是六十二歲或六十七歲的老人。統觀七十餘首陷蕃詩沒有一首够得上稱爲六十老人的作品，所以我懷疑王重民、舒學貿然説的："這兩個殘詩集的作者：一個即這十三首作者，名馬雲奇。因爲這些詩格調均相似，除第一首外，又均是詠被吐蕃俘虜的事，故可定爲一人作品。"（《補全唐詩拾遺》）其實，第一首馬雲奇草書歌，風格與後十二首詩風格大不相同。可以肯定地説，馬雲奇在江南送懷素的作品，既非陷蕃之詩；在江南作詩的馬雲奇也不是陷蕃詩人。②

那麼陷蕃詩的作者究竟是誰呢？柴劍虹與潘重規都認爲很可能

①引自柴劍虹《敦煌伯二五五五卷"馬雲奇詩"辯》，載《中華文史論叢》一九八四年第二輯，五四頁。

②引自潘重規《敦煌唐人陷蕃詩集殘卷作者的新探測》，載《漢學研究》第三卷第一期，一九八五年六月。

是毛押衙。潘氏之説曰：

> 最後我要指出一個真正陷蕃詩人的姓氏，那便是這個寫本正面陷蕃詩第五十九首閨情詩後，王氏漏鈔有姓氏的一首陷蕃詩。這首詩在閨情詩接鈔劉商胡笳十八拍後，有詩題云："落番人毛衙牙遂笳（加）一拍，因爲十九拍。"詩云：
>
> 第十九拍，去年骨肉悲［離］圻（坼），不似今年苦爲客。失土韈同落水瓶，歸蕃永作投河石。他鄉人物稀相識，獨有夫君沉憐惜。歲暮悲情生百端，不覺愁牽加一拍。
>
> 這首詩的作者是落蕃人毛押衙，他讀劉商胡笳十八拍深有所感，遂續作了一拍，名爲"胡笳第十九拍"。十九拍的筆跡完全相同，可見鈔詩人和作詩人都是毛押衙。而且前五十九首陷蕃詩的筆跡與第十九拍也相同，又與背面陷蕃詩白雲歌的筆跡也相似。如果要實指這七十餘首陷蕃詩的作者，似乎毛押衙的可能性最高；起碼，胡笳第十九拍的作者是毛押衙，毛押衙是作胡笳第十九拍的陷蕃詩人，這總是鐵一般的事實！①

總之，馬雲奇衹是《懷素師草書歌》的作者，而不是陷蕃詩的作者。伯二五五五號正面五十九首陷蕃詩和背面十二首陷蕃詩，有可能是同一個陷蕃詩人之作，這個人或許就是補作"胡笳第十九拍"的毛押牙。"押牙"同"押衙"，是軍府官職名稱。這位毛姓押衙的生平同樣無法考證。

下面就對伯二五五五正面五十九首陷蕃詩稍作考察。按陳祚龍、舒學、王重民、潘重規等皆曾校録陷蕃詩，而以潘氏校本最爲精審，以

---

①引自潘重規《敦煌唐人陷蕃詩集殘卷作者的新探測》，載《漢學研究》第三卷第一期，一九八五年六月。

下引文皆用潘本①。

《春日羈情》説:“鄉山臨海岸,别業近天垷。地接龍塠(堆)北,川連雁塞西。”按我國西北地區稱湖泊爲“海”,這裏説的“海岸”、“天垷”、“龍塠”、“雁塞”,都指我國西北邊陲,然則作者的籍貫應在我國西北地區。作者又有《非所寄王都護姨夫》、《哭押衙四叔》詩,可見作者在邊區還有一些親戚,且都身居官職,因而作者應是出身於邊地名門。《春日羈情》還説:“童年方剃削,弱冠導群迷,儒釋雙被(披)翫,聲名獨見躋。”可見他童年出家,儒釋兼通,早有聲名。作者無題詩云:“日月千迴數,君名萬遍呼。睡時應入夢,知我斷腸無?”從内容看,大概是一首憶内詩,因此他後來是還了俗的,這與作者是毛押衙的推測並不矛盾。

這五十九首詩記叙了作者從敦煌出發,經過墨離海、青海、赤嶺、白水,直到在臨蕃停留的經過。其中前二十三首是途中紀行詩,後三十六首是在臨蕃所作。至於作者此行的原因,王重民和舒學認爲是被吐蕃俘虜。此行的時間,則舒學認爲這五十九首的作者“是唐德宗建中二年(七八一)吐蕃攻佔敦煌後,在此年初秋被押解離開敦煌”,王重民則認爲“作詩的年代,不應早於公元六七〇年放棄安西四鎮(楚按此説有誤)以前,也不能晚於七八五年敦煌陷蕃以後”②。今按據《久憾縲紲之作》首句“一從命駕赴戎鄉”,不像是被俘的口氣,所以柴劍虹認爲“五十九首詩的作者是‘一從命駕赴戎鄉’的敦煌使臣”。至於被吐蕃囚禁,則是後來的事,作者並非以俘虜的身份離開敦煌。無題詩:“一介恥無蘇子節,數迴羞寄李陵書。”大概他的遭際和蘇武有相似之處,但終於被迫屈節,又與李陵有相似之處,所以有這樣的自責。在途中他還寫過《夢到沙州奉懷殿下》的詩,因此作者很可能是在敦煌陷蕃(七八一)以前,被吐蕃包圍的時期,承擔某項使命而離開敦煌的使節。

這五十九首紀行詩,按照時間順序編排,作者行程歷歷可辨。

①潘重規《敦煌唐人陷蕃詩集殘卷校録》,載《幼獅學誌》第十五卷第四期。

②引自王重民《敦煌唐人詩集殘卷考釋》,載《中華文史論叢》一九八四年第二輯。

冬出敦煌郡入退渾國朝發馬圈之作

西行過馬圈，北望近陽關。迴首見城郭，黯然林樹間。野煙暝村墅，初日慘寒山。步步鍼（緘）愁色，迢迢唯夢還。

這是紀行詩的第一首。“退渾”即吐谷渾，其活動地域在敦煌西南。劉元鼎《使吐蕃記》：“莫賀延磧北自沙州之西，乃南入吐渾國。”《張義潮變文》也云：“取西南上把疾路進軍……直到退渾國内。”“馬圈”即馬圈口，在敦煌西南二十五里，伯二〇〇五《沙州圖經》有“馬圈口”地名。作者在某年冬天從敦煌出發，經過馬圈口向西南進發。以下《至墨離海奉懷敦煌知己》、《冬日書情》、《登山奉懷知己》、《夏中忽見飛雪之作》、《冬日野望》、《夏日途中即事》抒寫了旅途經歷和情懷，時間也到了次年的夏天。但是《冬日野望》一首夾在兩首夏天詩歌之間，令人生疑：

冬日野望

出户過河梁，登高試望鄉。雲隨愁處斷，川逐思彌長。晚吹低叢草，遥山落夕陽。徘徊噎不語，空使淚霑裳。

是詩集的編排次序出了毛病嗎？不，次序没有錯，衹是詩題的“冬”字是“夏”字誤書。岑參《白雪歌送武判官歸京》有“北風卷地白草折，胡天八月即飛雪”之語，此首第六句“晚吹低叢草”顯然不是冬日景象，而是夏日風物，可證詩題應是《夏日野望》。

大約在夏秋之交，作者到了青海，並且停留了一段時間。在這裏，作者除了大病一場以外，還另外發生了一件事情。

青海卧疾之作

數日穹廬卧疾時，百方投藥力將微。驚魂漫漫迷山際，怯魄悠悠傍海涯。旋知命與浮雲合，可歎身同朝露晞。男兒到此須甘分，何假含啼枕上悲。

邂逭(逅)遇迍蒙，人情詎見通。昔時曾虎步，即日似禽籠。有命如朝露，無依類斷蓬。緬懷知我者，榮辱杳難同。

第二首“即日似禽籠”，説明作者已被囚禁了。據首句“邂逅遇迍蒙”，這場災難完全是始料所不及的，並非是從敦煌出發時就作爲俘虜被囚繫的，至於被囚禁的原因，下一首《秋夜》末句説“況復猜嫌被網羅”，可知是被“猜嫌”所致，但詳情已不可知。從此囚禁的痛苦便成爲詩中屢見的主題了。

夢到沙州奉懷殿下

一從淪陷自天涯，數度棲惶怨別家。將謂飄零長失路，誰知運合至流沙。流沙有幸逢人主，唯恨無才遇尚賒。日夕恩波霑雨露，縱横顧盼益光華。光華遠近誰不羡，常思刷羽摶風便。忽使三冬告别離，山河萬里誠難見。昨來魂夢傍陽關，省到敦煌奉玉顔。舞廗(席)歌樓似登陟，綺筵花柳記躋攀。總緣宿昔承言笑，此夜論心豈暫閑。睡裏不知迴早晚，覺時不覺淚班班(斑斑)。

末句“不”字，原卷實寫“衹”字。這首詩很重要，可惜還有疑點弄不明白，據前四句，作者是在家鄉淪陷後纔流落到敦煌的。我懷疑作者本是河西人氏，安史亂後吐蕃的戰略，是首先切斷河西地區與中原的聯繫，然後由東向西，逆向推進。河西諸郡人士紛紛西奔，最後被包圍於敦煌。陷蕃詩人大概就是在這一過程中來到敦煌的，詩題中的“沙州”和詩中的“流沙”，都是指的敦煌。五至八句寫作者到敦煌後，受到“人主”的恩顧重用。九至十二句寫作者每思報效，因而受命出使。“忽使三冬告别離”一句説明作者確實是奉命出使，而不是被俘離去的。最後抒發作者思念“殿下”的情思。問題是這位“殿下”、“人主”究竟是誰呢？王重民説：

作者"夢到沙州奉懷殿下"一詩很重要,也很難解。因爲在封建時代對所"奉懷"的稱"殿下"不應是對將軍或主帥的稱呼,也不可能是皇帝,難解就在這個地方。考《新唐書》卷八〇《太宗諸子列傳》和卷二一六《吐蕃列傳》,信安王李禕曾在七二七～九年間,奉詔與"河西隴右"諸軍攻吐蕃,拓地至千里,因此,我頗疑猜作者所奉懷的殿下,就是信安王李禕。這一猜測如不錯,則作者被俘的年代,應該是七二七～七六三年中間。①

閻文儒則説:

此詩題爲《夢到沙州奉懷殿下》。殿下應係諸王、貴族的稱呼,這時敦煌並没有這種身份的諸王貴族。後曹氏統治敦煌時,有這樣稱呼。《敦煌遺書》第一集原本藏巴黎國立圖書館伯氏編號二七〇四號曹議金四種疏,在長興四年、五年俱書:"弟子河西歸義軍節度使檢校令公大王曹議金謹疏。"既然官銜爲"令公大王",則人稱自可爲"殿下"也。因此想周鼎、閻朝時統治敦煌時爲軍事、政治首領,官銜亦能如曹議金稱爲王了。所以作者既是屬下,自可稱之爲"殿下"。②

這兩種解釋都還存在疑問,有待今後繼續研究。

夏日非所書情

自從去歲别流沙,猶恨今秋歸望賒。將謂西南窮地角,誰言東北到天涯。山河遠近多穹帳,戎俗追(追)觀少物華。六月尚聞

①引自王重民《敦煌唐人詩集殘卷考釋》,載《中華文史論叢》一九八四年第二輯。

②引自閻文儒《敦煌兩個陷蕃人殘詩集校釋》,載《向達先生紀念論文集》,新疆人民出版社一九八六年一月第一版。

飛雪片，三春豈見有煙花。凌晨倏閃奔雷電，薄暮斯須斂霽霞。傍對崇山刑(形)屹屹，前臨巨壑勢呀呀。昨來羈思憂如擣，即日愁腸亂似麻。爲客已遭迍否事，不知何計得還家。

這首詩也應是在青海所作，詩題中的"非所"指牢獄。詩題標明"夏日"，卻接在《秋夜望月》一首之後，顯然有誤。按次句明明説"今秋"，可知詩題中的"夏日"應作"秋日"，與上一首秋夜詩在時間上並不顛倒。體會三四句"將謂西南窮地角，誰言東北到天涯"，似乎作者此行的目的地原來是在西南方向，不料後來卻折向東北方向了。按作者從敦煌出發時，"西行過馬圈，北望近陽關"，確實是向西南行進的。而現在到達的青海卻遠在敦煌的東面偏南，説明作者向西南行進了相當距離，確實又折向東北方向，終於到達青海。何以會有這種意外的改變？這和作者被囚繫有没有關係，仍是一個謎。

作者在青海停留時大約寫了十首詩，便被押解踏上東征的路程。《夜度赤領(嶺)懷諸知己》、《晚次白水古戍見枯骨之作》、《晚秋至臨蕃被禁之作》三首詩記叙了從青海到臨蕃的行程。按"赤嶺"、"白水"、"臨蕃"皆在今青海省西寧市西面，《新唐書・地理志・隴右道・鄯州》記載了它們的位置。赤嶺本是唐代漢蕃邊界，《新唐書・吐蕃傳》："吐蕃又請交馬於赤嶺，互市於甘松嶺。宰相裴光庭曰：'甘松中國阻，不如許赤嶺。'乃聽以赤嶺爲界，表以大碑，刻約其上。"安史亂後，這些地方淪入吐蕃，情況不明。現在陷蕃詩人卻記下了沿途所見："漢家封壘徒千所，失守時更歷幾春。""昔日三軍雄鎮地，今時百(楚按當作白)草遍誠(城)陰。"可見這些地方陷蕃後遭到了嚴重的破壞。

自《晚秋至臨蕃被禁之作》以下的三十六首詩，皆作於臨蕃，時間經歷了兩年。作者雖説被禁，但大約衹是被軟禁，還有一定的行動自由，所以《國中登山》説："戎庭悶且閑，誰復解愁顔。步步或登嶺，悠悠時往還。"這些詩歌抒寫了作者縲紲之痛，去國之悲，以及對鄉國和故人的綿綿思念，基調是憂傷的。

晚秋羈情

悄然獨立思疇昔，忽尔傷心淚旋滴。常時遊涉事文華，今日羈縲困戎敵。知音好識竟何在，黯然已矣山河隔。弔影慚魂嗟一身，夕往朝朝(來)絶三益。非論邂逅(逅)離朋友，抑亦淪流彫羽翮。自憐銷瘦衣漸寬，誰念恓惶心轉窄。近來殊俗盈衢路，尚見蒿茉(萊)遍街陌。屋宇摧殘無箇存，猶是唐家舊蹤跡。城邊谷口色蒼茫，木落霜飛風拐(淅)瀝。凌晨煞氣半天紅，薄暮寒雲滿山白。羈紲時深情憤怒，漂泊鄉遥心感激。不憂懦節向戎夷，祇恨更長愁寂寂。

這是初到臨蕃所作，撫今追昔，孑然一身，感情是激動的，所以有"羈紲時深情憤怒，漂泊鄉遥心感激"的話。從"今日羈縲困戎敵"看來，作者是把吐蕃視作敵國，故結尾云"不憂懦節向戎夷"，表示了不屈服於敵人的信心。這時有幾位"故人"相問，有詩三首記其事：

忽有故人相問以詩代書達知己兩首

忽聞數子訪羈人，問着咸言是德鄰。與君咫尺不相見，空知日夕淚霑巾。

自閇(閉)荒城恨有餘，未知君意復何如。非論阻礙難相見，亦恐猜慊(嫌)不寄書。

得信酬迴

人迴忽得信，具委書中情。羈思頓雖豁，憶君心轉盈。自憐飄泊者，邂逅閉荒城。欲識肝腸斷，更深聽叫聲。

在臨蕃而有數位"故人"、"知己"，可見流落在臨蕃的漢人不在少數。這些故人是作者的"德鄰"，相距並不很遠，然而"與君咫尺不相見"、"非論阻礙難相見"，想必是由於作者被禁的身份，不能自由交往，所以先寫了前兩首詩，"以詩代書"。但云"亦恐猜嫌不寄書"，又擔心"故人"有種種顧慮，不便回信。然而故人竟然回信了，作者又寫了第三首,結云"欲識肝腸斷,更深聽叫聲",這求友的叫聲是很沉痛的。

隨着時間的流逝,作者的情緒更加低沉和哀傷。不過他也没有放棄返鄉的夢想,並情不自禁地流露於筆端:

感興臨蕃馴雁

感兹馴雁色蒼蒼,徘徊顧步貌昂昂。不見銜蘆避繒繳,空聞落翮困堤塘。差池爲失衝(衡)陽伴。邂逅飄零虜塞傍。引鉺(頸)長吟望雲路,何時刷(刷)羽接歸行。

"馴雁"是被人豢養的雁,已經失去了翱翔長空的能力。作者以飄零虜塞的馴雁自比,結尾兩句表示不甘沉淪,渴望有朝一日刷羽歸飛的願望。不過在這以前,作者《晚秋》詩中説過:"一介恥無蘇子節,數迴羞寄李陵書。"似乎作者"不憂懦節向戎夷"的志節終於未能堅守下去。因此籠罩在這些詩篇中的悲苦氣氛,不僅是由於作者的坎坷遭際,也是由於他的軟弱性格。這是在民族矛盾造成的歷史巨變中,一個不能掌握自己命運的文人的悲歌。

下面再看伯二五五五卷背面的十二首陷蕃詩。柴劍虹將卷背的十二首陷蕃詩與正面的五十九首陷蕃詩相比較,認爲有兩點頗可注意:第一,作者身世相同,詩的内容一致。第二,有些詩句極爲相仿,似出一人之手。因此他説:"從詩歌所表達的思想内容來看:無論是'邂逅遇迍蒙'、'身同朝露晞'的悲嘆,還是'一朝運否'、'何事逐飄蓬'的感慨;無論是'朝朝心逐東溪水,夜夜魂隨西月流'的愁思,還是'不見書傳青海北,只知魂斷隴山西'的苦戀;無論是'一介恥無蘇子節,數迴羞寄李陵書'的屈辱,還是'且隨浮俗貪趨世,肯料寒灰亦重燃'的軟弱,前五十九首詩與後十二首詩都是連貫一氣、一脈相承的。"①

①引自柴劍虹《敦煌伯二五五五卷"馬雲奇詩"辯》,載《中華文史論叢》一九八四年第二輯,五六頁。

這些分析是有道理的。不過《白雲歌》中有兩句:“殊方節物異長安,盛夏雲光也自寒。”將殊方與長安相比較。結尾又云:“既悲出塞復入塞,應亦有時還帝鄉。”“帝鄉”即指長安。作者所熟悉、所思念的是長安帝鄉,這和前五十九首時時繫念敦煌不同,作者似乎是中原人氏,而前五十九首的作者是河西人氏。再看:

至淡河同前之作

念尔兼辭國,緘愁欲渡河。到來河更闊,應為涕流多。

這是途中懷念兒女之作。按淡河在今新疆焉耆附近,《新唐書·地理志·隴右道·西州交河郡》:“又西南百四十五里,經新城館,渡淡河,至焉耆鎮城。”由敦煌至焉耆和由敦煌至臨蕃,方向正好相反。因而陷蕃詩十二首的作者與五十九首的作者,很可能不是一個人。

被蕃軍拘繫之作

何事逐漂蓬,悠悠過鑿空。世窮徒運桀(策),戰苦不成功。

淚滴東流水,心遥北翥鴻。可能忠孝節,長遺閫(困)西戎。

第二句“悠悠過鑿空”,用張騫通西域的典故,正和作者被押解至淡河(新疆焉耆)的行程吻合。第四句“戰苦不成功”,透露作者是因爲戰敗被吐蕃拘繫的,這和前五十九首作者的被禁似乎不同。因此前五十九首陷蕃詩的作者和後十二首陷蕃詩的作者是否即是同一人,恐怕尚難作肯定的結論。

這十二首陷蕃詩中,最傑出的作品首推《白雲歌》了。

白雲歌予時落殊俗,隨蕃軍望之,感此而作。

遥望白雲出海灣,變成萬狀須臾間。忽散鳥飛趁不及,唯祇清風隨往還。生復滅兮滅復生,將欲凝兮旋已征。因悟悠悠寄還

(寰)宇,何須擾擾徇功名。滅復生兮生復滅,左之盈兮右之缺(缺)。從來舉事皆尔為,何不含情自怡悦。殊方節物異長安,盛夏雲光也自寒。遠戍只將煙正起,横峰更似雪猶殘。白雲片片暎青山,白雲不盡青山盡。展轉霏微度碧空,碧空不見浮雲近。漸覺雲低駐馬看,聯綿縹眇拂征鞍。一不一兮幾紛紛,散不散兮何漫漫。東西南北乎(互)□馳,上下高低恣所宜。影□碧池冰縈底,光浮緑樹霰凝枝。欲謂白雲必從龍,飛來飛去龍不見。欲謂白雲不從龍,乍輕乍重誰能變。一重未過一重催,一畔縈巖一畔開。欒巴噀酒應隨去,子晉吹笙定伴來。被(披)襟引袖遽迎風,欲為吹雲置袖中。雲飛入袖將為滿,袖卷看雲依舊空。雷殷殷兮雨矇矇,成陰潤下雲之功。倏然雲晴銷四極,所潤寧知白雲力。大賢濟世徒自勞,一朝運否誰相憶。不知白雲何所以,年年歲歲從山起。雲收未必歸石中,石暗翻埋在雲裏。世人遷變比白雲,白雲無心但氛氳。白雲生滅比世人,世人有心多苦辛。旋生旋滅何窮已,有心無心只如此。當須體道有貞素,不用浮榮説非是。望白雲,白雲遼亂滿空山。高低賦象非情欲,余遂感之心自閑。望白雲,白雲天外何悠揚。既悲出塞復入塞,應亦有時還帝鄉。

《白雲歌》描寫了白雲"變成萬狀須臾間"的種種形態,以及作者因此而産生的種種感想。和其餘十一首不同,《白雲歌》不是針對某一具體事情而發,而是表現了一種哲理性的思考。後幅"世人遷變比白雲,白雲無心但氛氳。白雲生滅比世人,世人有心多苦辛",將世人與白雲相比,區别祇在"有心"與"無心"之間。白雲無心,故但氛氳;世人有心,故多苦辛。"因悟悠悠寄寰宇,何須擾擾徇功名",作者似乎已經徹悟了。但是結尾云"既悲出塞復入塞,應亦有時還帝鄉",人非木石,孰能無情,作者終究還是無法真正"無心"的。

總之,伯二五五五正面和反面的七十一首陷蕃詩,不論是一人之作或兩人之作,都是安史亂後,我國西部地區歷史巨變的見證。其中抒發了在這一歷史巨變中陷蕃人士的悲苦心境，描寫了邊塞地區的景物風貌和陷蕃後的破敗景象，填補了史書記載的空白，因此不論對於文學研究或歷史研究，都具有寶貴的價值。

第三節　金山國詩

敦煌地方政權在晚唐五代之交有一段"金山國"的插曲。王重民記其事曰："張奉蓋張議潮（按：當作張義潮，下同）之後，唐昭宗景福（八九二～八九三）乾甯（八九四～八九七）間，歸義軍簒亂頻仍，而政權終歸於李氏。奉念先人勳業，力圖恢復，超擢至歸義軍節度副使。光化三年（九〇〇）七月朝制授充歸義節度，而李氏微矣！哀宗天祐二年二月（九〇五）有白雀之瑞，群臣勸進，乃自立爲白衣天子，號西漢金山國。擁有瓜、沙、肅、鄯、河、蘭、岷、廓八州之地。"①按張承奉是張義潮之孫，這個政權存在了十五年左右，大約梁末帝貞明五、六年（九一九、九二〇），張承奉卒，州人推長史曹義金爲帥，敦煌地區復稱爲歸義軍。這段歷史，僅《舊五代史・吐蕃傳》、《新五代史・四夷附録三》有"沙州，梁開平中，有節度使張奉，自號'金山白衣天子'"的記載。張奉即張承奉，史書避漢隱帝劉承祐諱省"承"字。及至王重民鈎稽敦煌遺書中的有關資料，撰爲《金山國墜事零拾》一文，這段歷史纔爲世人所知。王氏所據資料中有《白雀歌》及《龍泉神劍歌》，下面引用的就是王氏校録本。

白雀歌伯二五九四背面、伯二八六四背面

伏以金山天子殿下，上稟宝（虚，楚按當作靈）符，特受玄黄之

①王重民《金山國墜事零拾》，原載一九三五年十二月《北平圖書館館刊》九卷六期，收入《敦煌遺書論文集》，中華書局一九八四年四月第一版。

册，副人望而南面爲君，繼五涼之中興，雍（楚按當作擁）八州之勝地。十二冕旒，漸覩龍飛之化；出警入蹕，將城（楚按當作成）萬乘之彝（尊）。八備簫韶，以像堯階之儛（舞），承白雀之瑞，膺周文之德。老臣不才，輒課《白雀歌》一首。每句之中，偕（楚按當作皆）以霜雪潔白爲詞。臨紙惟汗，伏增戰悚。三楚漁人臣張永進上。

白雀飛來過白亭，鼓翅翻身入帝城。深向後宮呈寶瑞，玉樓高處送嘉聲。白衣白鞾白紗巾，白馬銀鞍珮白纓。自古不聞書不載，一劍能卻百萬兵。王母本住在崑崙，爲貢白環來入秦，漢武遥指東方朔，朕感白霞天上人。紫亭南嶺白狼遊，爲效禎祥届此州，昔日周王呈九尾，争似如今耀斗牛。白旗白紱白旄頭，白玉雕鞍白瑞鳩，築壇待拜天郊後，自有金星助冕旒。白巖聖跡俯王都，玉女乘虚定五湖，白廣山巔雲繚繞，人歌聖德滿長衢。金鞍山上白犛（犂）牛，擺撼霜毛始舉頭。遶泉百匝騰空去，保王社稷定徽猷。白山隄下白澄津，一道長河夾岸春。白雪梨花連萬朵，王向東樓擁白雲。東苑西園池白渉（莛，楚按或是蘋字），白渠流水好陽春。六宫盡是名家子，白羅婥約玉顔新。平河北澤白龍宫，賀拔爲王此處逢。昨來再起興雲雨，爲贊君王瑞一同。嵯峨萬丈聳金山，白雪凝霜古聖壇，金鞍長掛湫南樹，神通日夜助王歡。山出西南獨秀高，白霞爲蓋繞周遭。山腹有泉深萬丈，白龍時復震波濤。白樓素殿白銀鉤，砌玉龍墀對五侯。雉尾扇移香案出，似月如霜複殿幽。白牙歸子白鐐爐，倚障虬蟠銜白珠。青衣童子携白紱，宫官執持（以上在二五九四號卷子）銀湩盂。應須築殿白金欄，上稟金方頂蓋圓，白玉疊階爲蹬道，工輸化出大羅天。白衣殿下白頭臣，廣運籌謀奉一人。白帝化高千古後，猶傳盛德比松筠。白衣居士寫金經，誓弼人王不出庭。八大金剛持寶杵，長當護念我王城。白壇白獸白蓮花，大聖擭（楚按當作護）持薦一家。太子福延千萬葉，王妃長降五香車。樓成白璧鑽（楚按當作攢）珠珎

(珍),五部龍軒倚桷新。萬拱白平(楚按當作牙)紅鏤頂,白龍行雨灑埃塵。白旄神纛樹龍墀,白象銜珠盡合儀,春光駕幸東城苑,雅樂前臨日月旗。百官在國惣(總)酋傪,白刃交馳未告勞。爲感我王洪澤厚,盡能平虜展戎韜。白裾曳履出衆群,國舅温恭自束身。羅公挺拔摧凶敵,按劍先登渾舍人。白雪山巖瀚海清,六戎交臂必須平。我王自有如神將,沙南委付宋中丞。白屋藏金鎮國豐,進達偏能報虜戎。樓蘭獻捷千人喜,勑賜紅袍與上功。文通守節白如銀,出入王宫潔一身,每向三危修令得(楚按通德),唯祈寶壽薦明君。寀(填,楚按當作寡)詞陳白未能休,筆勢相催白汗流,願見金山明聖主,延齡滄海萬千秋。頌白(楚按當作曰:)

白銀槍懸太白旗,白虎雙旌三戟枝,五方色中白爲上,不是我王争得知。樓成白璧聳儀形,蜀地求才讚聖明。自從湯帝昇霞(楚按當作遐)後,白雀無因宿帝廷。今來降瑞報成康,果見河西再册玉(楚按當作王),韓白滿朝謀似雨,國門長鎮在燉煌。

乙丑年二月勑歸義軍節度使押衙陽音久銀青(下缺)(以上在二八六四號卷背)

此歌寫於伯二五九四和伯二八六四背面,適相銜接,蓋本爲一卷,斷裂爲二也。歌前有獻《白雀歌》表文一通,題署“三楚漁人張永進上”,王重民因謂作者爲張永進,誤。作者名張永,“進上”連讀,猶云進獻也。歌云“築壇待拜天郊後,自有金星助冕旒”,是獻歌時張承奉尚未登位,此歌即爲勸進之歌也。勸進的理由是敦煌出現了“白雀”之瑞,故歌中也句句以“霜雪潔白爲詞”。王重民云:“此歌前段多採本地故事,後段則歷叙朝臣之盛,兼及武功與政事,於金山國事墜失之餘,得此可作一篇開國史讀矣!”

《龍泉神劍歌》載於伯三六三三,此卷應是作者草稿,塗抹修改處甚多。下面引用王重民校録本,並加補校。

龍泉神劍歌伯三六三三

謹撰龍泉神劍歌一首　　大宰相江東吏部尚書臣張壘撰進㈠

龍泉寶劍出豐城，彩氣衝天上接辰，不獨漢朝今亦有，□鞏山下是長津㈡。天符下降到龍沙，便有明君膺紫霞，天子猶來是天補㈢，横截河西作一家。堂堂美皃實天顔㈣，□德昂藏鎮玉關。國號金山白衣帝，應須早築拜天壇。日月雙旌戳虎旗㈤，御樓寶砌建丹墀。出警從玆排法駕，每行青道要先知㈥。我帝金懷海量□㈦，目似流星鼻筆端，相好與堯同一體，應知天分數千般。一從登極未逾年，德比陶唐初受禪。百靈效祉賀鴻壽，足踏坤維手握乾。明明聖日出當時，上膺星辰下有期。神劍新磨須使用，定疆廣宇未爲遲。東取河蘭廣武城，西取天山澣海軍。北掃燕然□嶺鎮，南當戎羌道莎□㈧。□□軍壯甲馬興㈨，萬里横行河湟清。結親只爲圖長國，永霸龍沙截海鯨。我帝威雄人未知，叱吒風雲自有時。祁連山下留名跡，破卻甘州必□遲。金風初動虜兵來，點龊干戈會將臺㈩。戰馬鐵衣舗雁翅，金河東岸陣雲開。慕良將⑪，揀人材，出天入地選良牧⑫，先鋒委付渾鷂子，須向將軍劍下摧。左右衝□搏虜塵，疋馬單槍陰舍人，前鋒虜陣渾穿透⑬，一□英雄遠近聞⑭。前日城東出戰場，馬步相兼一萬强。□□親换黄金甲，周遭□布陰沈槍⑮。着甲匈奴活捉得，送去□□□□亡。千渠三堡鐵衣明，左繞無窮授四城⑯，□□下尾摧凶□⑰，當鋒入陣宋中丞。内臣□有張舍人⑱，小小年内則便勤⑲，自從戰伐先登陣，不懼危亡□□身。今年廻鶻數侵壃，直到便橋列戰場。當鋒直入陰仁貴，不使戈鋋觸四槍⑳。堪賞給，早商量，寵拜金吾超上將，急要名□□帝鄉㉑。軍都□□更英雄㉒，□□東行大漠中，短兵自有張西豹，遮收遏後與羅公。蕃漢精兵一萬强，打卻甘州坐五涼，東取黄河第三曲，南取□威及朔方，通同一個金山國，子孫分付坐敦煌㉓。□番從此永□投㉔，撲滅狼星壯斗牛。北庭今載和□□，兼撥澣海以西州㉕。改年號，掛龍衣，築壇拜却南郊後，始號沙州作□□㉖。

嗣祖考，繼宗枝，七廟不封何饗拜，祖父不切故尚書[二七]。册□□□□尊姻[二八]，北堂永須傳金尊[二九]，天子猶來重二親[三〇]。□獻□歌流萬古，金山繚繞起秦雲。今朝以日羅公至[三一]，扨起紅旌□□□[三二]，□□收復甘州後，百寮舞蹈賀明君。

補校：㊀“壘”原卷作“乙”，即“某乙”，用來代替作者之名。據李正宇考證，這位張某乙就是張文徹[1]，曾任金山國吏部尚書、宰相兼御史大夫，可謂開國之重臣。㊁缺字應是“金”字，“金峯山”即金鞍山，前引《白雀歌》有“金鞍山上白犛（犂）牛”之語，斯五四四八《敦煌録》：“金鞍山在沙山西南，經夏常有雪，山中有神祠甚靈，人不敢近。每歲土主望祀，獻駿馬，駈入山中。稍近，立致雷電風雹之患。”“金山國”即由金鞍山得名。㊂“猶”通作“由”。㊃“兒”原卷寫“皃”，即“皃”，同“貌”。㊄“戳”同“耀”。㊅“青”當作“清”，古時君王出行時清掃道路，屏除行人稱爲“清通”，司馬相如《諫獵書》：“且夫清道而後行，中路而後馳，猶時有銜橛之變。”㊆據文義及押韻，缺字應是“寬”字。㊇“道莎□”原卷實作“邏莎平”，“邏莎”一作“邏些”、“邏娑”，即今拉薩。㊈句首兩缺字原卷實寫“三”字，此句應是兩個三字句：“三軍壯，甲馬興。”㊉“將”字原卷寫“柏”，“柏臺”或係用漢武帝“柏梁臺”字面。⑪“慕”或應作“募”。⑫“牧”字出韻，俟再校。⑬“鋒”原卷實寫“衝”，是。⑭缺字原卷作“没”，即“段”的俗字。⑮“陰沈槍”費解，原卷“陰”寫“陸”，即“緑”的音近字，“緑沈槍”亦見杜甫《重遊何氏五首》之四：“雨抛金鎖甲，苔卧緑沈槍。”⑯“授”字原卷寫“援”。⑰第二字原卷可辨爲“秋”字，末字可辨爲“醜”字，此句作“□秋下尾摧凶醜”。⑱缺字原卷可辨爲“更”字。⑲“便”字原卷實寫“伏”字。“伏勤”同“服勤”，《禮記·檀弓上》：“事親有隱而無犯，左右就養無方，服勤至死。”⑳“觸四”原卷實寫“解用”，是。

---

①見李正宇《敦煌文學雜考二題·龍泉神劍歌作者考》，載《敦煌語言文學研究》，北京大學出版社一九八八年七月第一版。

㉒"名"下缺字原卷可辨爲"聲"字。㉓缺字原卷作"日日"。㉔"分付"下原卷有"與"字。㉕"□授"原卷實寫"归投",即"歸投",謂投誠。㉖"撥"字原卷實寫"獲"字。㉗句末兩缺字原卷可辨爲"京畿",此句言建都沙州。㉘"不切"原卷實寫"丕功",此句追叙張承奉祖父張義潮的豐功偉績。㉙據此段押韻及句式,此句應作三言二句:"册□□,□尊姻。"㉚"尊"字原卷雖不可辨識,但非"尊"字,俟校。㉛"猶"通"由"。㉜"以"字原卷爲"明"字草書。㉝句末三缺字原卷可辨爲"紅跋塵"。

王重民於校録《龍泉神劍歌》之後有説曰:

> 右歌著録在伯三六三三號卷背。按《白雀歌》云:"自古不聞書不載,一劍能卻百萬兵。"可爲此歌作注脚。此歌第三句云"不獨漢朝今亦有",則有擬於漢高祖斬蛇故事。總之,張奉之龍泉神劍,爲具有神秘性之一物,當與白雀、白衣等事並觀;蓋亦用以號召疇昧者,故其大宰相又特爲獻歌一首也。歌云:"一從登極未逾年,德比陶唐初受禪。"按"未逾年"之"未"字,原稿作"始",後塗改爲"未"。蓋此歌作於即位之次年(九〇六)一、二月間,以時令言爲始逾年,以實數言爲未逾年,則在獻《白雀歌》之次年,即唐天祐三年(九〇六)也。《白雀歌》多陳瑞驗,此則專頌武功,蓋統一八州以後,國基已固,方有餘力以對外,冀恢復張議潮時代歸義軍十一州之故域也,然則此歌又是一篇金山國武功紀盛矣。

以上《白雀歌》及《龍泉神劍歌》,作爲文學作品,或許不算傑作,但金山國史實因此而明,則二歌必將傳世而不可廢,理應於"敦煌詩歌"中占一席之地。

第四節　敦煌風貌

敦煌是我國西陲的歷史名城,也是舉世聞名的佛教藝術聖地。敦煌鄉土詩歌中,有一部分歌詠了敦煌本地悠久的歷史、燦爛的文化、多彩的民俗和獨特的風光。下面就分爲《敦煌廿詠》和莫高窟詩兩類介紹。

一、敦煌廿詠

斯六一六七、伯二七四八、伯二九八三、伯三八七〇、伯三九二九及伯二六九〇(僅存第一首),皆寫有佚名《敦煌廿詠》,共五言律詩二十首。詩前有序云:"僕到三危,向逾二紀。略觀圖録,粗覽山川,古蹟靈奇,莫可究竟,聊申短詠,以諷美名云爾矣。"據此可知作者流寓敦煌已經二十餘年,其間參考圖録、實地探察,因此所詠敦煌勝蹟,千載以下,有些仍可徵之文獻,驗之涉歷。作者寫作的目的是"聊申短詠,以諷美名",寄託了一位外來人士對於第二故鄉——敦煌的熱愛之情。

《敦煌廿詠》的詩題依次是:一、三危山詠,二、白龍堆詠,三、莫高窟詠,四、貳師泉詠,五、渥洼池天馬詠,六、陽關戍詠,七、水精堂詠,八、玉女泉詠,九、瑟瑟詠,十、李廟詠,十一、貞女臺詠,十二、安城祆詠,十三、墨池詠,十四、半壁樹詠,十五、三攢草詠,十六、賀拔堂詠,十七、望京門詠,十八、相似樹詠,十九、鑿壁井詠、二十、分流泉詠。王重民《〈補全唐詩〉拾遺》卷三收入,下面選録其中幾首。

白龍堆詠

傳道神沙異,暄寒也自鳴。勢疑天鼓動,殷似地雷驚。風削棱還峻,人躋刃不平。更尋掊井處,時見白龍行。

“白龍堆”之名不一，史書所見者，如《漢書·西域傳》：“然樓蘭國最在東垂，近漢，當白龍堆，乏水草，常主發導，負水儋糧，送迎漢使。”又《地理志下·敦煌郡》：“正西關外有白龍堆沙。”這些“白龍堆”指新疆和甘肅之間的廣大沙磧地區，和《敦煌廿詠》的“白龍堆”不是一回事。詩詠的“白龍堆”其實就是鳴沙山的别名。《元和郡縣志》卷四〇《沙州》：“鳴沙山一名神沙山……積沙爲之，峰巒危峭，喻於山石。四面皆爲沙壟，背有如刀刃。人登之即鳴。”《新五代史·四夷附録三》引高居誨《使于闐記》曰：“瓜州南十里鳴沙山，云冬夏殷殷有聲如雷，云《禹貢》流沙也。”斯五四四八《敦煌録》：“鳴砂山去州十里，其山東西八十里，南北四十里，高處五百尺，悉純沙聚起。此山神異，峰如削成。其間有井，沙不能蔽。盛夏自鳴，人馬踐之，聲振數十里。風俗端午日，城中士女皆躋高峰，一齊蹙下，其沙聲吼如雷。至曉看之，峭崿如舊。古號鳴沙、神沙而祠焉。”這些對於“鳴沙山”的描述，和《敦煌廿詠》對於“白龍堆”的描述完全吻合，可證二者名異而實同。鳴沙山至今仍是敦煌的一大勝景，而詩詠則留下了一幅千年前的鳴沙山風俗畫。

玉女泉詠

用(周)人祭滛(瑶)水，黍稷信非馨。西豹追河伯，蛟龍遂隱形。紅粧隨洛浦，緑鬢逐浮萍。尚有銷金冶，何曾玉女靈。

此詩前半用古事爲比，後半詠玉女泉神話。伯三七二一《瓜沙古事繫年》云：

> 開元三年，張嵩刺史赴任燉煌，到郡日問郡人曰：“此州有何利害？”郡人悲泣而言：“州城西八十五里，沙瓜二州水尾下，有一玉女泉，每年各索童男童女二人祭享，如若不依，即降霜雹，損害田苗。其童男童女初聞驚懼，哀戀父母。既出城外，被神收攝魂

魄，全無顧戀之情，弟相把手，自入泉中。”太守怒曰：“豈有妖怪害我生靈！”乃密設壇場，兼稅銅鐵百萬餘斤，統領軍兵，詣其泉側，告神曰：“從我者福，逆我者殃！請神出現就壇，我欲面自祭享。”其神良久不現，太守怒曰：“神若不現，我即將污穢之物施入泉中，兼遣三軍推砂石填却此泉。”其神怕懼，乃現一龍，身長數仗（丈），出現就壇，嗜於牲酒，久而不去。或則傍瞻人物，或則仰望雲霞，擺頭摇尾，都不檢身。刺史遂乃密索弓箭，射著龍喉，便即拔劍，斫下龍頭。其屍由（猶）有神通，却入泉内。將軍遂置爐治（冶）六所，銷銅鐵汁灌入泉中。其龍屍發聲騰空而走，至州西二里，遺却二莖燋肋。恐爲後患，便於龍肋上置佛圖兩所，茨萁鋪。遺下小肋壹條，又置佛圖一所，至今号爲龍肋佛圖。自此已後，一郡黎人並無生離之苦。遂差衙前惣管李思敬賫表進其龍頭。皇帝大悦，勑令所司断其龍舌，却賜張嵩，永爲勳蔭，仍錫号曰“龍舌張氏”，并賜明珠七顆及錦綵、器皿、勑書等。

此事亦見斯五四四八《敦煌録》，及《太平廣記》卷四二〇《沙州黑河》。按張嵩或作張孝嵩，新舊《唐書》皆有傳。開元三年任沙州刺史，十年爲北庭節度使，曾大破吐蕃，威振西域。《資治通鑑》唐玄宗開元十四年稱，歷任安西都護中，“惟田揚名、郭元振、張嵩及（杜）暹皆有善政，爲人所稱”。然則玉女泉的傳説實際上是敦煌民衆對張嵩的口碑，而以神話出之也。

墨池詠

昔人精篆素，盡妙許張芝。草聖雄千古，芳名冠一時。舒箋行鳥迹，研墨染魚緇。長想臨池處，興來聊詠詩。

按《後漢書·張奐傳》：“張奐字然明，敦煌淵泉人也。……長子芝，字伯英，最知名。芝及弟昶，字文舒，並善草書，至今稱傳之。”李賢注引王愔《文志》曰:“芝少持高操,以名臣子勤學,文爲儒宗,武爲將表。太尉辟,公車有道徵,皆不至,號張有道。尤好草書,學崔、杜之法,家之衣帛,必書而後練。臨池學書,水爲之黑。下筆則爲楷則,號怱怱不暇草書,爲世所寶,寸紙不遺,韋仲將謂之‘草聖’也。”張芝臨池學書的故事,已成爲歷代艷稱的佳話。伯二〇〇五《沙州圖經》云:“張芝墨池,在縣東北一里,效穀府東南五十步。右後漢獻帝時,前件人於此池學書,其池盡墨。書絶世,天下傳名,因兹王羲之《□書論》云:臨池學書,池水盡墨,好之絶倫,吾弗及也。又草書出自張芝,時人謂之聖。其池年代既遠,並磨滅,古老相傳,池在前件所去(云)。……至(開元)四年六月,敦煌縣令趙智本到任,其令博覽經史,通達九經,尋諸古典,委張芝、索靖俱是敦煌人,各檢古跡,具知處所。其年九月,拓上件池中,得一石硯,長二尺,闊一尺五寸。”《墨池詠》即詠張芝遺跡,寄託了敦煌人士對本地文化傳統的自豪感情。

《敦煌廿詠》的創作時代,研究者有不同的推斷。或以爲作於敦煌陷蕃前夕①,或以爲作於吐蕃占領敦煌時期②。李正宇認爲上限早不過張義潮起義的大中二年(八四八),下限晚不過咸通十二年(八七一)③,是可信的。斯三八七〇號寫本題記云“咸通十二年十一月廿日學生劉文端寫記讀書索□”,不言而喻,《敦煌廿詠》的創作時代必然在這以前。至於上限呢,且看《水精堂詠》:

水精堂詠

陽關臨絶漠,中有水精堂。暗磧鋪銀地,平沙散玉羊。體明同夜月,色凈含秋霜。可則棄胡塞,終歸還帝鄉。

① 見李鼎文《讀佚名〈敦煌廿詠〉》,載《西北師院學報》一九八三年四期;馬德《〈敦煌廿詠〉寫作年代初探》,載《敦煌研究》創刊號,一九八三年十二月。

② 見陰法魯《敦煌唐末佚詩所反映的當地狀況》,載《西北史地》一九八二年二期。

③ 見李正宇《〈敦煌廿詠〉探微》,載《古文獻研究》,哈爾濱師範大學《北方論叢》編輯部編輯出版,一九八九年六月第一版。

第六句王重民校記:"'含',丁卷作'合'。"按丁卷是,"色浄合秋霜"謂水精堂色澤明浄,與秋霜合而爲一,難以區分,"合"字與上句"同"字同義對舉。結尾"可則棄胡塞,終歸還帝鄉",典出《因話録》卷四:

> 元和十五年,淮南裨將譚可則,因防邊爲吐蕃所掠。初到蕃中,蕃人未知憲宗棄天下,日夜懼王師復河湟,不安寢食。可則既至,械縶之置地牢中,絶其飲食,考問累至。可則具告以大行昇遐,蕃人尚未之信。其傍有知書者,可則因略記遺詔示之,乃信焉。蕃法刻木爲印,每有急事,則使人馳馬赴贊府牙帳,日行數百里,使者上馬如飛,號爲馬使。報得可則審憲皇崩問之狀。先是,每得華人,其無所能者,便充所在役使,輒黥其面。麤有文藝者,則涅其臂,以候贊普之命。得華人補爲吏者,則呼爲舍人。可則以曉文字,將以爲知漢書舍人,可則不願。其舊舍人有姓崔者,本華人,可則嘗于靈武相識。其人大爲蕃帥所信,爲言之,得免。可則前後數逃歸,輒爲候者所得。蕃帥雖不殺,以皮鞭榜之凡數百,竟得脱。凡在蕃六年。及歸,詣闕自陳,勑付神策軍前驅使。未及進用,爲軍中沙汰,因配在浙東,止得散將而已,竟無官。開成四年,余于越州遇之,見其步履不快,云于蕃中走時凍損足。視其臂,一字尚存,譯云"天子家臣"。可則亦細言河湟可復之狀,聽其語,猶微染戎音。

詠水精堂用了譚可則典故,二者必然有某種關係,今已無法確知。李正宇説:"譚可則於元和十五年(八二〇)被吐蕃俘虜,'凡在蕃六年',逃回長安時已是敬宗寶曆二年(八二六)。譚可則棄蕃歸唐故事,具有强烈的反蕃性質,處在吐蕃統治下的敦煌漢人,此時縱使可能暗地口耳相傳,卻不敢明目張膽地載諸詩篇。……衹有當張義潮起義趕走吐蕃統治者之後,譚可則故事纔有了公開流傳的社會條件。"結論是:"從譚可則'終歸還帝鄉'的時間推斷,《敦煌廿詠》不可能産生在寶曆二年之前;從譚可則故事公開流傳和作者進而載諸詩篇的社會背景加以推斷,《敦煌廿詠》的寫作又當大中二年張義潮起義之後。"

下面附帶介紹兩首泛詠敦煌風光的詩篇。伯五〇〇七殘卷存詩四首,首尾兩首祇剩少數殘文,中間兩首有王重民校録本,載於《〈補全唐詩〉拾遺》卷三:

□　□

萬頃平田四畔沙,漢朝城壘屬蕃家。歌謡再復歸唐國,道舞春風楊柳花。仕女上(尚)□天寶髻,水流依舊種桑麻。雄軍往往施鼙鼓,鬬將徒勞獫狁誇。

詩題應是《敦煌》。據"歌謡再復歸唐國"一句,此首作於張義潮起義趕走吐蕃,敦煌重歸唐朝版圖之後不久。詩中表現出歸義軍政權初期敦煌的興旺景象和歡快氣氛。有人認爲本詩"流露了作者對唐王朝未曾重視規復敦煌的英雄業績的不滿情緒"①,恐誤解了最後一句"鬬將徒勞獫狁誇"。這句是倒裝句法,順説應是"獫狁徒勞誇鬬將",表示了對敵人的蔑視態度。

壽　昌

會稽磧畔亦疆埸,迥出平田築壽昌。沙幕霧深鳴□雁,草枯猶未及重陽。狐裘上(尚)冷搜紅髓,絺葛那堪卧□霜。鄒曹(魯)不行文墨少,移風徒哭説西王。

壽昌爲沙州屬縣,本是敦煌縣的一部分,唐武德二年分置,現今敦煌縣西南荒磧中的緑洲南湖一帶即是其地。"迥出平田築壽昌"一句

①《敦煌文學作品選》本詩解題,中華書局一九八七年十二月第一版。

寫出了該地的形勢。中二聯寫壽昌的氣候,最後兩句慨歎文教不興。從"絺葛那堪臥□霜"一句看來,作者或許是一個不得意的文人。

二、莫高窟詩

説到敦煌勝蹟,自然首推莫高窟了。敦煌詩歌中也有一些題詠莫高窟的詩篇,從中不但可以看到當時莫高窟的盛況,也可以看到當地人士朝拜莫高窟虔敬心情和對莫高窟的愛護和珍視。其中以伯二六四一和斯四六五四兩個卷子所存莫高窟詩最爲重要。

伯二六四一卷背面是有關莫高窟的雜文,除了著名的《莫高窟再修功德記》外,還有一些詩歌,下面是陳祚龍校録本(引自《敦煌學海探珠》一五六～一五七頁):

南大像北邊古窟得觀音院主釋道真修葺竣功題壁

佚名

人生四大總是空。何箇不覓出樊籠。造罪人多作福少。所以衆生長受窮。堅修苦行仍本分。禁戒奢華并不同。今生努力懃精練。冥路不溺苦海中。逐日持經强發願。佛道迴去莫難逢。唯報往來遊禮者。這迴巡謁一層層。

楚按,此首詩題是陳氏編寫的,原卷詩前有一大段序文,逐録於下:

偶因□□,思想仙巖,詣□觀瞻,龕龕禮謁。推砂掃窟之次,忽覩南大像北邊一所古窟,摧殘歲久,毁壞年深。去戊申歲末發其心願,至己酉歲中,方乃修全,以咨推砂掃窟,崇飾功德,所申意者,先奉爲龍天[八]部,擁護□隍,梵釋四王,安人静塞。伏願當今帝主,永坐蓬萊,十道争欽,八方慕化。次爲我府主令公,長隆寶位,命壽延年,爲絶塞之人王,作蒼生之父母,榮同舜日,化布堯時,繼葉臨人,承祧秉世。觀音院主釋道真等十人,悟四大而無實，覩丘井以懸騰（藤），慮□地以火風，恐强象而煎逼。道真等唯見牛車，火宅空然。勸時侶發無上之善心，誓堅修於勝果。今因作罷，略述數行。拙解鋪舒，用留於壁。余才虧翰墨，學寡三墳，不但（憚）荒蕪，輒成短句。

這篇序文其實是一篇功德記，記叙了觀音院主道真等十人發願修葺南大像北邊殘壞古窟的經過，以及他們迴向祝頌等心意。在修葺竣功之日，將這篇詩作和序文寫在窟壁上。從序文内容看，應是作於歸義軍時期。其中提到的“南大像”，就是現在敦煌研究院編號一三〇窟的盛唐所塑倚坐彌勒大像，高二十六米。這篇題壁的文字現已不存，也許已和所題洞窟一同毁壞湮滅了，可是保存在遺書中的這篇作品，卻有助於我們考知當時洞窟的情形。詩中第九句“逐日持經强發願”，陳注：“逐日，原本作日逐。”按原本不必改，“日逐”同“逐日”，都是每天的意思。

同　前　　　　佚名

白壁從來好丹青。無知箇箇亂題名。三塗地獄交誰忍。十八□銅灌一瓶。鐫龕必定添福利。鑿壁多層證無生。唯報往來遊翫者，輒莫於此騁書題。

此首與上首並無關係，卻與下首爲一組，此首爲原唱，下首爲和詩，内容亦相關，都是譴責在洞窟中任意塗寫的人，表現了對莫高窟的愛護之心。陳氏擬題“同前”，非是。今檢原卷照片，有模糊題署，似“厶人述”三字，“厶”即“某”字，蓋作者名氏不可考知，故云“某氏述”也。第四句缺字原卷似“誦”字，疑當作“融”或“洋”字，此句是説死後將墜入十八層地獄，受銅汁灌喉的酷刑。末句“題”字與“生”、“瓶”、“名”、“青”押韻，正是敦煌方音的特點，可知作者確爲敦煌本地人士。

依　韻　　　佚名

白壁雖然好丹青。無簡迷愚難悟醒。縱有百般僧氏巧。也有文徒書號名。定描佳妙不題演。却人五趣陷□淚。誰報往來遊覩者。□聽前詠促□□。

第二句"簡"應作"間","無間"指無間地獄,即阿鼻地獄,"無間迷愚"是指那些在洞壁胡亂題名的人,因爲他們死後將入無間地獄受苦。第六句"人"字應是"入"字,又"淚"字出韻,當是誤認,原卷模糊難辨,已不知確爲何字矣。

同　前　　　佚名

能將浄意作□家。時駕牛羊白鹿車。嫌開砌前□樹少。怕空不種後薗花。菩提上路因修得。無果無生證古□。此處涅槃觀境□。自然捷路到龍華。

原卷有題署"厶人述",陳氏擬題"同前",非是。第二句"時"字,原卷可辨爲"解"字。第三句"開"字,原卷實寫"鬧"字,又缺字可辨爲"栽",即"栽"的俗字,此句作"嫌鬧砌前栽樹少"。按此首原卷甚模糊,陳氏録文如"無果"、"涅槃"等皆屬可疑,但無法指實耳。

斯四六五四是内容十分豐富的長卷,今録其背面的莫高窟詩如下:

失題并序

(前缺)巡禮仙嵒,經宿届此。況宕泉聖地,昔儅公之舊遊;月窟神蹤,倣中天之崺(鷲)嶺。三峗峭峻,暎寶閣以當軒;碧水流泉,繞金池而泛艷。中春景氣,猶希同雲,偶有所思,裁城(成)短句。

三峗極目聳丹霄,莫(萬)里□家去且遥。滿眼同(彤)雲添塞色,報恩終不恨征遼。

今日同遊上碧天,手持香積蹈紅蓮。雪山初會應相見,分明收取□花錢。

末句脱字應是"買"字,此句用釋迦牟尼前生遇燃燈佛典故,累見於《過去現在因果經》卷一等許多佛經。

南楊一雨應天恩,石壁題名感聖君。功臣古跡居溪内,燉煌伊北已先聞。東流一帶凝秋水,略盡横山地色分。從此穿涉無虜騎,五黍(年)勤苦掃風塵。

又瑭彦不揆荒無聊申長句五言口號

寶閣下雲崖,靈龕萬户開。澗深流水急,林迴葉風催。香露凝空下,祥花雪際來。諸公燃聖燭,鳶(薦)福益三台。

以上四詩雖無作者署名,但第四首詩題中的"瑭彦"應即作者之名。

此外在莫高窟一〇八窟窟檐南壁外側,至今還保留着張盈潤題詩并序①:

潤忝事台輩,戟佐駈馳。登峻嶺而驟謁靈巖,下深谷而欽禮聖跡。傍通閣道,巡萬像如同佛國;重開石室,禮千尊似到蓬萊。遂聞音樂梵響,清麗以徹碧霄;香煙滿鼻,極添幽冥罪苦。更乃遊翫祥花,誰不割捨煩諠;觀看珍菓,豈戀世間恩愛。潤前因有果,此身得凡類之身,休爲色利無端,牽徙於火宅之内。今見我佛難量,擬將肝腦塗地,雖則未可碎體,誓歸釋教。偶因沿從,輒題

①引自敦煌研究院編《敦煌莫高窟供養人題記》五三～五四頁,文物出版社一九八六年十二月第一版。

淺句。

久事公門奉駈馳，累沐鴻恩納效微。昨登長坡上大坂，走下深谷覩花池。傍通重開千龕窟，此谷昔聞萬佛輝。瑞草芬芳而錦繡，祥鳥每常遶樹飛。愚情從此歸真教，世間濁濫誓不歸。

乾祐二年六月廿三日節度押衙張盈潤題

下面附帶介紹一首吟詠莫高窟以外的敦煌壁畫的詩歌。斯二九七三載節度押衙知司書手馬文斌牒：

右文斌陪從台駕，以住此莊，乃覩壁間綵圖象寶，雖無才調，輒述短辭，聊制七言，乃成四韻。謹隨狀逞（呈）上，特乞鈞慈，希垂睬覽。謹録狀上，牒件狀如前。謹牒。開寶三年（九七〇）八月日節度押衙知司書手馬文斌牒。

希奇寶象獸中王，猛毅雄心世不當。四足端然如玉柱，雙牙利劍若金釯（鋩）。立觀峭峻成山岳，動必揺形見者慌。但以聲名告醜類，從今何敢作災殃。

據牒文，此詩是馬文斌隨同上司住在莊上，見到壁間大象彩圖，因而寫了此詩，呈送上司。因此所詠象圖並不是莫高窟壁畫，而是莊園中的壁畫。所稱“象寶”，是佛經對大象的稱呼（轉輪聖王七寶之中即有象寶）。由此可知當年敦煌佛教藝術，隨處可見，實不僅限於莫高窟也。

第五節　其他

詩歌是作者心聲的流露，在唐代社會生活中，詩歌更有着多方面的用途。敦煌本地人士和外地流寓敦煌人士的詩作，自然不限於以上幾類。伯三六三二和伯三六二九載有閩籍“鄉侄”周某上鄉前輩書，並附有兩首詩，下面是林聰明校録本(引自《敦煌俗文學研究》二二四～二二五頁)。

伯三六三二號寫本：

(前缺)

伏惟

鑒察。謹狀。

卅日鄉姪周□狀

謹奉　來韻兼寄曲子名

昨夜拳拳姪最羸，至今猶慝素中情。賽拳應有傾盃樂，老仁争敢不相迎。

這首詩回憶昨夜與鄉前輩飲酒劃拳之樂。詩題下的“兼寄曲子名”，是説詩中嵌用了曲子名，屬於雜體詩的一種。第二句的“慝”應作“慼”。“素中情”當作“訴衷情”，與第三句的“傾盃樂”都是曲子名。

伯三六二九號寫本：

昨奉　處分，要《閩中十詠》，謹專抄寫呈上，便請留之。因有所思，偶成惡句

鄉姪　　上

因寫閩川十首詩，潸然腸斷實堪悲。鄉關景色分明在，故業田園半屬誰。骨肉飄零何日會，家僮星散已無依。終願志公垂薦擢，絜我來年衣錦歸。

此詩作者“鄉姪”就是前詩作者“鄉姪周□”，上書對象應是同一位鄉前輩。書中提到的《閩中十詠》，或許就是周某所作。鄉前輩索要

《閩中十詠》,自然是由於對故鄉的懷念。周某獻書中,也表達了對鄉關骨肉的刻骨相思。由東閩到敦煌,在當時真有天涯地角之感,可知敦煌的外地人士,來自全國各地。獻詩的最後兩句,作者希望得到鄉前輩的薦擢,攜帶自己衣錦還鄉,則鄉前輩或許是在敦煌任職的官員。其時敦煌與中原的交通暢通無阻,因此這些詩歌也許是寫在安史之亂以前,否則就是歸義軍時期。

又斯一六五五載《白鷹詩》(及序):

蓋聞君臣道泰,所感異瑞呈祥。尚書秉節龍沙,潛膺數彰,多現理人安邊之術,萬張卒不盡言。且説目下靈通,自古不聞者矣。時當無射之月,感得素潔白鷹,設僧俗中筵,齊聲賀之寶樣。自從五使(史)世上相傳,只是耳聞;我尚書□亞先賢,現得白鷹眼見。太初小吏,瑣劣不材,奉命驅馳,倍增戰汗。謹上《白鷹詩》一首。

奇哉白昌(畠)靈聖峰,所感逞(呈)祥世不同。尚書德備三邊静,八方四海盡歸從。白鷹異俊今來現,雪羽新成力更雄。平源(原)狡兔深藏影,争能路上出其蹤。

白鷹玉爪膺靈祇,筆盡難成聖所稀。遠眺碧霄鵬鳥動,攫羽搦落雪花飛。

序云"謹上《白鷹詩》一首",實際有兩首。這是一位小吏獻給"秉節龍沙"的尚書,獻詩的原因是尚書感得"素潔白鷹"的祥瑞。按以白鷹爲祥瑞,與張承奉以白雀爲金山國開國祥瑞相似。王重民《金山國墜事零拾》對白雀爲瑞的歷史與社會背景,論之已詳,但未及此詩之例耳。《白鷹詩》並非佳作,但次首末句"攫羽搦落雪花飛",與《西清詩話》引宋張元《雪詩》之"戰死玉龍三百萬,敗鱗風卷滿天飛",立意略似,氣勢不凡,可謂異曲同工。

伯二六四一載上曹都頭詩,有陳祚龍校録本(引自《敦煌學海探珠》一五七頁):

上曹都頭詩一首　　佚名

譙國門傳縉以紳。善男子即是帝王孫。文商碑背顯八字。武盛弓弦重六鈞。既出四門觀生老。便知六賊不相親。夜□將心登峻嶺。心定菩提轉法輪。

第一句“以”通作“與”。第二句八字爲句,但並無衍文,“善男子”是佛教用語,這裏即指曹都頭,佛教思想濃重是這首詩的特點。第三句“商”字是“高”字形誤,“顯”原卷作“顕”,即“題”字,“文高碑背題八字”典出《世説新語·捷悟》:“魏武嘗過曹娥碑下,楊修從。碑背上見題作‘黄絹幼婦,外孫齏臼’八字,魏武謂修曰:‘解不?’答曰:‘解。’魏武曰:‘卿未可言,待我思之。’行三十里,魏武乃曰:‘吾已得。’令修别記所知。修曰:‘黄絹,色絲也,於字爲絶。幼婦,少女也,於字爲妙。外孫,女子也,於字爲好。齏臼,受辛也,於字爲辭。所謂絶妙好辭也。’魏武亦記之,與修同,乃歎曰:‘我才不及卿,乃覺三十里。’”第四句“弦”字原卷作“弜”,《廣韻》上聲三十六養:“弜,其兩切,弓有力也。”第七句缺字原卷作“道”。

斯二一〇四載某贈道清和尚詩等,劉銘恕《斯坦因劫經録》説明云:“詩共三首,第一首無題,姑名身到敦煌詩,第二、三首七夕乞巧詩,各有序,惟前序缺首。又所以知其爲贈道清和尚詩者,因乞巧詩序有:遂述七言,請清師勿令恠笑等語。而於清師,又得推知其爲和尚者,則更因此文與神沙鄉百姓狀之間,有‘靈圖寺僧道林律師,金光明寺僧道清二人,同師同學,同見同行’之文以爲證。玆摘抄其詩於後。”按七夕乞巧詩之第二首,實際是施肩吾《乞巧詞》,載《全唐詩》卷四九四。下面引録《斯坦因劫經録》摘抄的第一首“身到敦煌”詩:

身到敦煌有多時,每無管領接括希,寂寞如今不清説,苦樂如斯各自知。思良(量)鄉井我心悲,未曾一日展開眉,奈得清師頻管領,似逢親識是人□。

按此八句實爲七絶二首,《劫經録》誤抄作一首,應改正。然則此卷存詩實爲四首,而非三首。第一首第一句“身”字原卷實是“自”字。第二句“括”字應是“話”字,“接話希”是説連搭訕説話的人也没有。第三句“清”字應作“請”字,“不請”乃是唐人口語,不必、請勿的意思。第二首第四句所缺末字原卷實爲“知”,“是人知”即盡人皆知之意。據第一首“自到敦煌”及第二首“思量鄉井”之語,可知作者是流寓敦煌的外地人士。

第五章　王梵志詩

敦煌詩歌中最具獨創性的大宗作品，要數王梵志詩了。現存王梵志詩約三百九十首，作者既非一人，時間又跨越幾個世紀，内容則佛門世間，繽紛雜陳，於錯綜變化中又保持了通俗白話詩的基本特色，形成了一個以“王梵志詩”爲總名的詩歌群體，因此我們將“王梵志詩”專列一章加以考察。

第一節　王梵志詩的作者和時代

王梵志詩在唐代深受僧俗人士歡迎，在民間流傳極廣，所以遠在西陲的敦煌，就有三十一個寫本保存到今天。直到宋代，王梵志的名字仍然爲人們所熟知，宋人筆記中有許多讚譽王梵志詩的記載，不過這時王梵志詩可能已經大量失傳了，因爲敦煌寫本中的王梵志詩，竟没有一首被宋人提到過。到了明代以後，就連王梵志的名字都幾乎被人們遺忘了，因此《全唐詩》對王梵志詩隻字不録，好像其人其詩並不存在似的。直到敦煌遺書發現，大量久逸的王梵志詩重顯於世，這纔引起敦煌學界的驚異，而形成海内外研究王梵志的熱潮。

不過王梵志其人的生平，至今仍是一個尚未完全解開的謎。五代馮翊子（嚴子休）《桂苑叢談・史遺》云：

王梵志，衛州黎陽人也。黎陽城東十五里有王德祖者，當隋之時，家有林檎樹，生癭大如斗。經三年，其癭朽爛。德祖見之，乃撤其皮，遂見一孩兒，抱胎而出，因收養之。至七歲，能語，問曰：“誰人育我？”及問姓名。德祖具以實告：“因林木而生，曰梵天（後改曰志）；我家長育，可姓王也。”作詩諷人，甚有義旨，蓋菩薩示化也。

《太平廣記》卷八二《王梵志》（出《史遺》，明鈔本作出《逸史》）與此略同。晚唐范攄《雲溪友議》卷下《蜀僧喻》則稱：“梵志者，生於西域林木之上，因以梵志爲名。”這些記載顯然帶有神話色彩，未可全信。所以各國研究者對王梵志其人的時代和生平，提出了許多各不相同的推測，他們是：

一、胡適認爲王梵志約爲五九〇～六六〇年間的人。他在《白話文學史》中根據《太平廣記》推斷説：“此雖是神話，然可以考見三事：一爲梵志生於衛州黎陽，即今河南濬縣。一爲他生當隋文帝時，約六世紀之末。三可以使我們知道唐朝已有關於梵志的神話，因此又可以想見王梵志的詩在唐朝很風行，民間纔有這種神話起來。我們可以推定王梵志的年代約當五九〇到六六〇年。”

二、任半塘認爲王梵志詩産生於初唐時期，他在《王梵志詩校輯序》中説：“他的詩産生在初唐時期。大曆年間，王梵志詩的手抄寫本已流傳到西部邊陲，敦煌遺書内還殘存‘大曆六年的一百一十首本’。這個寫本原卷可惜已被劫藏在列寧格勒博物館，從蘇編‘敦煌手稿總目’附圖上，可清晰地看到原卷題記：‘大曆六年五月□日抄王梵志詩一百一十首沙門法忍寫之記。’依此推知，王梵志不可能是‘大曆貞元年間的人’，他的詩也不會作於中唐。如果再就敦煌寫本《王道祭楊筠文》（伯四九七八）所載：‘維大唐開元廿七年歲在癸丑二月，東朔方黎陽故通玄學士王梵志直下孫王道，謹清酌白醪之奠，敬祭没逗留風狂子、朱沙染癡兒弘農楊筠之靈……’這裹留下了鐵證！表明開元二十七年，王梵志早已下世，他的孫兒已能爲楊筠作祭文，那麽説王梵志的時代至遲也要早於開元。這就同《桂苑叢談》、《太平廣記》卷八二記載的材料大體相近。總之，就時代而言，王梵志詩産生在初唐時期，還是可信的。”

三、日本矢吹慶輝認爲王梵志的詩集至少也是大曆以前撰集的。他在《鳴沙餘韻解説》中根據《歷代法寶記》所載無住禪師引用王梵志詩而推斷説：“無住是唐德宗大曆九年（七七四）六月三日去世的，死時六十一歲。由此可知，本詩集至少也是大曆以前撰集的。”

四、日本入矢義高認爲王梵志是天寶、大曆年間，乃至唐末五代人。他在《論王梵志》中説：“我寧可採信矢吹氏慎重的態度——即本於《法寶記》的記載，而將王梵志詩集認定爲‘至少也是大曆以前的撰集’。……但衹要《法寶記》可信，我認爲他就像玄朗上人一樣，借用王梵志的詩進行教化的時期，大約是天寶、大曆年間。……如果確實有王梵志這個人，而且《詩式》和《詩議》中王梵志的詩不是後人所擬作，則王梵志的在世年代最遲在貞元年間。……在《宋史・藝文志・別集類》載有《王梵志詩集》一卷，列在五代人文集當中，可見將王梵志視爲唐末五代人的觀念，不是早就發生了嗎？”

五、日本遊佐昇認爲，即使王梵志是初唐人，但《王梵志詩一卷》是唐五代以後所作。他在《論王梵志詩集一卷》中説：“即使王梵志這一人物存在於初唐時期，仍然没有《王梵志詩一卷》成立於初唐的確證。那麽，僅限於《王梵志詩集一卷》而言，能證明其確實成立的時期，應是伯三七一六寫本中所署的‘天成五年’（九三〇）。即從文獻學的觀點分析，《王梵志詩集一卷》的成立，應該是以唐五代時期爲其成立時期的上限。”

六、趙和平、鄧文寬在《敦煌寫本王梵志詩校注》中，根據王梵志詩中所反映的中男的年齡、府兵制的情況、“開元通寶”錢的史實，以及唐中央政權與吐蕃間的衝突，認爲“這些詩反映的社會歷史現象，起於唐初武德四年，止於開元二十六年。詩人王梵志也必然活動於這個時期”。

七、法國戴密微在《王梵志詩附太公家教》引言中根據王梵志詩中“唾面自乾”的典故，認爲出自婁師德，而“婁師德在六三〇至六九九年生存，那麽，王梵志詩集的第三卷不會早於八世紀。……倒是王梵志可能的生存年代是八世紀”。

八、日本菊池英夫在《王梵志詩集和山上憶良〈貧窮問答歌〉之研究》中説：“每一詩輯原卷的名稱都是王梵志詩集，但其編纂時間卻不同。也許是産生於唐宋之間，當時的人們喜好將不同詩選中的詩或歌謡以及警語冠上相同的名稱，而假託王梵志的名字來出版。因此我們不可能找出一個特定的人作爲用同一名稱發行的各種詩輯中所有詩、歌謡的作者。我不得不指出費盡心思來追查該文作者（王梵志）的生平將徒勞無功，也没有必要。”

九、張錫厚認爲王梵志是初唐時代的民間詩人，並根據王梵志詩的内容描畫出他一生的經歷事跡，認爲可以“初步揭開這個歷來被認爲‘謎一般的’人物的真面目”，説見《唐初民間詩人王梵志考略》。

十、潘重規在《王梵志出生時代的新觀察》中，認爲“我們用平常心對桂苑叢談做如實的了解，王梵志衹是隋代出生的一個被人收養的嬰兒，長大後寫成許多動人的詩篇，在民間廣泛流傳，終於得到了大衆稱許爲偉大詩人而已。……王梵志出生時期，最遲在隋代晚年，甚至可能在隋文帝初年”。

十一、朱鳳玉在《王梵志詩研究》（上册）中，根據有關王梵志詩的外證十三條和内證七條，得到結論：“王梵志生於隋朝，而活動在初唐。”

可以説，在中國文學史上還没有任何一位别的作家像王梵志這樣引起研究者的聚訟紛紜。我認爲，《桂苑叢談》中關於王梵志爲衛州黎陽（今河南濬縣）人，生於隋代的記載是具體的，因此，可以相信當時確有這一位白話詩人，在民間有很大影響，因而有關於他的傳説流傳不絶。

然而，這位名叫王梵志的白話詩人並不是現存全部“王梵志詩”的作者。

已知敦煌所出王梵志詩的寫本共有三十一種，全部流散在英、法、俄、日等國，加上散見於唐宋禪宗語録、詩話筆記中的王梵志詩，現存全部王梵志詩共約三百九十首。目前王梵志詩的整理輯校本主要有以下幾種：

一、法國戴密微《王梵志詩附太公家教》，一九八二年巴黎出版。

二、張錫厚《王梵志詩校輯》，一九八三年北京中華書局出版。

三、朱鳳玉《王梵志研究》，上册"緒論篇"、"研究篇"，一九八六年臺灣學生書局出版；下册"校注篇"，一九八七年臺灣學生書局出版。

四、項楚《王梵志詩校注》，上海古籍出版社一九九一年出版。

以上各書的文字校訂、分首及收詩總數不盡相同，其中以《王梵志詩研究》（下册）及《王梵志詩校注》收詩最爲齊全。本書以下所引王梵志詩原文及分首編號係根據《王梵志詩校注》。王梵志詩原無詩題，標題是整理者據該詩首句擬加的。

現存這三百九十首左右的王梵志詩衹是全部王梵志詩的一部分，它們可以粗略地分爲四個系統。

一、三卷本王梵志詩集，包括王梵志詩集卷上、卷中、卷第三等殘卷，以及可能屬於這一系統的寫本，姑且統稱之爲三卷本，共存詩二百零三首，它們是：

①王梵志詩集卷上（并序），包括斯七七八、斯五七九六、斯五四七四、斯一三九九等四種寫本，《王梵志詩校注》列爲卷一，整理爲原序一篇及詩二十首（〇〇一～〇二〇首）。

②王梵志詩集卷中，包括斯五四四一、斯五六四一、伯三二一一等寫本三種，《王梵志詩校注》列爲卷二，整理爲詩五十九首（〇二一～〇七九首）。

③王梵志詩卷第三，包括伯二九一四、伯三八三三等寫本二種，《王梵志詩校注》列爲卷三，整理爲詩七十二首（〇八〇～一五一首）。此外彼得堡藏一四八七、二八七一號寫本，也都屬於此卷。

④别卷,指伯三四一八、伯三七二四、斯六〇三二等寫本三種。以上三種原無題署,目前研究者普遍認爲是王梵志詩,應該屬於三卷本王梵志詩集中的某卷。《王梵志詩校注》列爲卷五,整理爲詩五十二首(二四四～二九五首)。此外彼得堡藏二八五二號寫本也屬於此卷。

二、一百一十首本王梵志詩,包括斯四二七七和彼得堡藏一四五六號兩種寫本,其實是同一個寫本斷裂的兩段。彼卷尾端有題記"大曆六年五月　日抄王梵志詩一百一十首"。《王梵志詩校注》列爲卷七,整理爲六十九首(三二二～三九〇首)。

三、一卷本王梵志詩,有伯二七一八、伯三二六六、伯三五五八、伯三七一六、伯三六五六、斯二七一〇、斯三三九三、斯五七九四、斯四六六九、伯二八四二、伯四〇九四、伯二六〇七,以及日本寧樂美術館藏本和彼得堡藏一四八八號,共十四種寫本。《王梵志詩校注》列爲卷四,整理爲詩九十二首(一五二～二四三首)。

四、零篇,據斯五一六、伯二一二五、伯三八七六,以及《詩式》、《雲谿友議》、《鑒戒録》、《山谷題跋》、《冷齋夜話》、《林間録》、《梁谿漫志》、《苕谿漁隱叢話》、《詩話總龜》、《唐詩紀事》、《感山雲卧紀譚》、《庚溪詩話》、《類説》、《天聖廣燈録》、《説郛》等輯録,《王梵志詩校注》列爲卷六,整理爲詩二十六首(二九六～三二一首),以及斷句兩組共三句。

我認爲這些"王梵志詩",並非一人一時之作,而是在從初唐(以及更早)直到宋初的很長時期内陸續産生的。大約"王梵志"已成爲白話詩人的傑出代表,所以無名白話詩人的作品便紛紛附麗於王梵志名下,被編入王梵志詩集,或者作爲"王梵志詩"被人們所稱引。

三卷本王梵志詩集的作品主要産生在初唐時期,特别是武則天當政時期。佛教題材在其中占有相當比重,然而從中卻看不到禪宗南宗思想的痕跡,説明它的結集是在盛唐禪宗普遍流行以前。從内容看,《奉使親監鑄》(〇七四首)寫道"開通萬里達,元寶出青黄",而開通元寶錢的鑄造是在唐高祖武德四年(六二一)至高宗乾封元年(六五〇)之間。《天下惡官職》(〇四八首)寫道"天下惡官職,不過是府兵",此外亦多有反映府兵痛苦的詩篇，而府兵制在開元十三年正式廢除之前，就已逐漸廢弛了。《百姓被欺屈》（一二七首）等一組法制問題詩描寫了當時“斷榆翻作柳，判鬼卻爲人”政治黑暗、冤獄如山的情況，而這正是武則天時期的現實。這些證據以及其他種種證據都説明三卷本詩集所收作品主要産生於初唐時期。《前死未長别》（二五三首）是改寫北周釋亡名《五盛陰》詩而成①，説明三卷本王梵志詩集中甚至含有唐代以前的作品。

三卷本王梵志詩集的思想十分駁雜，且有自相矛盾之處。如《身强避卻罪》（二五九首）説“十念得成就，化佛自迎君”，這是佛教大乘浄土宗的思想，主張祇要臨終時口念“阿彌陀佛”十聲，便可往生西方浄土。而《出家多種果》（二七六首）説：“努力勤心種，多留與後人。新人食甘果，愧荷種花人。悉達追遠福，學道莫辭貧。但能求生路，同證四果身。”主張通過累世修行以求證“四果”，這是小乘佛教的思想，與上首相比，修行的難易不啻有天淵之别。顯然它們決非出自一人之手。從内容推測，王梵志詩的作者主要是一些僧侶和民間知識分子。

一百一十首本王梵志詩的殘卷已斷裂爲兩部分，分别庋藏於倫敦和彼得堡兩地，共存詩六十九首。該卷尾端題記云：“大曆六年五月　日抄王梵志詩一百一十首，沙門法忍寫之記。”這些詩作的産生年代，自然較抄寫年代大曆六年（七七一）早若干年。從内容看，這個詩卷基本上是一部佛教詩集，其中一些詩歌具有鮮明的禪宗南宗色彩，它的産生自然是在禪宗廣泛流行之後。因此，可以斷定它主要是盛唐時期僧侣們的創作。

①《廣弘明集》卷三〇下周釋亡名《五盛陰》：“先去非長别，後來非久親。新墳將舊家（冢），相次似魚鱗。茂陵誰辨漢，驪山詎識秦。千年與昨日，一種併成塵。定知今世土，還是昔時人。焉能取他骨，復持埋我身。”梵志詩《前死未長别》（二五三首）：“前死未長别，後來非久親。新墳影舊塚，相續似魚鱗。義陵秋節遠，曾逢幾箇春。万劫同今日，一種化微塵。定知見土裏，還得昔時人。頻開積代骨，爲坑埋我身。”兩相比較，後者顯然是前者的改作。

一卷本王梵志詩集收録五言四句格言體小詩九十二首,其中世俗格言詩七十二首,佛教格言詩二十首。實際上,它是當時民間廣泛流行的童蒙讀物,和另一種廣泛流行的童蒙讀本《太公家教》類似。我們斷定它是由晚唐時期一位民間知識分子編寫,而借用了《王梵志詩》的大名以廣流傳。

散見的王梵志詩現存二十六首,其中衹有兩首是出自敦煌寫本。這些詩作來源不同,時代各異。其中時代較早的《惠眼近空心》(二九六首),據敦煌本《歷代法寶記》記載,曾被盛唐時期的僧人無住(七一四~七七四)所引用。它們大約是從盛唐以後陸續産生的。其中《城外土饅頭》(三一八首)和《梵志翻著襪》(三一九首)曾引起北宋詩人黄庭堅的很大興趣①,它們很可能就産生於宋初。

這樣看來,現存"王梵志詩"三百九十首,實際上包括了從初唐(以及更早)直到宋初的很長時期内,許多無名白話詩人的作品。不過其中時代最早,數量最多,内容最深刻,形式最多樣,因而價值最高,最能代表"王梵志詩"的特色與成就的,當推主要創作於初唐時期的三卷本王梵志詩集。

第二節 王梵志詩的思想内容

既然三卷本王梵志詩集最能代表王梵志的特色和成就,下面就着

① 如《苕溪漁隱叢話前集》卷五六《王梵志》:"山谷云:王梵志詩云:'城外土饅頭,餡草在城裏。一人吃一箇,莫嫌没滋味。'己且爲饅頭,尚誰食之?今改'預先著酒澆,圖教有滋味。'"又:"山谷云:王梵志詩云:'梵志翻著襪,人皆道是錯。乍可刺你眼,不可隱我脚。'一切衆生顛倒,類皆如此。乃知梵志是大修行人也。昔茅容季偉,田家子爾,殺鷄飯其母,而以草具飯郭林宗,林宗起拜之,因勸使就學,遂爲四海名士。此翻著襪法也。今人以珍饌奉客,以草具奉其親,涉世合義則與己,不合義則稱親,萬世同流,皆季偉之罪人也。"

重介紹三卷本王梵志詩集的内容，也附帶涉及其他王梵志詩的内容。

一、三卷本王梵志詩集

《王梵志詩集》卷上的開頭有不知名的編者所撰的序，全録於下：

> 但以佛教道法，無我苦空。知先薄之福緣，悉後微之因果。撰修勸善，誡勗非違。目録雖則數條，制詩三百餘首。具言時事，不浪虚談。王梵志之遺文，習丁、郭之要義。不守經典，皆陳俗語。非但智士迴意，實亦愚夫改容。遠近傳聞，勸懲令善。貪婪之史，稍息侵漁；尸禄之官，自當廉謹。各雖愚昧，情極愴然。一遍略尋，三思無忘。縱使大德講説，不及讀此善文。
>
> 逆子定省翻成孝，嬾婦晨夕事姑嫜。查郎鶲子生慚愧，諸州遊客憶家鄉。慵夫夜起□□□，嬾婦徹明對緝筐。悉皆咸臻知罪福，懃耕懇苦足糇粮。一志五情不改易，東州西郡並稱揚。但令讀此篇章熟，頑愚暗惷悉賢良。

這裏説的“制詩三百餘首”，是指上中下三卷本的王梵志詩集的數目。序中揭示了王梵志詩的思想和藝術的基本特色。從中可以窺見三卷本王梵志詩集既有宣傳“佛教道法”的一面，又有“具言時事”的一面，目的都在於“勸懲令善”。因此我們按照王梵志詩的内容把它們分爲世俗詩歌與佛教詩歌兩大類。雖然王梵志在唐代就被認爲是“菩薩示化”，現代的研究者也常稱他爲佛教詩人；雖然王梵志詩中確有大量佛教題材的詩篇，可是王梵志詩的精華卻是那些爲數不少的世俗作品。這些詩篇尖鋭地揭示了當時的種種社會矛盾，描繪了一幅幅人情世態的風俗畫面，特别是表現了下層人民的困苦生活和思想情緒。這些出色的描寫不但都有歷史的根據，而且補充和豐富了歷史的記載，加深了人們對那個社會的認識。可以説，王梵志詩反映現實矛盾的廣泛和具體超過了任何一位文人詩人，而和遠離現實的初唐文人詩壇的强烈反差尤爲引人注目。

王梵志詩的作者對於當時政治的好壞是很關心的,《第一須景行》正面提出了選官標準,以"景行"爲首要條件,其次纔是"强明"、"律令"、"文詞",以此作爲導致太平盛世的途徑。這和《新唐書·選舉志》所云:"凡擇人之法有四:一曰身,體貌豐偉;二曰言,言辭辯正;三曰書,楷法遒美;四曰判,文理優良。"顯然不同。

第一須景行(一二五首)

第一須景行,第二須强明。律令波濤涌,文詞花草生。心神激箭直,懷抱徹沙清。觀察總如此,何愁不太平。

以此爲標準,組詩《士人作官職》和《當官自慵懶》分别描寫了作者心目中好官與壞官,褒貶自寓其中。

士人作官職(二七三首)

士人作官職,人中第一好。行即食天厨,坐時請月料。得禄四季領,家口尋常飽。職田佃人送,牛馬足踖草。每日勤判案,曹司無闐鬧。差科能均平,欲似車上道。依數向前行,運轉處處到。既能强了官,百姓省煩惱。一得清白狀,二得三上考。選日通好名,得官入京兆。

當官自慵懶(二七四首)

當官自慵懶,不勤判文案。尋常打酒醉,每日出逐伴。衙日唱稽逋,佐史打脊爛。更兼受取錢,差科放御半。枉棒百姓死,荒忙怕走散。賦斂既不均,曹司即潦亂。啾唧被人言,御史秉正斷。除名仍解官,告身奪入案。官宅不許坐,錢財即分散。路人見心酸,傍看罪過漢。一則恥妻兒,二則羞同伴。無面還本鄉,諸州且遊觀。

在一組法制問題詩(一二七～一二九)中,作者集中抨擊了當時法律紊亂、酷吏横行的局面,倘與武則天時期的政局對觀,自覺絲絲入扣。如《代天理百姓》就揭露了以"人治"代替"法治"所造成的惡果,《百姓被欺屈》就揭露了酷吏陷害百姓的黑暗政治。

百姓被欺屈(一二七首)

百姓被欺屈,三官須爲申。朝朝團坐入,漸漸曲精新。斷榆翻作柳,判鬼卻爲人。天子抱冤曲,他揚陌上塵。

代天理百姓(一二八首)

代天理百姓,格式亦須遵。官喜律即喜,官嗔律即嗔。總由官斷法,何須法斷人。一時截卻項,有理若爲申。

貧富對立是封建社會中尖鋭的社會矛盾。組詩《富饒田舍兒》和《貧窮田舍漢》對比了土豪和貧農的相去懸殊的社會地位和生活狀況,突出了社會的不平等。《富兒少男女》(二七二首)也描寫一個"積代不得富"的"窮漢村",作者深深地同情那些掙扎在社會最低層的"硬窮漢"們。

富饒田舍兒(二六九首)

富饒田舍兒,論情實好事。廣種如屯田,宅舍青煙起。槽上飼肥馬,仍更買奴婢。牛羊共成群,滿圈養肫子。窖内多埋穀,尋常願米貴。里正追役來,坐着南廳裹。廣設好飲食,多酒勸遣醉。追車即與車,須馬即與馬,須錢便與錢,和市亦不避。索麵驢馱送,續後更有雉。官人應須物,當家皆具備。縣官與恩澤,曹司一家事。縱有重差科,有錢不怕你。

貧窮田舍漢(二七〇首)

貧窮田舍漢,庵子極孤恓。兩共前生種,今世作夫妻。婦即客舂擣,夫即客扶犁。黄昏到家裹,無米復無柴。男女空餓肚,狀似一食齋。里正追庸調,村頭共相催。幞頭巾子露,衫破肚皮開。體上無褌袴,足下復無鞋。醜婦來惡罵,啾唧搦頭灰。里正被腳蹴,村頭被拳搓。驅將見明府,打脊趁回來。租調無處出,還須里正倍。門前見債主,入户見貧妻。舍漏兒啼哭,重重逢苦災。如此硬窮漢,村村一兩枚。

戰争是帶給人民深重苦難的又一社會根源,兵役是壓在人民頭上的又一座沉重的大山。梵志詩《天下惡官職》就是描寫府兵制度的,《你道生勝死》、《相將歸去來》也描寫了戰争帶給人民的痛苦,《父母生兒身》則可以和漢樂府《十五從軍征》對讀。

天下惡官職(〇四八首)

天下惡官職,不過是府兵。四面有賊動,當日即須行。有緣重相見,業薄即隔生。逢賊被打煞,五品無人諍。

父母生兒身(二四八首)

父母生兒身,衣食養兒德。暫託寄出來,欲似相便貸。兒大作兵夫,西征吐番賊。行後渾家死,回來覓不得。兒身面向南,死者頭向北。父子相分擘,不及元不識。

你道生勝死(二六二首)

你道生勝死,我道死勝生。生即苦戰死,死即無人征。十六作夫役,二十充府兵。磧裹向前走,衣鉀困須擎。白日趁食地,每夜悉知更。鐵鉢淹乾飯,同火共分諍。長頭饑欲死,肚似破窮坑。遣兒我受苦,慈母不須生。

在一組家庭婚姻問題詩(一一三～一一七首)中,作者的筆觸涉及妬婦、門第、“借吉”、鬻婚等各種社會現象。例如《古人數下澤》就一針見血地揭露了初唐時期廣泛流行於上層社會高門士族的買賣婚姻:

古人數下澤(一一七首)

古人數下澤,今代少高門。錢少婢不嫁,財多奴共婚。各各販父祖,家家賣子孫。自言鬻姓望,聲盡不可論。

《思量小家婦》、《讒臣亂人國》則是描寫妬婦的:

讒臣亂人國(一一五首)

讒臣亂人國,妬婦破人家。客到雙眉腫,夫來兩手拏。醜皮不憂敵,面面卻憎花。親姻共歡樂,夫婦作榮花。前身有何罪,色得鳩槃荼!

按唐代前期,"妬婦"現象十分引人注目,史乘及筆記小説屢有記載,其原因則在於唐初承襲北朝遺風,而北朝少數民族固有以婦女主持家計的風俗。武則天稱帝,以及韋后和太平公主的類似野心,皆是這一社會風俗背景的産物,因此王梵志的妬婦詩也有重要的社會認識價值。

在王梵志世俗詩歌中,還有一類宗教問題詩,作者是以旁觀者的身份觀察宗教問題,而不是以宗教信徒身份宣傳宗教思想,所以仍然屬於世俗詩歌的一部分。其中有組詩《道士頭側方》、《觀内有婦人》、《道人頭兀雷》、《寺内數箇尼》(〇二三～〇二六首),作者分别描寫了道士、道姑、和尚和尼姑,在提倡"三教同一體"的同時,作者隱約地批評了佛教的妄自尊大。對筆下的和尚、尼姑加以批判,對道姑則寄予了同情。

道人頭兀雷(〇二五首)

道人頭兀雷,例頭肥特肚。本是俗家人,出身勝地立。飲食哺盂中,衣裳架上出。每日趁齋家,即禮七拜佛。飽喫更索錢,低頭著門出。手把數珠行,開肚元無物。生平未必識,獨養肥没忽。

虫蛇能報恩，人子何處出？

這首詩描寫的“道人”，是對和尚的稱呼。

觀内有婦人（○二四首）

觀内有婦人，號名是女官。各各能梳略，悉帶芙蓉冠。長裙並金色，横披黄䙓單。朝朝步虚讚，道聲數千般。貧無巡門乞，得穀相共飡。常住無貯積，鐺釜當房安。眷屬王役苦，衣食遠求難。出無夫婿見，病困絶人看。乞就生緣活，交即免飢寒。

這首詩對一群下層道姑的艱難境況給予深切的同情，不過這並不意味着對道教的同情。《古來服丹石》（○八八首）和《請看漢武帝》都是嚴厲批判道教長生不老之説的。

請看漢武帝（一○七首）

請看漢武帝，請看秦始皇。年年合仙藥，處處求醫方。結構千秋殿，經營萬壽堂。百年有一倒，自去遣誰當？

至於《玉髓長生術》一首，則是將道教與佛教一併批判：

玉髓長生術（○九八首）

玉髓長生術，金剛不壞身。俱傷生死苦，誰免涅槃因。精魂歸寂滅，骨肉化爲塵。釋老猶自去，何況迷愚人。

詩中以生必有死的平實道理，破除了道教長生不老、佛教不生不滅的妄説。“玉髓長生術”是道教的用語，“金剛不壞身”是佛教的觀念。“釋老猶自去”一句，寫釋迦、老子終歸不免一死，則二教的謊言不攻自破了。

王梵志詩所展示的生活圖景，主要不是那個社會的上層，而是那個社會的下層。在杜甫以前，文人詩歌是極少觸及普通民衆生活的，而初唐時期的文人詩歌則可以説是完全没有觸及。産生在這個時期的三卷本王梵志詩集，不但第一次集中地、大量地表現了社會下層的生活圖景，而且它觀察生活的角度也和後來關心民瘼的進步文人不同，後者通常是自上而下地俯視勞動人民的生活，並傾注了深厚的同情。王梵志詩則是從社會下層的内部觀察民衆生活，並作爲民衆的一員來抒發自己的痛苦。因此它比文人詩歌更真實、更具體、更深切。也正因爲王梵志詩是從社會下層的内部觀察生活，所以它照亮了社會下層的一些“死角”——那些被文人詩歌所遺忘的角落。例如《工匠莫學巧》第一次以現實主義手法展示了唐代工匠遭受超經濟剥削和人身侮辱的苦情：

工匠莫學巧（〇五五首）

工匠莫學巧，巧即他人使。身是自來奴，妻亦官人婢。夫婿暫時無，曳將仍被恥。未作道與錢，作了擘眼你。好人賜酒食，恩言出美氣。無賴不與錢，蛆心打脊使。貧窮實可憐，飢寒肚露地。户役一概差，不辦棒下死。寧可出頭坐，誰肯被鞭恥。何爲抛宅走？良由不得止。

《興生市郭兒》和《兩兩相劫奪》（〇五二首）則揭示了商人的唯利是圖：

興生市郭兒（〇五一首）

興生市郭兒，從頭市内坐。例有百餘千，火下三五箇。行行皆有鋪，鋪裏有雜貨。山鄣買物來，巧語能相和。眼勾穩物著，不肯遣放過。意盡端坐取，得利過一倍。

又如胥吏和鄉官這類人物，在文人詩歌中偶爾會出現他們的影子，但是深入描寫他們的作品還没有看到。梵志詩《佐史非臺補》則是以胥吏爲主角，《當鄉何物貴》和《村頭語户主》(〇三一首)則是以鄉頭爲主角，使現代讀者對這類人物的活動和苦樂終於有了比較真切的瞭解。

佐史非臺補(〇二八首)

佐史非臺補，任官州縣上。未是好出身，丁兒避征防。不慮棄家門，狗偷且求養。每日求行案，尋常恐迸杖。食則衆厨飡，童兒更護當。有事檢案追，出帖付里正。火急捉將來，險語唯須胱。前人心裏怯，乾喚愧曹長。紙筆見續到，仍送一縑餉。錢多早發遣，物少被頡頏。解寫除卻名，揩赤將頭放。

這首詩描寫的是佐史爲子弟逃避兵役"走後門"和敲榨勒索百姓的劣跡，並提出了將這類佐史解職的正義要求。

當鄉何物貴(〇三〇首)

當鄉何物貴，不過五里官。縣局南衙點，食並衆厨飡。文簿鄉頭執，餘者配雜看。差科取高户，賦役數千般。處分須平等，併檑出時難。職任無禄料，專仰筆頭鑽。管户無五百，雷同一概看。愚者守直坐，黠者馺馺看。

下面再看另一首梵志詩：

天下浮逃人(二七八首)

天下浮逃人，不啻多一半。南北擲蹤藏，誑他暫歸貫。遊遊自覓活，不愁應户役。無心念二親，有意隨惡伴。强處出頭來，不須曹主喚。聞苦即深藏，尋常擬相算。欲似鳥作群，驚即當頭散。

心毒無忠孝，不過浮遊漢。此是五逆賊，打煞何須案。

這裏反映了唐代前期的一個嚴重的社會問題：由於徭役賦税沉重，大批農民脱離户籍，逃亡他鄉，以至達到誇張地説"不啻多一半"的程度。這事在史書上雖多有記載，在詩歌中卻衹有王梵志詩專門提到。不過梵志詩對"浮逃人"採取了敵意的態度，可見作者的立場。

王梵志詩除了廣泛而尖鋭地揭示社會矛盾以外，有時也坦露了作者自己的生活態度，如《鴻鵠晝遊颺》的不慕榮華，《家貧無好衣》的清貧爲樂，都是耐人尋味的好詩。

鴻鵠晝遊颺（一三二首）

鴻鵠晝遊颺，蝙蝠夜紛泊。幽顯雖不同，志性不相博。他家求官宦，我專慕客作。齋得貳㪷米，鐺前交椤腳。脱帽安懷中，坐兒膝頭著。不羨榮華好，不羞貧賤惡。隨緣適世間，自得恣情樂。無事强人選，散官先即著。年年愁上番，獼猴帶斧鑿。

家貧無好衣（〇六四首）

家貧無好衣，造得一襖子。中心禳破氈，還將布作裹。清貧常快樂，不用濁富貴。白日串項行，夜眠還作被。

抱着這種生活態度的人，自然安貧樂道，隱居田里，如《我家在何處》（一二四首）、《吾有十畝田》、《草屋足風塵》（一四五首），便是鄉居生活的寫照。王梵志詩雖然出於衆手，情況各異，但像上面這些詩篇，顯然是生活在鄉間的下層知識分子所作。

吾有十畝田（一三三首）

吾有十畝田，種在南山坡。青松四五樹，緑豆兩三窠。熱即池中浴，涼便岸上歌。遨遊自取足，誰能奈我何。

王梵志詩表達了唐代民間的道德觀念，其中最重要的就是孝道。有的描寫了父母養育愛護子女的恩德，如《一種同翁兒》（〇四一首）、《父母生男女》、《孝是前生緣》；有的歌頌了孝子的孝行，如《你若是好兒》；有的斥責不孝的逆子，如《但見母憐兒》（〇四三首）、《夫婦生五男》（二六四首）、《父母生怨家》。即使是那些表現其他題材的作品，作者也往往以孝道作爲評判是非的標準。如《道人頭兀雷》批判庸僧説："虫蛇能報恩，人子何處出？"《天下浮逃人》批判浮逃人説："此是五逆賊，打煞何須案！"

父母生男女（〇四四首）

父母生男女，没娑可憐許。逢著好飲食，紙裹將來與。心恒憶不忘，入家覓男女。養大長成人，角睛難共語。五逆前後事，我死即到汝。

你若是好兒（〇四二首）

你若是好兒，孝心看父母。五更床前立，即問安穩不。天明汝好心，錢財横入户。王祥敬母恩，冬竹抽笋與。孝是韓伯俞，董永孤養母。你孝我亦孝，不絶孝門户。

父母是怨家（二七九首）

父母是怨家，生一五逆子。養大長成人，元來不得使。身役不肯料，逃走背家裹。阿耶替役身，阿孃氣病死。腹中懷惡來，自生煞人子。此是前生惡，故故來相值。蟲蛇來報恩，人子合如此。前怨續後怨，何時道祖唯？

有一點值得注意，梵志詩中的孝道内容往往和唐代民間廣泛流行的勸孝佛經相表裏，這些勸孝佛經其實是中土人士所造的"僞經"，表現的是中土固有的孝道思想。例如在敦煌遺書中保存了許多寫卷的"僞經"《佛説父母恩重經》：

> 但父母至於行來，東西鄰里，井竈碓磨，不時還家，我兒家中啼哭憶我，即來還家。其兒遥見我來，或在欄車，摇頭弄腦，或復曳腹隨行，嗚呼向母，母爲其子曲身下就，長舒兩手，拂拭塵土，嗚和其口，開懷出乳，以乳與之。母見兒歡，兒見母喜，二情恩愛慈重，莫復過此。二歲三歲，弄意始行，於其食時，非母不知。父母行來。值他座席，或得餅肉，不敢啜味，懷挾來歸，向家與子。十來九得，恒常歡喜。一過不得，嬌啼佯哭。

這段經文與上引《父母生男女》詩的關係是一目瞭然的。另一種勸孝佛經《佛説父母恩重難報經》在唐代民間流行亦極普遍，因爲是“僞經”，没有編入《大藏經》，靠着歷代信徒印行送人而流傳至今。其中有“十恩”的頌文，其第八“遠行憶念恩”頌曰：

> 死别誠難忍，生離實亦傷。子出關山外，母憶在他鄉。日夜心相隨，流淚數千行。如猿泣愛子，寸寸斷肝腸。

這和另一首梵志詩的内容大約也有關係：

孝是前身緣（〇四五首）

> 孝是前身緣，不由相倣習。兒行不憶母，母恒行坐泣。兒行母亦征，項膇連腦急。聞道賊出來，母愁空有骨。兒迴見母面，顏色肥没忽。

王梵志詩反映的歷史真實，不僅是社會生活的真實，而且是人們心靈的真實。其中不僅展示了人世間的種種困苦圖景，而且展示了人們的内心世界，使我們看到那個社會的人們，特别是生活在社會下層的人們，他們的思想和情緒，其中有崇高的，也有卑瑣的。王梵志詩的諷刺對象，從統治階級的腐敗，擴展到人們的種種心理痼疾，同時也袒示了作者自己的某些心理病態。請看：

我有一方便(一三七首)

我有一方便，價值百疋練。相打長取弱，至老不入縣。

把這種委曲退讓、自甘失敗的處世哲學當作法寶來兜售，顯然是消極的。又如：

吾家昔富有(二九三首)

吾家昔富有，你身窮欲死。你今初有錢，與我昔相似。吾今乍無初，還同昔日你。可惜好靴牙，翻作破皮底。

作者的本意似乎是諷刺一個暴發户的洋洋得意，同時也流露出自己的破落户心理。這使我們想起魯迅筆下的阿Q的一句名言："我們先前——比你闊得多啦！你算是什麼東西！"從這裏我們看到了"阿Q精神"的悠久的歷史根源。總之，王梵志詩不但廣泛地反映了那個社會的生活畫面，也深刻地反映出那個社會的思想情緒，使我們真實地感受到籠罩着那個社會，特别是社會下層的心理氣氛。

三卷本王梵志詩集的另一主要内容，是大量的佛教詩歌，它們爲王梵志博得了"佛教詩人"的聲譽。不過這部分詩歌的重點並不在於闡發高深的佛理，主要是表現民間流行的一些佛教迷信觀念。其中有一組闡發"般若十喻"的佛教哲理詩，是其中較爲深奥的。按《摩訶般若波羅蜜經·序品》云：

解了諸法，如幻，如焰，如水中月，如虚空，如響，如犍闥婆城，如夢，如影，如鏡中像，如化。

其大旨則是發揮"一切皆空"的般若學説。梵志詩《人去像還去》、

《一身元本别》、《以影觀他影》、《觀影元非有》、《雷發南山上》、《非相非非相》、《但看繭作蛾》、《黄母化爲鱉》(○八○～○八七首)自成一組,總的主題即是發揮上引般若十喻,闡明人身不過是因緣假合,本非實有。如《人去像還去》發揮"如鏡中像"之喻,《一身元本别》發揮"如焰"之喻,《以影觀他影》發揮"如影"之喻,《觀影元非有》發揮"如影"、"如夢"之喻,《雷發南山上》發揮"如虚空"之喻,《但看繭作蛾》發揮"如化"、"如夢"之喻,《黄母化爲鱉》發揮"如化"之喻。

雷發南山上(○八四首)

雷發南山上,雨落北溪中。雷驚霹靂火,雨激咆哮風。倏忽威靈歇,須臾勢力窮。天地不能已,如女爲身空。

此首發揮"十喻"中"如虚空"之喻,以虚空中雷電霹靂,風咆雨激,雖轟烈一時,而須臾之間,終歸於無,比喻一切諸法,皆如虚空幻化,本非實有。以天地變化,如此不已,比喻人生送往迎來,畢竟是空。《大智度論》卷六云:"復次如虚空,性常清浄,人謂陰曀爲不浄。諸法亦如是,性常清浄,淫欲瞋恚等曀故,人謂爲不浄。如偈説:如夏月天雷雨電,陰雲覆曀不清浄,凡夫無見亦如是,種種煩惱常覆心。……以是故虚空但有名而無實,諸法亦如是,但有假名,而無有實。"按此雖佛經之喻,但《老子》二十三章云:"飄風不終朝,驟雨不終日……天地尚不能久,而况於人乎?"與梵志此詩何其相似耶?梵志詩畢竟是中土人的著作,雖然闡發的是佛教思想,但也不能排除中國傳統思想的影響。

三卷本王梵志詩集中的佛教思想,大量地表現爲一種天堂地獄、因果報應的迷信思想,顯示了唐代民間佛教信仰的實際形態。王梵志詩的通俗性質,它作爲下層民衆觀念形態的真實反映,也通過這些迷信思想表現出來。我們知道,唐代民間的佛教信仰,主要是浄土信仰。王梵志詩中也隨處可見對於西方天堂的無限嚮往,如云"智者入西方"(○一一首)、"福至生西方"(○一七首)、"應報上天堂"(○二三首)等等，不過這些嚮往顯得十分抽象縹渺，不像對地獄的描寫那樣活靈活現。試讀《沉淪三惡道》、《雙盲不識鬼》，就像在觀看陰森恐怖的地獄圖一般。

沉淪三惡道(〇〇八首)

沉淪三惡道，負特愚癡鬼。荒忙身卒死，即屬伺命使。反縛棒駈走，先渡奈河水。倒拽至廳前，枷棒遍身起。死經一七日，刑名受罪鬼。牛頭鐵叉杈，獄卒把刀□。碓擣磑磨身，覆生還覆死。

雙盲不識鬼(〇一四首)

雙盲不識鬼，伺命急來追。赤繩串著項，反縛棒脊皮。露頭赤腳走，身上無衣被。獨自心中驟，四面被兵圍。向前十道挽，背後鐵鎚鎚。伺命張弓射，苦痛劇刀錐。

因果報應是梵志詩中又一隨處可見的思想，如像《審看世上人》(二四九首)所云："貴賤既有殊，業報前生植。"貧富貴賤皆由前生善惡業因決定。又如：

人生一代間(〇三二首)

人生一代間，貧富不覺老。王役逼駈駈，走多緩行少。他家馬上坐，我身步擎草。種得果報緣，不須自煩惱。

"馬上坐"指富貴，"步擎草"指貧賤，作者把人世間的不平的原因統統歸結於前生的"果報緣"，爲此煩惱衹不過是自尋煩惱，全無必要。因此梵志詩中不厭其煩地奉勸世人爲了來生的幸福而"修善"、"造福"，以至出現了這樣極端的詩作：

家口總死盡(〇〇三首)

家口總死盡，吾死無親表。急首賣資産，與設逆修齋。託生得好處，身死雇人埋。錢遣鄰保出，任你自相差。

“逆修齋”即生前預先設齋爲死後修福。此詩之主人公竭盡現世一切財力，逆修來生渺茫之福，乃至預先計劃不留葬喪費用，而轉嫁給鄰保承擔，可謂是極端的利己主義者。佛教的輪迴轉世之説，煽起人們的貪欲，一至於此！

不過在梵志詩《前業作因緣》（〇九一首）和《先因崇福德》中，雖也承認輪迴報應，卻發出了與《家口總死盡》不同的聲音，不甘心爲了來生渺茫之福，而犧牲今生的現實快樂。

先因崇福德（一〇五首）

先因崇福德，今日受肥胎。果報迎先種，橋梁預早開。奪我先時樂，將充死後媒。改頭換卻面，知作阿誰來。

據佛教因果觀念及轉世之説，今生之樂果導源於先世之善因，故此首云“先因崇福德，今日受肥胎”。則爲了獲得來生之樂果，亦應於今生預爲之地，故云“果報迎先種，橋梁預早開”。又據佛教苦樂循環之説，今生之苦能導致來生之樂，即〇九一首所云“今世受苦惱，未來當富貴”，則爲了修致來生之樂，將以今生受苦爲代價，故云“奪我先時樂，將充死後媒”。而作者實不甘心如此，故結云：“改頭換卻面，知作阿誰來？”以爲來生之人既與我相貌各異，則何必爲不相干之來生而犧牲今生之樂。按佛教以爲轉世後雖形貌各異，而本性不移，即寒山詩所云“改頭換面孔，不離舊時人”，故得以來生罪福以懼世人。梵志此詩則以爲轉世後將迷失本性，非復自我，故不以來生罪福爲意，而表現了重視今生之態度。《顔氏家訓·歸心》：“俗之謗者，大抵有五……其五，以縱有因緣如報善惡，安能辛苦今日之甲，利益後世之乙乎？爲異人也。”正和梵志此詩内容相似。然則梵志此詩，乃同於“謗佛”之論矣。

對於生死問題的探討，是梵志詩中最習見的主題；人生虛幻、生死無常，是梵志詩中最習見的感歎。《造化成爲我》將人生比喻爲木偶傀儡，虛幻不實：

造化成爲我（〇九五首）

造化成爲我，如人弄郭禿。魂魄似繩子，形骸若柳木。掣取細腰肢，抽牽動眉目。繩子乍斷去，即是乾柳樸。

按《修行道地經》卷七云："觀四大身，因緣合成，若如幻化，譬如假物，則非我有，亦非他人。猶如合材，機關木人，因對動摇。愚者睹之，謂爲是人。慧明察之，合木無人。一切三界，皆空如是。"便是梵志此詩所要表達的思想。《若言余浪語》則是對生死無常的歎喟：

若言余浪語（一五〇首）

若言余浪語，請君看即知。迴頭面北卧，寸步更不移。終身不念食，永世不須衣。此名無常住，誰人輒得知。

佛教世界觀還造成了王梵志詩對待人生的一種獨特的態度：它把生與死、人間世界和"彼岸世界"弄顛倒了，所以反復表現了對生的厭倦和對死的渴望，對人世的鄙棄和對天堂的追求，例如：

相將歸去來（二六三首）

相將歸去來，閻浮不可停。婦人應重役，男子從征行。帶刀擬鬬殺，逢陣即相刑。將軍馬上死，兵滅他軍營。血流遍荒野，白骨在邊庭。去馬猶殘跡，空留紙上名。關山千萬里，影絶故鄉城。生受刀光苦，意裹極星星。

"歸去來"指歸去佛國净土。此詩劈頭就呼唤人們抛棄穢濁的塵世(閻浮),而歸往死的彼岸。接着回顧性地描繪了人間的戰争帶給人們的苦難,"生受刀光苦"是回顧活在人間飽嘗了戰争的苦難,"意裏極星星(惺惺)"是説歸去佛國(亦即死)後靈魂得到了寧静的解脱。這種對於生和死的顛倒觀念,顯示了宗教世界觀的荒謬。然而在這種對世界的荒謬的顛倒之中,不是恰恰折射出那個顛倒的世界的某種深刻的真實,表達了下層民衆的苦澀的心境和渺茫的憧憬嗎? 這就是王梵志詩中那些打上佛教印記的作品,仍然具有一定的社會意義與認識價值的原因。

二、一百一十首本王梵志詩集

現存倫敦的斯四二七七殘卷與現存彼得堡的彼一四五六殘卷拼合,得詩六十九首,屬於原卷的後部,原卷的前部迄未發現。這個詩卷基本上是一部佛教詩集,乃是雜抄佛教白話詩而成,所以其中有改寫託名梁寶誌和尚《大乘讚》的詩作①。全卷思想亦頗駁雜,雖同屬佛教作品,亦時見彼此扞格之處。在佛教義理方面,有一些闡釋"法性"、

①《景德傳燈録》卷二九梁寶誌和尚《大乘讚十首》之九:"聲聞心心斷惑,能斷之心是賊。賊賊遞相除遣,何時了本語默。口内誦經千卷,體上問經不識。不解佛法圓通,徒勞尋行數墨。頭陀阿練苦行,希望後身功德。希望即是隔聖,大道何由可得。譬如夢裏度河,船師度過河北。忽覺床上安眠,失卻度船軌則。船師及彼度人,兩箇本不相識。衆生迷倒羈絆,往來三界疲極。覺悟生死如夢,一切求心自息。"梵志詩《迴波爾時大賊》(原題《迴波樂》,三五一首):"迴波爾時大賊,不如持心斷惑。縱使講經千卷,眼裏見經不識。不解佛法大意,徒勞排文數黑。頭陀蘭若精進,希望後世功德。持心即是大患,聖道何由可克。若悟生死之夢,一切求心皆息。"兩相比較,後者顯然是删改前者而成的。又《大乘讚》之三:"法性本來常寂,蕩蕩無有邊畔。安心取捨之間,被他二境迴换。斂容入定坐禪,攝境安心覺觀。機關木人修道,何時得達彼岸。諸法本空無著,境似浮雲會散。忽悟本性元空,恰似熱病得汗。無智人前莫説,打你色身星散。"梵志詩《法性本來長存》(三五七首):"法性本來常存,茫茫無有邊畔。安身取捨之中,被他二境回换。斂念定想坐禪,攝意安心覺觀。木人機關修道,何時可到彼岸。忽悟諸法體空,欲似熱病得汗。無智人前莫説,打破君頭萬段。"後者基本上是抄録前者,衹是漏掉了"諸法本空無著"二句而已。

“佛性”的詩作，如：

法性大海如如（三五二首）

法性大海如如，風吹波浪溝渠。我今不生不滅，於中不覺愚夫。增惡若爲是惡，無始流浪三塗。迷人失路但坐，不見六道清虚。

吾有方丈室（三三六首）

吾有方丈室，裹有一雜物。萬像俱悉包，參羅亦不出。日月亮其中，衆生無得失。三界湛然安，中有無數佛。

這裹説的“方丈室”，比喻人身；“一雜物”，比喻佛性。佛性在自身中，就是禪宗“即身即佛”之義。他如《若欲覓佛道》（三三八首）云：“若欲覓佛道，先觀五蔭好。”《自有無用身》（三六八首）云：“佛性五蔭中，眼看心不解。”也是同樣的意思，“五蔭”即指人身。《法性本來長存》（三五七首）云：“斂念定想坐禪，攝意安心覺觀。機關木人修道，何時可到彼岸？”把坐禪看作是徒勞無功之舉，這是慧能以後的禪宗思想。在生活態度上，希望做一個自由自在的無事人，也表現出禪宗的典型特徵，如：

一生不作罪（三四三首）

一生不作罪，又復非修福。騰騰處俗間，遊遊覓衣食。衣食纔以足，不事凡榮飾。此則是如來，何勞往西域。

對於生死，也常常表現出一種曠達的態度：

我身若是我（三二八首）

我身若是我，死活應自由。死既不由我，自外更何求？死生人本分，古來有去留。如能曉此者，知復更何憂。

《我本野外夫》(三四四首)自稱爲"野外夫",因此詩中也常常表現出一種隱士的情趣,如:

梵志與王生(三四九首)

梵志與王生,密敦膠漆友。共喜歌三樂,同欣詠五柳。適意叙詩書,清談盃渌酒。莫恠頻追逐,只爲相知久。

詩中"同欣詠五柳"顯然是用陶淵明的典故;"共喜歌三樂"則是用榮啓期的典故,《列子·天瑞》:"孔子遊於太山,見榮啓期行乎郕之野,鹿裘帶索,鼓琴而歌。孔子問曰:'先生所以樂何也?'對曰:'吾樂甚多。天生萬物,唯人爲貴,而吾得爲人,是一樂也。男女之别,男尊女卑,故以男爲貴,吾既得爲男矣,是二樂也。人生有不見日月,不免襁褓者,吾既已行年九十矣,是三樂也。貧者士之常也,死者人之終也,處常得終,當何憂哉!'孔子曰:'善乎能自寬者也。'"這首詩是一幅隱士生活的寫照,表現的是中國道家的傳統思想,與佛教没有關係。

一百一十首本王梵志詩的思想是駁雜的。《福門不肯修》(三三一首)云:"福門不肯修,福失競奔馳。"勸喻讀者修福,這和上引"一生不作罪,又復非修福",顯然是矛盾的。這卷詩集中偶爾有從宗教角度對世道人心的批判,如《人心不可識》(三三九首)云:"人心不可識,善惡實難知,看面真如像,腹中懷蒺藜。"但總的説來,這卷詩集的現實色彩是非常淡薄的。

三、一卷本王梵志詩集

一卷本王梵志詩集是晚唐時期某位民間知識分子編寫的童蒙讀本,包含五言四句格言小詩九十二首。其中有世俗格言詩七十二首,説的都是立身處世之道,因爲是供童蒙習誦的,道理極爲淺近,卻又非常實用,有如黍粟布帛一般,平凡而不可或缺,體現了儒家的人文精神和民間的道德規範。諸如勸人孝父母,如一六七首:

耶孃絶年邁，不得離傍邊。曉夜專看待，仍須省睡眠。

愛兄弟，如一五二首：

兄弟須和順，叔侄莫輕欺。財物同箱櫃，房中莫畜私。

敬尊長，如一六〇首：

尊人共客語，側立在傍聽。莫向前頭鬧，喧亂作鴟鳴。

教子孫，如一八一首：

欲得兒孫孝，無過教及身。一朝千度打，有罪更須嗔。

擇兒婦，如一八四首：

有兒欲娶婦，須擇大家兒。縱使無姿首，終成有禮儀。

慎嫁女，如一八五首：

有女欲嫁娶，不用絶高門。但得身超俊，錢財總莫論。

勉學問，如一七九首：

黄金未是寶，學問勝珠珍。丈夫無伎藝，虚霑一世人。

睦鄰里，如一九一首：

鄰並須來往,借取共交通。急緩相憑仗,人生莫不從。

敬賓客,如一七八首:

坐見人來起,尊親盡遠迎。無論貧與富,一槩總須平。

慎擇交,如二〇〇首:

惡人相遠離,善者近相知。縱使天無雨,雲陰自潤衣。

濟貧親,如二〇六首:

貧親須拯濟,富眷不煩饒。情知蘇蜜味,何用更添膏。

莫充保,如二一三首:

無親莫充保,無事莫作媒。雖失鄉人意,終身無害災。

重報恩,如二一九首:

先得他恩重,酬償勿使輕。一飡何所值,感荷百金傾。

勸償債,如二二二首:

貸人五斗米,送還一碩粟。筭時應有餘,剩者充臼直。

戒飲酒,如一八七首:

飲酒妨生計,樗蒲必破家。但看此等色,不久作窮查。

戒財色,如二二三首:

世間難捨割,無過財色深。丈夫須達命,割斷暗迷心。

一卷本王梵志詩集的最後二十首,是佛教格言詩,不過並不是寫給僧尼看的,而是寫給俗人看的,主要是説在家信徒所應遵行的戒律,勸人行善戒惡,同樣是極其平凡淺近,切實易行的。其中勸勉在家俗人遵行五戒的,戒殺生,如二二四首:

煞生最罪重,喫肉亦非輕。欲得身長命,無過點續明。

戒偷盜,如二二五首:

偷盜須無命,侵欺罪更多。將他物己用,思量得也磨?

戒邪淫,戒妄語,如二二六首:

邪淫及妄語,知非總勿作。但知依道行,萬里無迷錯。

戒吃肉飲酒,如二二七、二二八首:

喫肉多病報,智者不須飡。一朝無間地,受罪始知難。
飲酒是癡報,如人落糞坑。情知有不浄,豈合岸頭行。

四、散見的王梵志詩

散見的二十六首王梵志詩中,衹有《惠眼近空心》(二九六首)和

《此身如館舍》(二九七首)兩首出自敦煌遺書。其餘來源既各不相同,内容更駁雜不一,這裏就不一一羅列了。

第三節　王梵志詩的藝術特色

王梵志詩以“通俗”著稱。一般採用五言詩形式,也有少數七言詩、六言詩和雜言詩,長短不拘。押韻取其上口,並不嚴格,也偶有出韻的情形。詩篇例無標題(衹有三五一首標明“王梵志迴波樂”),許多詩卷是連寫而下,讀者衹有根據内容,參照押韻等情況加以分首,因此不同的整理者分首有時不完全相同,對王梵志詩的首數計算也不盡一致。王梵志詩在語言上的突出特點是採用當時的口語寫作,誠如三卷本王梵志詩集原序所云:“不守經典,皆陳俗語。”這和初唐文人詩壇繼承六朝文風的浮華風格大異其趣,是吹進詩壇的一股强烈的清新空氣。然而也正因爲王梵志詩採用了大量唐代口語詞彙,所以我們今天對那些最通俗的俚語,反而很難索解了。例如《吾富有錢時》(〇〇二首)云:“邂逅暫時貧,看吾即貌哨。”這個“貌哨”就很費解。敦煌寫本中的通俗字書《字寶碎金》裏有“人魒魈”的話,原注:“音皃,色皃反。”“皃”同“貌”,“音皃”是對上字的注音,“色皃反”是下字的反切,因此“魒魈”和“貌哨”讀音近似,其實就是一個詞。這兩個字從“鬼”得義,鬼的形象是醜惡的,所以“醜”字也從“鬼”。聯繫梵志詩意,“貌哨”應該是醜陋的意思。梵志詩是説,一旦人窮了,在别人眼中就變醜了。孟郊《怨别》詩有兩句:“在富易爲容,貧居難自好。”説的正是這個道理。不過在當時,哪怕不識字的人,對於“貌哨”一定是一聽就懂的。又如梵志詩中三次出現了“方便”一語:

一、《我有一方便》(一三七首):“我有一方便,價值百尺練。”

二、《貯積千年調》(二四四首):“方便還他債,駈遣耕田作。”

三、《尊人立莫坐》(一七三首):"跨坐無方便,席上被人嗔。"

用通常所理解的"方便"意義去解釋這三例"方便",都難以講通;而這三例"方便"的含義彼此也各不相同。第一例的"方便"是方法、計策的意思,如《百喻經》卷四《小兒得大龜喻》:"昔有一小兒,陸地遊戲,得一大龜,意欲殺之,不知方便,而問人言:云何得殺?"《生經》卷二《佛説甥舅經》:"此人方便,獨一無雙,久捕不得,當奈之何?"《水滸》六十五回:"老娘怎地做個方便,教他和我厮會則個。"第二例的"方便",是設法、作計的意思,如北本《涅槃經》卷三二:"譬如有人,行於曠野,渴乏遇井。其井幽深,雖不見水,當知必有。是人方便求覓罐綆,汲取則見。"唐張彦遠《法書要録》卷三:"數日後,因言次,乃言及《蘭亭》,方便善誘,無所不至。"《賢愚經》卷五《沙彌守戒自殺品》:"時女怪遲,趣門看之,見户不開,唤無應聲,方便開户,見其已死。"第三例的"方便",則是規矩、儀則的意思,如元稹《望雲騅馬歌》:"圉人還進望雲騅,性强步闊無方便,分騣擺杖頭太高,擘肘迴頭項難轉。人人共惡難迴跋,潛遣飛龍減芻秣。"《唐摭言》卷一二《酒失》:"元相公在浙東時,賓府有薛書記,飲酒醉後,因争令擲注子,擊傷相公猶子,遂出幕。醒來乃作《十離詩》上獻府主……隴西獨自一孤身,飛去飛來上錦裀。都緣出語無方便,不得籠中更唤人。(鸚鵡離籠)"這些"方便"都是唐人口語,梵志詩以口語作詩,當時受到民衆的廣泛歡迎,並主要在下層社會流傳,敦煌藏經洞保存了多達三十餘卷王梵志詩寫本,就不足爲怪了。

在表現手法上,王梵志詩主要是用白描、叙述和議論的方式再現和評價生活。它不以抒情見長,也不流連風景,形成了質樸明快、犀利潑辣的特點,而顯然有别於力求創造"意境"的文人詩歌。唐皎然《詩式·跌宕格·駭俗品》云:

> 其道如楚有接輿,魯有原壤。外示驚俗之貌,内藏達人之度。郭景純遊仙詩:"姮娥揚妙音,洪崖頷其頤。"王梵志道情詩:"我昔未生時,冥冥無所知。天公强生我,生我復何爲。無衣使我寒。

無食使我飢。還你天公我,還我未生時。”賀知章放達詩:“落花真好些,一醉一回顛。”盧照鄰勞作詩:“城狐尾獨束,山鬼面參覃。”

在皎然所列舉的幾位詩人中,把跌宕駭俗風格發揮得淋漓盡致的是王梵志詩,而能貫徹在全部創作中的也是王梵志詩,這就形成了王梵志詩以“理趣”見長的特色。

王梵志詩恰恰是在文人詩歌最薄弱的環節,取得了突出的藝術成就。它好像是出色的肖像畫家,非常擅長描摹生活中各類人物的形象,並且常用對照或對比的方式構成組詩,以突出主題。他筆下的道士、道姑、和尚和尼姑,商人和工匠,佐史和鄉頭,懶漢和懶婦,府兵和御史,地主和貧農,不孝子和浮逃人,以及各色妒婦……都給讀者留下了深刻的印象。例如懶漢和懶婦:

世間慵懶人(〇三七首)

世間慵懶人,五分向有二。例著一草衫,兩膊成山字。出語觜頭高,詐作達官子。草舍元無床,無氈復無被。他家人定卧,日西展腳睡。諸人五更走,日高未肯起。朝庭數十人,平章共博戲。菜粥喫一椀,街頭闊立地。逢人若共語,荒説天下事。喚女作家生,將兒作奴使。妻即赤體行,尋常飢欲死。一群病癩賊,卻搦父母恥。日月甚寬恩,不照五逆鬼。

家中漸漸貧(〇三八首)

家中漸漸貧,良由慵懶婦。長頭愛床坐,飽喫没娑肚。頻年勤生兒,不肯收家具。飲酒五夫敵,不解縫衫袴。事當好衣裳,得便走出去。不要男爲伴,心裹恒攀慕。東家能涅舌,西家好合鬭。兩家既不合,角眼相蛆妒。别覓好時對,趁卻莫交住。

這裹寫的懶漢和懶婦,可以説集古今懶人惡習之大成。王梵志詩中的人物形象,有時不免帶有類型化的傾向。然而許許多多五光十色的人物形象陳列在一起,組成了那個社會人情世態的繽紛多彩的畫廊,使我們在某種程度上看到了那個社會的全景。

和文人詩歌的名篇傑作相比,王梵志詩有時顯得粗糙一些。然而王梵志詩與文人詩歌截然不同的藝術風貌,都是我們民族心理素質的深刻反映,因而同樣具有鮮明的民族風格。王梵志詩更多地體現了下層民衆的審美趣味,而爲他們所喜聞樂見。因此研究王梵志詩的藝術經驗,對於發展爲人民大衆所喜聞樂見的民族新文化,是有着重要的參考意義的。

第四節　王梵志詩的地位和影響

王梵志白話詩在唐代出現,不是偶然的。我國古代源遠流長的民歌,就顯示了古代民衆用口頭語言創作詩歌的悠久傳統。在唐代民間,用白話寫詩的風氣已很盛行,所以在敦煌遺書之中,時時可以看到抄寫卷子的人(多爲學生或民間知識分子)即興創作的白話詩,如北京圖書館藏宿字九九號卷子題詩:“寫書今日了,因何不送錢?誰家無賴漢,迴面不相看。”就是抄手發泄對雇主不滿的詩篇。另外,佛教的盛行也有力地推動了用口語寫作的傾向。漢文佛經的早期譯者,多數都不是漢族,他們是從生活中學習漢語的,不可能像漢族士大夫那樣具有深厚的中國傳統文化的素養,協助他們翻譯的漢族信徒,往往也不是宿學鴻儒,因而他們翻譯的佛經使用的是接近當時口語的文體,這正好適應向廣大民衆宣傳佛教的需要,因而這種文體逐漸成爲一種傳統,以後漢族翻譯者也採用這種文體,即使在浮華文風泛濫的六朝時期也不例外。同時佛經中的“偈頌”也影響了一些僧徒,使他們寫出了一些類似白話詩的宗教詩。《續高僧傳》卷七《周渭濱沙門釋亡名傳》記載,北周和尚亡名本是梁朝士族,曾事梁元帝,深見禮待,“有制新文，帝多稱述”。梁元帝是著名的宫體詩作者，他所稱述的“新文”，顯然是屬於六朝浮華文學之列。侯景亂後亡名出家爲僧，寫作了一些佛教詩歌，形式一改舊風，接近於口語。其中《五盛陰》一首被稍加改寫，收入了王梵志詩集（二五三首《前死未長别》）。在一百一十首本王梵志詩中，《迴波爾時大賊》（三五一首，原題“王梵志迴波樂”）和《法性本來常存》（三五七首），也是改寫抄録梁寶誌和尚《大乘讚》而成。這些改寫的詩作和其他王梵志詩的語言風格水乳無間，難以區别，可見僧徒的宗教詩對王梵志白話詩的重要影響。我們可以説，中國民歌的老傳統，以及佛教白話文體的新因素，在全民詩歌創作意識高漲的唐代相結合，促成了唐代白話詩的大量涌現，王梵志白話詩就是其中最集中、最突出的一部分。

王梵志白話詩的出現，標誌着中國白話通俗文學的崛起。接踵而來的便是唐五代民間曲詞和被總稱爲“變文”的各種體裁的説唱文學，它們對後代通俗文學産生了深廣的影響，最終發展成爲中國文學史後半期的主流。王梵志詩的直接影響，便是開創了唐代白話詩派，寒山、拾得直接繼承了王梵志白話詩的傳統。至於王梵志詩的犀利潑辣的風格，對於形成宋詩重視理趣的特色也不無作用，黄庭堅酷喜王梵志詩並非偶然的現象。

王梵志詩在唐代受到廣大僧俗人士的歡迎，詩話提到它，高僧引用它，在民間更是不脛而走，傳誦一時。而且遠播海外，日本平安朝滕原佐世在公元八五〇年左右（相當於唐昭宗時）所編的《日本國見在書目》中，便著録了“王梵志集二”和“王梵志詩二卷”。降及宋代，王梵志詩受到文人偏愛，許多筆記中都有記載。范成大的《重九日行營壽藏之地》的“縱有千年鐵門檻，終須一個土饅頭”，其中的“鐵門檻”、“土饅頭”，便是活用了梵志詩的典故（見梵志詩三一四、三一八首），《紅樓夢》中的“鐵檻寺”、“饅頭庵”，便是由此得名。明代以後，王梵志詩逐漸湮没無聞，以至清代敕編《全唐詩》隻字未録，王梵志詩終於被人們遺忘了。直到敦煌遺書發現，大量王梵志詩纔重現於世。最早傳播和研究王梵志詩的是我國前輩學者劉復、胡適、鄭振鐸等①。以後王梵志詩的研究轉移到國外法國、日本、蘇聯等地。直到七十年代以後的中國,海峽兩岸的學者重新對王梵志詩產生了極大的興趣,出現了一系列重要的研究成果,從而推進了國際上王梵志研究的熱潮。

①劉復《敦煌掇瑣》(一九二六年)中,首次整理印行了兩個王梵志詩卷,一個標題爲《王梵志詩一卷》,另一個標題爲《五言白話詩》。胡適《白話文學史》(一九二八年)第十一章有《白話詩人王梵志》一節,首次對王梵志詩進行了研究。鄭振鐸編《世界文庫》(一九三五年)第五册中亦校録、輯録了《王梵志詩一卷》、《王梵志拾遺》,並加介紹。

編校後記

二〇一四年初，浙江大學教授、四川大學中國俗文化研究所學術委員會主任張涌泉先生建議我所整理出版《項楚學術文集》。經所務會議討論決定後，文集編纂工作便正式展開。

在文集的定名上，我們最初設想是《項楚文集》，計劃將項先生截至目前的所有學術著作、雜著、演講稿等納入其中，但項先生提出，還是定名《項楚學術文集》爲好，非學術著作一概不收，所以，項先生早年創作的文藝作品只好割愛了。項先生還提出，文集只收他本人的學術著作，故他與别人合作的成果也不編入。

文集收入《敦煌文學叢考》、《王梵志詩校注》、《敦煌變文選注》、《寒山詩注(附拾得詩注)》、《敦煌詩歌導論》、《敦煌歌辭總編匡補》、《柱馬屋存稿》、《柱馬屋存稿二編》，共八種。其中，《柱馬屋存稿二編》爲項先生新編定的論文集，其他七種此前均已出版过。在編排體例上，項先生提出盡量保持原書面貌而不作大的變動，一方面避免因重新編排而産生錯漏，另一方面也方便讀者或整體或有選擇地購買閱讀。

因此，本次編校文集，重點做了以下幾個方面的工作：

其一，校核諸書中所涉及的所有敦煌原卷。比如《王梵志詩校注》中用到的王梵志詩的敦煌寫卷共三十五個，我們都一一加以核對。項先生當年寫作《王梵志詩校注》時，僅能通過膠片識讀敦煌原卷，隨着世界各地所藏敦煌資料的出版，特别是國際敦煌項目(IDP)的實施，爲研究者提供了更爲清晰的圖像資料，使我們能在本次編校中糾正先生當年誤識的個别字詞,從而增删了相應校記。

文集中包括《王梵志詩校注》在内的純學術性著作,敦煌原卷中的字形我們都嚴格地遵照各書凡例來處理,故而會出現同一句詩中同字異形的情況,如《王梵志詩校注》〇六九首《虚霑一百年(之一)》中的"無老亦无小"句。帶有普及性質的著作,如《敦煌詩歌導論》,爲了讀者閲讀的方便,酌情將某些非常用的字形改换爲通用字形。

其二,校核諸書所涉及的底本和參校本。比如《寒山詩注(附拾得詩注)》以四部叢刊景印建德周氏景宋刻本《寒山子詩集》爲底本,參校本爲日本宫内省圖書寮藏本《寒山詩集豐干拾得詩附》、日本正中年間刊本《寒山詩》、四部叢刊景高麗刊本《寒山詩一卷豐干拾得詩一卷附慈受擬寒山詩一卷》、臺灣商務印書館景印文淵閣四庫全書本《寒山詩集》、中華書局排印本《全唐詩》等等,我們都一一加以校核,改正了一些錯誤。又如《敦煌變文選注》,上編除《雙恩記》外均以王重民先生等編校的《敦煌變文集》爲底本,《雙恩記》和下編諸篇則以潘重規先生編著的《敦煌變文集新書》爲底本,本次編校時我們亦全部予以校核。需要説明的是,項先生原來所依據的《敦煌變文集新書》爲臺北"中國文化大學"中文研究所敦煌學研究會一九八三年版,本次編校,我們接受潘重規先生高足鄭阿財教授的建議並徵得項先生同意,改用了臺北文津出版社一九九四年版,故而底本文字有部分更動。

其三,核查所有引用文獻。這是本次編校過程中耗時最多的工作。項先生的著作,引用非常廣泛,三教九流均有涉及,經史子集無不賅括。項先生曾自道其閲讀經歷説:"我在中學和大學時代曾經如饑似渴地讀了許多書,有了一定古代文化的根柢。這一次則是埋頭通讀了若干部篇幅浩繁的大書,例如《大藏經》,五代以前的正史,經部和子部的許多著作,《全唐詩》等總集讀了不止一遍,《太平御覽》本是供查閲的,我也逐條讀完,這就等於分門别類地讀了許多古佚書的殘文。在這個基礎上,再旁及别的雜著乃至某些較偏僻的著作。"(《敦煌文學研究漫談》,見《柱馬屋存稿二編》)這些閲讀收穫都體現在先生的著述中。以《敦煌變文選注》爲例，據我們不完全統計，項先生引用文獻達到了八百餘種，其中經部四十七種，史部六十五種，子部二百零八種（釋、道除外），集部七十二種，釋部二百五十二種，道部九種，敦煌部一百四十餘種，今人雜著二十餘種。要把這些資料找全，即使在今天電子化的時代也是頗不容易的，而項先生當年主要是靠借閱和手抄，其中的艱辛可想而知！

在這裏，需要特别感謝劉學濤、陳憲良、楊剛、趙婕四位博士研究生，他們在參與編校《寒山詩注（附拾得詩注）》和《敦煌變文選注》時，建立起了本次編校工作的基本資料庫，爲後續諸書的編校提供了相當多的方便。應中華書局的要求，文集中大多數論著的引文我們都校核過兩遍以上，加上中途開本改變（原爲十六開，後改爲三十二開）需要全部通讀一次，所以工作量相當大，先後有十位老師和四十多名同學參加了此項工作。

我們的工作流程是：先由學生（在讀的博士生或碩士生）逐條校核，然後由相關老師覆核，疑不能决者請項先生定奪。本次參與編校的老師主要有：蔣宗福、張弘、何劍平、孫尚勇、羅鷺、尹賦。劉郝霞、李華雲、卞超、王飛朋四位老師參與了改版後的部分編校工作。先後參與的學生有（以時間爲序）：王建勇、張孟川、李思志、劉學濤、陳憲良、楊剛、趙婕、何和平、李賀、石英、陳悦、徐鍵、王培釗、隆鶯芷、任學敏、肖田田、董蕊、陳芳、唐静、李超、賀雨瀟、張麗麗、魏笑雪、陳麗琳、楊卓瑜、劉雯、趙國慶、陳晨、席維、任立、劉力舸、曾思、鄧若瑜、謝夢瑶、温曉萌、陳婉欣、謝天鵬、董贇、陳娜、陶禹、黄楚蓉、鄧亞。

在校核引用文獻的過程中，如無特别需要，我們盡量采用項先生當年所用版本。例如《法苑珠林》，現在通行的是中華書局整理標點的一百卷本，或者《大正新脩大藏經》一百卷本，但項先生當年撰寫《王梵志詩校注》時用的是四部叢刊初編上海涵芬樓景印明徑山寺一百二十卷本，分卷情况與今通行本有異，我們仍遵用之。又如《景德傳燈録》，項先生用的是日本花園大學禪文化研究所景印福州東禪寺崇寧藏本，而非《大正新脩大藏經》本，兩種版本稍有差異，本次校核我們仍依據崇寧藏本。對個别引書我們亦徵詢項先生意見後做了調整。例如唐人范攄《雲溪友議》，既有一九五七年古典文學出版社據四部叢刊續編排印的三卷本，亦有《稗海》十二卷本，項先生兩種版本都有引用，本次編校中如無特别説明，我們統一改用三卷本。

在本次編校過程中，我們還對《寒山詩注（附拾得詩注）》所附引用書目進行了整理，增添了漏收的十八種，改正了個别引文與所標版本不合的情況。另外，因爲古籍出版字形規範等方面的原因，《王梵志詩校注》書末的《王梵志詩語辭索引》以及《寒山詩注（附拾得詩注）》書末的《寒山詩注（附拾得詩注）詩句索引》更動較大，任學敏和董蕊二位同學花了相當多的時間分别進行了整理校核，在此表示感謝！

文集在編校出版的過程中，得到了多方面的幫助。四川大學將本文集列入"九八五工程"建設項目之中並給予資金支持；中華書局欣然接受出版並作爲精品打造，學術著作出版中心主任俞國林先生，責任編輯馬婧女士、白愛虎先生，對文集的出版都付出了相當多的心力。鄭阿財、張鴻鳴兩位先生也給予了我們很多幫助。在此謹致謝忱！

文集從二〇一四年開始編校，歷時五年，遲遲未能出版，我們深感慚愧！好在經過多方努力，終於在項先生八十壽辰前夕得以付梓，倘使海内外學人，獲此一編而得窺先生學術之涯涘，則幸甚矣！

謹以此文集爲先生壽！

四川大學中國俗文化研究所尹賦

二〇一九年三月二十九日